文春文庫

河岸の夕映え

神田堀八つ下がり

宇江佐真理

文藝春秋

目次

神田堀八つ下がり

河岸の夕映え

どやの嬶《かか》

御廐《おうまや》河岸

一

金龍山《きんりゅうざん》・浅草寺《せんそうじ》は浅草の観音様と呼ばれて江戸の人々に親しまれている。

縁起によると浅草寺は、推古天皇の時代に興り、円仁が再興したという。初代将軍、徳川家康が寺領五百石を与えたということだから江戸の寺院の草分けとも言えるだろう。

雷門を入ると境内になり、両脇は仲見世《なかみせ》が軒を連ねている。ちょうど仲見世が途切れた所にある西側の表門をくぐると伝法院《でんぽういん》で、ここが浅草寺の本坊になる。伝法院は池泉回遊式の庭園が風雅である。境内には仁王門、五重塔、本堂、護摩《ごま》堂、寺内社寺が建てられ、江戸第一の寺として一年中、参詣《さんけい》客で引きも切らない。

雷門前の広場、俗に広小路と呼ばれる一郭は水茶屋、掛け茶屋が並ぶ茶屋町となっている。ここから歌丸《うたまる》（歌麿）の美人画に取り上げられた茶酌女《ちゃくみむすめ》が何人も出たという。

しかし、浅草寺の門口《かどぐち》はこの広小路ではなく、大川の吾妻橋《あづま》（大川橋）の傍《そば》に馬頭観《ばとう》音を安置している駒形堂《こまがたどう》がそれになる。駒形堂の後ろには清水も湧き出ているので、参詣客はここで手を洗い、口を漱《すす》いで本堂に進む。

おちえは半年前に神田須田町《かんだすだちょう》から、この浅草に引っ越して来た。と言っても、おちえの住んでいる所は浅草寺から少し南の三好町《みよし》で御厩河岸《おうまやがし》と呼ばれる地域であった。すぐ傍には二万七千五百坪の広大な浅草御蔵がある。ここに江戸の米が集められるのだ。知行所を持たない武士は、ここから禄《ろく》として米を受け取る。その米を換金する札差《ふださし》の店も数多く並んでいた。

御蔵の堀は一番から八番まであり、四番と五番の間に「首尾《しゆび》の松《まつ》」と呼ばれる立派な松の樹《き》が植わっていた。夕暮れ刻《どき》、松の枝が大川に黒い影を映すのを、おちえはぼんやり眺めることが何度もあった。

おちえの家は神田須田町で水菓子屋を営んでいた。奉公人も多く、店は結構繁昌していたと思う。芝居茶屋や料理茶屋からも注文があり、その都度、季節の果物を納めていたのである。

ところが、前年の暮に神田一帯に火事が起こり、おちえの父親の店「和泉屋《いずみや》」も罹災《りさい》した。父親の平兵衛《へいべえ》は家財道具を運び出す時に天井から落ちて来た太い梁《はり》の下敷きになって焼け死んでしまった。他に、手代や番頭も三人ほど命を落とした。

意気消沈していたおちえの家族に追い討ちを掛けるように、父親の弟が和泉屋の銭箱を持ち逃げしてしまった。その金で当座を凌《しの》ぐつもりだった家族は突如、路頭に迷う羽目となった。もちろん、須田町での商売再開などできるはずもない。先祖代々の地所を人に譲るしかなかった。それも火事の後で足許《あしもと》を見られたために情けないほど安く買い叩かれたという。番頭の一人が親身になって母親を助けてくれたことが僅《わず》かな救いであった。

番頭の卯之助《うのすけ》は御厩河岸の近くに仕舞屋《しもたや》を見つけ、そこに移るよう手はずを調《ととの》えてくれた。おちえは母親のお鈴《すず》、弟の民次《たみじ》と一緒に、ほとんど裸同然で、こちらに移って来たのである。

卯之助の働きは目覚ましいものがあった。以前から取り引きのあった本所《ほんじょ》のやっちゃ場《ば》（青物市場）の元締めに事情を説明して、すぐに品物を回して貰うよう頼み込み、越して来た三日後には、もう店を開ける段取りをつけた。

もっとも、土間口に木箱を置いて、そこに品物を並べて売るという横丁の八百屋と変わらないやり方で、以前の店で扱っていたような高級品はほとんど姿を消していた。

毎晩、店を閉めた後、卯之助はお鈴と額をつき合わせるように商売の相談をしていた。

一緒に来た奉公人は卯之助だけだった。

卯之助はおっ母さんが好きだから、あんなに一生懸命やってくれるんだとおちえは思う。卯之助は三十八になっていたが未だに独り者だった。

表向き、卯之助は昔通りにおちえのことをお嬢さん、十三歳の民次のことを坊ちゃんと呼び掛けるが、この頃は小言めいたことも多くなった。一番の被害者は民次で、夜も明けない内から卯之助に起こされて大八車を引いて一緒に仕入れに行かなければならない。

「おいら、遊ぶ暇もねェよ」

民次はぶつぶつ、おちえにこぼした。おちえだって楽ができる訳ではない。日中は母親と交代で店番をするのだ。品物が売れて、ついうっかりしていると「お嬢さん、すぐに品物を補って下さい。ぼやぼやしていたらいけやせんよ」と、卯之助の声が飛んだ。お嬢さん、お嬢さんとおだてられ、何もせずにいた昔と大違いであった。

「つまらない」

おちえは日に何度か胸で呟《つぶや》いた。どうして火事なんて出たのだろう、どうしてお父っつぁんは死んだのだろう、どうして小伝馬町の叔父さんは困っているあたし達のことを承知でお金を持って逃げてしまったのだろう。

今更どうしようもない「どうして」が、おちえを悩まして仕方がなかった。そして、その先には決まって自分には運がないのだ、と思ってしまう。

晩飯を食べて、仕舞湯《しまいゆ》に行った帰り、おちえは川端に寄り道して大川を眺めた。水の流れを見つめていると不思議に気持ちが落ち着くような気がしたからだ。

御厩河岸には渡し場があった。本所の石原町《いしはら》に客を運ぶ。ここは吾妻橋しか橋が架かっていないので竹町の渡しと、御厩河岸の渡しが人々に利用されていた。

浅草寺の奥は名高い吉原である。日中の通りは寺の参詣客で賑わうが、日暮れともなれば悪所《あくしょ》通いの男達が妙にいきり立っているように見えた。

御厩河岸には舟宿も何軒か川岸に並んでいた。客を乗せた屋根舟が着くと、川に張り出して設《しつら》えてある桟橋《さんばし》に下駄の音を響かせて舟宿のお内儀《かみ》が出迎える。

舟宿「川籐《かわとう》」のお内儀もその一人であったが、おちえはすぐに顔を覚えてしまった。何しろ、五尺以上の上背に二十貫はありそうな体格が人目を引いたし、男と間違えそうな野太い声は辺《あた》りにびんびん響く。

土地の人は川籐のお内儀を「どやの嬶《かか》」と呼んでいた。どやは宿を逆さまにした言い方だが、それにしても、どやの嬶とは凄《すさ》まじいと思った。しかし、その呼称は川籐のお内儀にぴったりと嵌《は》まっているように感じられた。おちえは川籐のお内儀を見掛けると物陰からじっと眺めずにはいられなかった。同じ女であることさえ不思議だった。男まさりというより、気性は男そのものだった。

二

「ねえ、おっ母さん。川籐のお内儀さんて、変わっているね。あんな人、初めて見たよ」

おちえは晩飯の時に母親に何気なく言った。

卯之助は徳利の酒にほろりと酔った顔で、ふっと笑った。おっ母さんは何も毎晩、卯之助に飲ませなくていいのに、と思う。卯之助はもう、この家の主《あるじ》きどりであった。

「あの人はお富士《ふじ》さんと言いまして、この辺りでは有名なお人らしいです」

卯之助は訳知り顔で応えた。

「ご自分のお子さんばかりでなく、捨て子も引き取って育てたそうですってね。偉い人もいるものですよ。あたしにはそんな真似、とてもできませんよ」

お鈴は心底感心したように言って卯之助の猪口《ちょこ》に酒を注いだ。

「おいら、あの小母《おば》さんに洟《はな》をかんだ紙を捨てたら怒鳴られた」

前髪頭の民次は思い出したように、ぼそりと言った。

「それはお前が悪いよ。ここは浅草寺に行く客も通るから、道端を汚しちゃいけないよ」

お鈴は民次を窘《たしな》めた。

「だけどよ、あの人、女だろ？　坊ちゃん、いけないよ、と優しく言うんならわかるけど、こら、この餓鬼《がき》、何しやがる、だと。おっかねェったらありゃしねェよ」

民次の言葉に卯之助は愉快そうに声を上げて笑った。

「川籐は皆、兄弟でやっているそうで、よそから奉公人は雇っておりやせん」

卯之助は青菜の煮付けに箸《はし》を伸ばして続けた。

「そんなに子供がいるの？」

おちえは驚いて卯之助の顔を見た。

「本当の子供は一人だけで、他は皆、養子らしいですよ」

「お子達は全部で五人だったかしら、六人だったかしら」

お鈴が思案顔で言う。

「もっといるんじゃやねェですか？　上の息子さんの連れ合いもいるし、孫もいるでしょうから」

「でも、親子でご商売をやっていらっしゃるなら余計な気遣いがいらなくていいですよね」

お鈴は羨《うらや》ましそうに言う。

「さいです。だから、あのお内儀さんは勝手気儘《きまま》、言いたい放題、やりたい放題ですよ。

旦那さんは板場を取り仕切っておりやしたが、去年、中風《ちゅうぶう》を患《わずら》いましてね、身体が不自由になり、おまけに口も呂律《ろれつ》が回らなくなったんですよ。だが、あすこは何しろ兄弟が多いんで、大黒柱が倒れてもおたおたすることはなかったらしい。旦那さんは不自由な身体で、それでも毎日、板場を覗いて料理の指図をあれこれしているそうですよ」

「お倖せですね。それに比べてうちは、民次はまだ小さいし、おちえはぼんやりだし……うのさんがいなかったら、とっくに日干《ひぼ》しになっていたところですよ」

お鈴は溜め息交じりに呟いた。

「そんな、お内儀さん……」

卯之助はほろりとなったようだ。ぼんやりと言われて、おちえは内心で腹を立てていた。

おちえはそそくさと残った飯を掻き込んだ。毎度青菜の煮付けと香の物ではうんざりである。文句を言えないことがなおさら、おちえの気持ちを暗くした。

「おいら、たまに魚が喰いてェ。それもこってりした鰻《うなぎ》をよう」

民次はおちえが思っていたと同じことを喋った。

「贅沢《ぜいたく》お言いでないよ」

案の定、お鈴の叱責が飛んだ。

「なあに、坊ちゃん。晦日《みそか》になったら鰻でも刺身でも、わたしが奢《おご》りますよ」

卯之助は豪気に言った。

「本当？　本当、卯之助。きっとだよ。約束だよ」

「はいはい。ですから、坊ちゃんも辛抱して仕入れの手伝いを頼みますよ」

「合点《がってん》！」

民次はすぐに機嫌のよい声になった。

「ごちそうさま」

おちえは低い声で言うと箱膳を台所に運んだ。

「お嬢さんも気の毒だ」

卯之助はそんなことを言った。同情されて、おちえは、ますます自分がみじめになった。

三

「お、まくわ瓜《うり》だ」

空《から》の天秤棒を担いだ若い男が店先のまくわ瓜に目を留めて声を上げた。これから仕入れに行くところなのだろうか。それにしては、陽《ひ》はすでに高い。店には枇杷《びわ》や夏蜜柑《みかん》も並べていたが、その男は翡翠《ひすい》色の瑞々《みずみず》しいまくわ瓜の果肉に魅《み》せられたようだ。

この頃、和泉屋では店前に床几《しょうぎ》を置き、まくわ瓜を切り売りするようになった。お鈴の案である。その思惑が当たって、客がぽつりぽつりと手を出すようになった。その男もそうだったのだろう。

「これ、客に喰わせるのかい？」

男は店の奥で店番をしていたおちえに訊《き》いた。

「ええ。ひと切れ四文《しもん》ですよ。でも、まだ走りだからお味の方はどうかしら」

おちえは素っ気なく応えた。

「あんた、商売人じゃねェな。嘘でもうまいですよと言うもんだ」

「…………」

梅雨の明けた昼下がり、お鈴も卯之助も出かけ、民次は友達の家に遊びに行っていた。おちえは一人で店番をしていたのだ。

男は天秤棒を傍《かたわ》らに置くと床几に座り、「一つ貰うぜ」と、波銭をびしっと床几の上に置いた。それから身体を屈《かが》めてかぶりついた。

男の顔には捩《ねじ》った手拭いが巻かれている。

紺の半纏《はんてん》の下に白いきまたを穿《は》き、素足に雪駄《せった》を突っ掛けている。きまたは半《はん》だことも言って、夏の季節、職人が半纏の下に穿《は》くものである。短い股引きというところである。

男は無心にまくわ瓜を頬張り、またたく間に平らげた。

「うん、甘みはまだ薄いがなかなかいける。もう一つ貰うぜ」

男はおちえを振り返り、にッと笑うと、また懐の巾着《きんちゃく》から銭を取り出し、床几にびしっと置いた。そのきびきびした仕種《しぐさ》が好ましいとおちえは思った。

「この店は、前は空き家になっていたはずだが、いつから商売しているのよ」

男はまくわ瓜を食べながら訊いた。

「お正月過ぎからです」

「へえ、近所なのに、ちっとも知らなかったぜ。もっとも、おれは出かける時は通る道を決めているからな。ここは滅多に通らねェ」

「お魚屋さん？」

おちえは試しに訊いてみた。

「そう見えるかい？」

首をねじ曲げて男は悪戯《いたずら》っぽい顔で言う。二重瞼《ふたえまぶた》の眼に張りがあった。

「違うの？」

「当ててみな」

「別に知らなくても構わない」

「へ、意地っ張り」

男は初対面なのに軽口を叩いた。おちえはもう何も喋らず黙って下を向いていた。

「さてと、行くか。また来るぜ。そろそろ西瓜《すいか》も出るな」

「ええ、来月辺りには……」

「おれは水菓子にゃ目はねェが、九年母《くねんぼ》だけは苦手よ。あれは口が曲がりそうなほど酸《す》っぱいくせに、ちっともうまくねェ」

「甘いのもありますよ」

「枇杷《びわ》も好物だが種がでかくていけねェ。種のところも実《み》なら、喰いでがあるのによ」

「……」

「邪魔したな」

男は立ち上がり、おちえに白い歯を見せて小走りに去って行った。おちえは銭を摘み上げ、銭箱に入れた。男の残したまくわ瓜は皮の際《きわ》まできれいに食べ尽くされていた。歯形のついた皮をおちえはしばらく黙って見つめていた。

どやの嬶が訪れたのはその日の夕方近くであった。

「ここよ、おっ母さん。水菓子が並んでいる。あら本当にまくわ瓜がおいしそう」

女が甲高い声を上げた。店番をしながら居眠りしていたおちえは、その声で慌てて眼を開けた。

「はい、ごめんなさいよ」

お富士は湯屋の帰りでもあったのか浴衣《ゆかた》姿だった。傍に年は若そうだが丸髷《まるまげ》を結った女が笑顔で寄り添っている。

「お越しなさいませ。何を差し上げましょう」

おちえはすぐに応えたが、客がお富士と気づくと、胸がドキドキと音を立てた。

「まくわ瓜を……そうだねえ、二十も貰おうか」

お富士は店の品物をすばやく一瞥《いちべつ》して、いつもの野太い声で言った。間近で見るお富士に、おちえは圧倒されるような気持ちになった。含み綿をしているようなたっぷりとした頰、その割におちょぼ口である。糸のように細い眼は太っているせいかも知れない。髪の量も多く、それをさらに大造りな丸髷にしているので、顔の大きさは傍にいる女の二倍にも感じられた。

笊《ざる》に盛ったまくわ瓜は全部掻き集めても、お富士の言った数には足りなかった。

「おっ母さん、おっ母さん」

おちえは間仕切りの暖簾《のれん》の奥に声を掛けた。

前垂れで手を拭きながら内所《ないしょ》（経営者の居室）から出て来たお鈴はお富士の姿を認めると「これはこれは川籐のお内儀さん、おいでなさいませ」と、愛想のいい声で挨拶した。

「おや、わたいのことを覚えてておくれたのかえ」

お富士は表情を緩め、お鈴にふっと笑顔を返した。

「この辺りでお内儀さんを知らない人はおりませんよ」

「それはおかたじけだねえ。なにね、息子がこの店の前を通ってまくわ瓜を味見したそうなんだよ。滅法いい味だから客に出してもよさそうだと言うものだから、さっそくいただきに来たんですよ」

「まあ、畏《おそ》れ入ります。娘は、ちっともそんなこと言っておりませんでしたよ。いかほど差し上げましょうか」

「だから、娘さんに二十ばかりと注文したのだけれど……」

お富士はちらりとおちえを見た。

「ええと……」

お鈴はすばやく頭を巡らして「うのさん、まくわ瓜はまだあったかえ」と、内所に声を掛けた。

「ありやす。今、出して参じます」

卯之助の声におちえはほっとした。ほどなく、木箱のまま卯之助はまくわ瓜を運んで来た。

「わたいは二十と言ったんだよ」

お富士は木箱を覗いて不服そうに言う。それよりかなり多い数が入っていたらしい。

「いえ、お代は二十個分で結構です。お近づきのしるしにお勉強させていただきやした」

卯之助は如才なく応えた。

「おや、そりゃ嬉しいねえ。これおしのヽヽヽ、お代をお払いして」

お富士は傍《かたわ》らの女に顎《あご》をしゃくった。

「あい」

おしのと呼ばれた娘は可愛い声で応えた。

まくわ瓜の代金はおちえではなく、お鈴に支払われた。おちえは自分が無視されたような気がした。

「うまそうに見えたのは、まくわ瓜ばかりじゃなかったようだよ」

紙入れを帯に挟んだおしのに、お富士はそんなことを言う。お富士の目線はおちえに注がれていた。

「まあ、おっ母さんたら」

そう言いながら、おしのもおちえをちらりと見た。あの若い男は川籐の息子だったのかと、おちえはようやく合点がいった。

「それじゃ……」

お鈴に向き直って、こくりと頭を下げると、お富士は踵《きびす》を返した。

おしのはその後をまくわ瓜の入った木箱を抱えて続く。

「毎度ありがとう存じます。またよろしくお願い致します」

お鈴の声が張り切っていた。毎度ありがとうございやした、卯之助の声もその上に覆《おお》い被《かぶ》さった。おちえはお富士の後ろ姿をじっと見つめていた。お富士の踵《かかと》はほんのり桜色だった。それはお富士の体格や、あの声に妙にそぐわない気がした。

四

川籐の息子はそれからも何度か和泉屋に訪れた。切り売りしている水菓子の一つ二つを口にして、おちえに軽口を叩いて帰っていく。

毎度、そういうことが続けばお鈴も卯之助も川籐の息子が訪れる理由を水菓子だけではないと察するようになった。

おちえは十七になっていたので、お鈴としては、そろそろ娘を嫁に出すことを考えなければならない。川籐の息子は勘次《かんじ》という名で、年は二十歳だった。

年頃もちょうどいいし、働き者で人柄もよさそうだ。お鈴がその気を見せたのはそれだけではなかった。川籐の子供達の中で勘次だけがお富士の実の子であったからだ。

まだはっきり嫁にほしいと言われた訳でもないのに、お鈴は毎晩、卯之助にその話をした。卯之助も勘次の若者らしい様子に好感を持っていたが、お鈴とは少し違う考えがあるようだった。


おちえは二人が自分の話を始めると、そっと傍を離れて自分の部屋に入った。おちえの部屋は二階の六畳間である。階下の奥の間にお鈴と民次が寝て、茶の間の横の三畳間に卯之助が寝泊まりしていた。卯之助は神田須田町の店にいた頃は住み込みだった。御厩河岸に移ってからも、よそに住まいを見つけようとはしなかった。近所の人間はお鈴と卯之助の関係を何んとなく噂していたようだが、おちえと民次も一緒にいることだし、その内に妙な眼で見ることもなくなったと思う。民次は姉ちゃんが嫁に行ったら、二階の部屋はおいらのものになると憎らしいことを言う。


「お内儀さん、お嬢さんを川籐へ嫁に出すのはちょいと……」

卯之助は遠慮がちに口を開いた。二階にいても二人の話は自然に聞こえていた。

「おや、お前は反対なのかえ」

「あの息子は近頃の若い者にしちゃ、確かに言葉掛けもいいし、人柄もよさそうだ。親に似ない男前でもありますよ。しかしねえ、姑《しゅうとめ》さんがお富士さんじゃ、お嬢さんの手に余りますよ」

「ご兄弟が多いから、商売の手は足りてるし、おちえはそんなに働かされることもないと思うんだけどねえ」

「そいつはお内儀さん、甘い」

「………」

「兄弟が多いから、却《かえ》ってしなくてもいい苦労をすることになるんですよ。舅《しゅうと》、姑の他に義理の兄弟、その連れ合い、まだ嫁に行っていない義理の妹……もうもう気の休まる暇はねェと思いやすよ。これでよそに所帯を構えて、あの息子が川籐に通うとなったら別でしょうが」

「そうならないかえ」

「無理でしょう」

卯之助はにべもなく言った。

「いい息子なんだけどねえ」

お鈴は諦め切れない様子である。

「なあに、お嬢さんにはまだまだ縁談がたくさんありますって。もう少し商いに弾《はず》みがついたら、お嬢さんの仕度もそれなりにして差し上げられますし、ま、今すぐの話じゃありやせんので少し様子を見ましょう」

卯之助の言葉におちえは内心でほっとしていた。その時のおちえは、卯之助と同じで、お富士を姑と呼ぶことに怖《お》じ気《け》をふるう気持ちの方が強かった。

それに勘次に対してもはっきりと気持ちが傾いている訳ではなかった。自分は母親が言うように、ぼんやりな女なのだろうと、おちえは思った。自分の気持ちさえ、よくわからないのだから。


湯屋の帰り、いつものようにおちえは大川の傍に行き、しゃがんで川面を見つめた。客を乗せた舟が、今しがた、岸を離れて行ったばかりである。舟宿の置き行灯《あんどん》にも灯《ひ》が入ったが、辺りはまだ仄白《ほのじろ》い陽の光が残っている。

湯でほてった顔に川風が心地よかった。大川の汀《みぎわ》をたぷたぷと川の水が洗う。ふと眼を上げれば、川簾の開け放した戸口から客が三人出て来て舟に乗り込むところだった。

身仕度を調えたお富士が座蒲団を抱えて後ろから続く。客が舟に乗ると腰を屈めて座蒲団を渡した。

「お帰り、お待ちしておりますよ」

太い声が響いた。客が何か軽口を叩いたようだ。

「ずい分なおっしゃりようでござんすね。わたいはこれでも女の端くれでござんすよ。昔は浅草小町と呼ばれたものだ」

「浅草小町も今じゃ、大町だ」

「憎らしい。粂蔵《くめぞう》、大川の真ん中で旦那を突き落としちまいな」

どっと笑い声が弾けた。粂蔵は勘次のすぐ上の兄になる。まだその上に正次《まさじ》という総領息子がいるはずだ。正次は板場を任され、粂蔵は川籐の船頭をしていた。二人とも女房持ちで子供が二人ずついる。勘次の下には、お妙《たえ》とお路《みち》という十五と十六の年子の娘。それから民次と同い年の竹蔵《たけぞう》という息子もいた。調べた訳ではないが、おちえは自然に川籐の兄弟のことを覚えてしまった。

お富士は衣紋《えもん》を抜いた細縞の着物に鉄紺色の夏帯を締めていた。裾から覗いた朱《しゅ》の蹴出《けだ》しが暑苦しい。きりりと白い木綿を使えばいいのにと、おちえは他人事ながら思った。前挿《まえざ》しの平打ちの簪《かんざし》と髷の際に挿し込んだ鼈甲《べっこう》の笄《こうがい》は、いかにも高価そうだった。

「何してる」

頭の上から声が降った。顔を上げると勘次が傍に立っていた。いつもの恰好《かっこう》だったが天秤棒は担いでいなかった。

「いえ、何も……」

おちえは慌てて立ち上がった。

「湯屋の帰りかい？」

「ええ」

「駒《こま》の湯《ゆ》に行っているのかい？」

勘次はおちえの横に並んで、愛嬌のある顔を向けた。お富士と似ているとは思えない。

「あたしは松風湯《まつかぜ》の方。駒の湯はお武家さんが多くて、二階からいつもからかわれるので」

駒の湯はおちえの町内にある湯屋である。松風湯は元旅籠《もとはたご》町にある湯屋だった。

「いい匂いがするよ。湯上がりの女はいいな」

「あたし、もう行かなきゃ。さようなら」

おちえは湯桶を抱えて勘次の横をすり抜けようとした。単衣《ひとえ》の袖が遠慮がちに摑《つか》まえられた。

「おちえちゃん、おいらがいやかい？」

勘次は唐突に訊いた。真顔だった。

「べ、別に……」

「だけど、いつも避けるじゃねェか」

「避けてなんておりません」

「いや、避けている。おいらが何かしたか」

勘次はおちえの着物の袖を摑んだままである。手を離したら、おちえがそのまま逃げてしまうとでも思っているのだろうか。

「いつも、うちの店をご贔屓《ひいき》にしていただいて、ありがたいと思っておりますよ」

おちえは取って付けたように応えた。勘次はふんと鼻を鳴らして手を離した。

「神田の須田町にいた頃は、店の手伝いなんざしたことはねェんだろ？」

「…………」

勘次が何を言いたいのかわからなかった。落ちぶれた自分を笑いたいのか、それとも同情しているのか。おちえは黙ったまま自分の足許を見つめていた。まともに勘次の顔を見ることはできなかった。

「どうりでよう、不器用な感じで店番していると思ったよ」

「あたし、ぼんやりだから気が利かないんです。おっ母さんにいつも叱られるの」

「手前ェで言ってりゃ世話はねェ。だが、そういうあんたは、何んかいいよな」

「…………」

「この辺りはすれっからしの娘が多いから、おちえちゃんが妙にうぶに見えて仕方がねェ」

「あたしをからかっているの？」

おちえはきッと顔を上げて勘次を睨《にら》んだ。

「そういう訳じゃ……」

「あたしを引っ掛けるつもりでお店に来るの？　だったら、もうよしにして下さいな。別に勘次さんばかりがお客でもありませんから」

「ぼんやりにしてはきついことを言うじゃねェか。よし、四の五《しご》の言わねェではっきりさせよう。おいら、あんたに惚れちまった」

「……………」

「嫁に貰いてェと思っている」

突然の言葉におちえの胸はこれ以上ないほど動悸《どうき》が高くなった。

「だ、駄目よ。あたしのうち、火事になって何んにもなくなっちゃったの。まだ、あたしはお嫁になんて行くどころじゃないのよ」

「そいつはわかっているよ。今すぐの話じゃねェ。来年か再来年、お前ェの家が落ち着いたら考えてくれねェかい？」

「そんなこと……」

「いやかい？」

何んと応えていいかわからない。しかし、自分の一存で祝言《しゅうげん》が纏《まと》まるものではないことだけはわかっていた。

「そういう話は仲人さんを通しておっ母さんにして下さいな」

「へ、堅いことを言うぜ。おいらはその前におちえちゃんの気持ちを聞いておきてェのよ」

「あたし……まだわかりません」

「………」

「そんなこと考えたこともなかったから」

まさか、あんたのおっ母さんが怖くてとは、とても言えない。

「そいじゃ、こうしよう。うちの店に時々遊びに来てよ、うちの連中と慣れるってのはどうでェ。何しろ、うちは兄弟が多いんで、あんたは最初の内、面喰《めんく》らうと思うからよ」

「川籐は勘次さんだけが旦那さんとお内儀さんの実の子で、他は貰いっ子なんですってね」

おちえは恐る恐る訊いた。

「耳が早ェな。その通りだ」

「お内儀さんは感心な人だって、うちのおっ母さんが言っていたもの」

「なあに、本当によそから貰われて来たのは一番上の兄貴だけで、他は店の前に置き去りにされたのやら、観音様で捨てられていたのを親父が拾って来たのやらよ。親父が集めたようなもんだ。お袋は文句を言いながら育てたって訳よ」

勘次は簡単に言うが、子供を一人育てるのでさえ大変なことは、おちえにもわかっていた。よほど深い情の持ち主でなければできることではない。

「そう……兄弟が多いのって、どんな感じ？」

おちえは興味深い顔になって続けた。もう勘次から逃げようという気はなくなっていた。

「そりゃあ、賑やかだよ。喧嘩《けんか》が始まると、これまた大騒ぎよ。だが、喧嘩の元はお袋が一番多いな。何しろ言い出したことは引っ込めねェ女だから」

さもあろうと、おちえは内心で独りごちた。

「あのよ、うちの店は月の初めの一日だけ休みになるんだ。その時は友達も集まって賽《さい》ころしたり双六《すごろく》をやるんだ。おちえちゃん、弟を連れて遊びに来いよ」

「でも……」

その日は晦日近い二十八日だった。七月の一日は七夕祭りや浅草寺の四万六千日《しまんろくせんにち》の参詣が近いので和泉屋は忙しくなる。

それにおちえは、よそゆきの着物を火事で燃やしてしまい、着ていく物がなかった。

「ごめんなさい。あたし、もう行かなきゃ」

「お袋さんに言いづらいなら、おいらがそれとなく話すからよ」

勘次は追い縋《すが》る。おちえはそれには応えず「ごめんなさい、お邪魔様」と言って、そそくさとその場を離れた。勘次がしばらく自分の後ろ姿を見つめていたような気がする。勘次に胸の内を告げられて、おちえの気持ちも穏やかではなかった。その夜は、床に就いてからもなかなか寝つかれなかった。自分を見つめた勘次の眼が何度も思い出された。その度におちえの胸はきゅんと疼《うず》いた。おちえはようやく勘次に魅《ひ》かれ始めていたのだった。

しかし、おちえは勘次に誘われたことを、お鈴に言い出せずにいた。行きたい気持ちは山々だったけれど、やはり着ていく物がない。おちえが着ている紺絣《こんがすり》は燃やしてしまった絽《ろ》の着物が今さらながら惜しいと思った。おちえはそれをずっとお鈴の妹が火事見舞いに訪れた時に持って来てくれたものである。おちえはそれをずっと着ていた。店の手伝いをするには充分であろうが、よそに行くとなったら気が引ける。神田須田町の和泉屋の娘でいた頃の矜持《きょうじ》が、こんな時、おちえの足を引っ張るのだ。勘次は返事をしないおちえに業を煮やし、お鈴と卯之助に話をしたようだ。勘次はおちえが近所の客に品物を届けている間に店に現れたらしい。

配達を終えて店に戻ると、お鈴がにこにこしておちえを迎えた。

「川籐の勘次さんが来ていたよ」

「そう……」

「一日に川籐の方で何か楽しいことをするそうだから、民次を連れて行っておいでよ」

「でも、川籐は休みでも、うちはそうじゃないから」

「遠慮はいらないよ。それに皆んなの顔が揃うのは夕方になるそうだから、いつものように店番して、早めに切り上げて髪結いにでも行ってきたらいいんだ」

「あたし、いい……」

「だって、せっかく誘ってくれたのに。民次もすっかりその気になっているし」

「じゃあ、民次だけ行けばいいのよ」

「何んだよ、気が進まないのかえ」

「そういう訳じゃないけど……」

「こっそり逢引《あいびき》しようというんじゃないんだ。親も兄弟も傍にいるのなら、わたしも安心だし。勘次さんのお兄さんがおいしい物を拵《こしら》えてくれるそうだよ。この機会にせいぜい精《せい》をおつけ」

呑気なお鈴の物言いにおちえはむっとなった。その時、内所から間仕切りの暖簾を引き上げて卯之助が顔を出した。

「お嬢さん、店にばかり引きこもっていちゃ、気がくさくさしますよ。別に遊びに行くだけですから、あんまり深く考えなくていいですよ」

「あたし、深くなんて考えていないわ。卯之助は気の回し過ぎよ。よそからおよばれされても、あたしは着て行く物がないのよ」

おちえは自棄《やけ》のように言ってお鈴の横をすり抜け、二階に上がった。自分の部屋に入った途端、じわりと涙が込み上げた。そんな悪態《あくたい》をつくつもりはなかった。お鈴と卯之助が一生懸命店を守り立てようとしているのは、わかっている。贅沢は言えない。友達が祝言を挙げたと聞けば、おちえの心は焦《あせ》るけれど、今の家の状態を考えたらどうすることもできない。せめて家の中では、嫁ぐ話は聞かぬ振り、知らぬ振りをして貫いたいのだ。それなのに勘次が誘いに来た途端、二人とも口を揃えて行け、行けと急《せ》かす。そのいい加減さに腹が立った。

おちえは出窓に凭《もた》れて通りを眺めた。

「御膳白玉《ごぜんしらたま》ア、ええ〜ひゃっこい、ひゃっこい」

彩り鮮やかな鬼提灯《おにぢょうちん》を吊った白玉水売りは向こう鉢巻きも威勢よく通りを触れ廻る。寒晒《かんざらし》の粉を練って茹《ゆ》で上げた紅白の白玉水は砂糖を盛大に使うからお八つにするには高《こう》直《じき》である。それでも涼味に誘われて、この時期、客の求めは多い。札差の娘だろうか。長い袂《たもと》の少女が二人、「おくれ」と、驕慢《きょうまん》な感じで白玉水売りを呼び留めた。何んの憂いもない少女達の表情が憎らしい。唇を嚙んだ時、卯之助が店を出て、小走りに通りを抜けて行くのが見えた。

五

「川籐の竹蔵はおいらのダヽチヽよ」

民次が歩く道々、そんなことを言った。

卯之助は古着屋からおちえに似合いそうな着物を探して来てくれた。桃色の地に小花を散らしたものだ。間に合わせだから襦袢《じゅばん》の袖と少し合わなかったし、襟と裾も薄汚れていた。それでも、いつもの絣を着るよりましだった。その着物にお鈴の帯を締めたら何んとか恰好はついた。おちえは卯之助に「我儘言ってごめんなさい」と謝った。卯之助は気がつきませんで、こっちこそ申し訳ありやせんと応えてくれた。

お鈴の用意してくれた西瓜を土産に、おちえと民次は一日の八つ半（午後三時頃）過ぎに和泉屋を出た。

「竹蔵という子は、あんたと同い年なんでしょう?」

「ああそうさ。でも、あいつ凄《す》げェよ。番太《ばんた》の店で万引しても絶対に捕まったことがねェんだと」

民次は感心したような顔で言う。背丈はまだほんの少しおちえの方が高いが、来年辺りは追い越されるだろう。番太の店とは木戸番の番太郎が内職で出している店である。

「真似しちゃ駄目よ。今に必ず捕まるわよ」

「どうかな」

「あんた、友達なら、そんなことはするなと言っておやり」

「…………」

「いやなの？」

「捕まらなきゃいいだろうが」

「あんた、うちの店の品物が万引されたらどう思うのよ。せっかく卯之助と二人で仕入れて来たものなのに、只で持って行かれたら悔しくない？」

「そりゃあ、悔しいよ」

「番太の店だって同じことよ。あすこは、木戸番の給金だけじゃ足りないから、駄菓子やお芋を売っているのよ。そんな小さい商売している人を狙うより、どうせなら札差の店にでも押し入ればいいのよ」

「ね、姉ちゃん……」

民次は呆れたような顔でおちえを見た。

「いいわね？　きっと言うのよ」

おちえは念を押した。

川籐の見世ではなく、裏の母屋《おもや》の方に来てくれと勘次に言われていたので、おちえと民次は川岸の見世の裏手に廻った。

川籐の母屋は普通の家の二軒分を一つにしたような建物だった。しかし、それは子供達が成長するにつれ、手狭になったところを建て増ししたような感じに見えた。見世と違い母屋の前は空《あ》き樽《だる》やら、木箱やらが乱雑に置かれていた。

「ごめん下さい」と声を掛けるつもりが、中から凄まじい泣き声と男の怒鳴り声が聞こえて、おちえと民次はすくみ上がった。

「竹蔵が泣いてる」

民次は独り言のように言った。

「手前ェ、いいか、おっ母さんの顔に泥を塗ったんだぞ。わかってるのか、こら。川籐の息子が一文や二文の駄菓子くすねて、え？　そんな菓子がうまいのか、こら、答えやがれ！」

どうやら竹蔵の万引が露見したようだ。おちえは、ほれごらん、という顔で民次を見た。民次はどうしてよいかわからない表情だ。

「後で慰めておやり」

そう言うと民次はこくりと肯《うなず》いた。

「あ、おちえちゃん」

勘次が戸口の前にいた二人に気づいて声を掛けた。いつもの半纏姿ではなく、今日は細縞の単衣を着流しにして、博多の帯を締めていた。

「お取り込みのご様子で……」

おちえは居心地の悪いような顔で応えた。

「なあに、うちの竹がちょいとこれをして」

勘次は人差し指をくいっ、と曲げて見せた。

「おおい、竹、民次が来たぞ」

勘次が奥へ叫ぶと、竹蔵の泣き声は幾分、低くなった。

「ささ、上がってくんない」

勘次は気さくに二人を中へ招《しょう》じ入れた。

広い土間口から座敷に入ると、そこは二十畳ほどの大広間とも呼べそうな場所だった。

川籐の家族が寛《くつろ》ぐ茶の間でもあった。恐ろしく取り散らかっている。部屋の隅には衣《い》桁《こう》が置いてあったが、掛けられるだけ掛けられた着物の重みで、今しもばったり倒れそうだった。傍の籠《かご》にも着物やら半纏やらが山盛りになっている。腰高障子の窓は開け放されていたが、そこにも針箱なのか菓子の箱なのか、隙間もないほど物が置かれているので障子が閉められないのだ。柱に飾ってある竹の花挿しにいけられた花は、とうに枯れていた。

おちえは内心で驚いていたが、民次は気にもしていない様子で竹蔵の傍に寄り「どうした?」と、すぐに声を掛けた。

「勘次さん、これ、おっ母さんがよこしたのよ」

おちえは勘次に西瓜を差し出した。

「おイ、こいつはありがてェ。後で割って皆んなで喰おうぜ。お妙、井戸に冷やしておきな」

勘次は突き当たりの床の間の前で洗濯物を畳んでいたお妙に声を掛けた。振り向いたお妙はおちえを見て、こくりと頭を下げた。目と目の間が離れた扁平な顔の少女である。

お妙の畳んだ洗濯物は床の間にきれいに並べられていたが、床の間とは本来、そういう使い方はしないものだ。

「兄《あん》ちゃん、和泉屋のおちえちゃんだよ」

勘次はまだ不機嫌そうな正次に言った。

竹蔵を叱っていた男である。大柄で六尺にも手が届こうというものだ。お富士に体格が似ていると思ったが、正次は養子のはずだった。

「いらっしゃい。とんでもねェところをお見せしてあいすみません。まあ、今日はゆっくり遊んで行って下せェ。おう、民次、お前ェは何が喰いてェんだ?」

民次は、川籐の人間にはすっかり顔なじみのようだ。おちえはそれにも大層驚いた。正次に訊ねられて民次が遠慮もなく「おいら、鰻」と叫んだので、おちえは恥ずかしさで顔がほてった。

「民次!」

思わず金切り声が出た。

「おちえちゃん、いいってことよ。何んでも兄ちゃんに言えば拵《こしら》えてくれるって」

勘次が鷹揚《おうよう》に応えた。

「あの、お内儀さんはどちらに？　ご挨拶をしなくちゃ」

おちえはお富士の姿を眼で捜した。茶の間にお富士の姿はなかった。

「おっ母さんは、ちょいと野暮用で外に出ているんだ。その代わりと言っちゃ何んだが、お父っつぁんの顔を見るかい？」

「ええ……」

おちえが応えると勘次は茶の間の外に顎《あご》をしゃくった。勘次の後から長い廊下を歩いて行くと、厠《かわや》の近くの部屋に年寄りの男が座って小刀を使っているのが見えた。それが勘次の父親である増吉《ますきち》だった。

「お父っつぁん、和泉屋のおちえちゃんだよ」

勘次は増吉をあやすように言った。

「ちえです。よろしくお願い致します」

おちえは障子の傍に膝を突いて頭を下げた。

とぼけたような顔の増吉は、おちえを見ると黙って肯いた。

「何をなさっているのですか？」

おちえは増吉の手許を見て訊いた。増吉は木の枝を盛んに細かく切っていた。

「ヨウリ」

「え？」

「楊枝《ようじ》を作っているのさ」

勘次が口を挟《はさ》む。卯之助は、増吉が中風を患ってから呂律が回らなくなったと言っていたことを思い出した。

「お大変でございますね」

「ナアニ。ユックリ、アスンデイキララ」

ゆっくり遊んで行けと言っているようだ。

おちえは増吉に微笑んだ。増吉は万年蒲団の上に座っていた。疲れたら、そのままころりと横になるのだろう。

「ごめんよ」

「お邪魔致します」

土間口から客の訪《おとな》う声がした。

「おちえちゃん、そろそろ皆んなが集まって来たようだ。あっちへ行こう」

おちえは勘次に促《うなが》されて腰を上げた。増吉は無心に楊枝を作り続けていた。

川籐の茶の間には子供達の友人やら、親戚の人間やらが集まって、それは賑やかなものだった。男達は賽《さい》ころを小丼に入れて伏せ、中の目を競う博打《ばくち》をやり、女達は双六や歌留多《かるた》をした。双六ではおちえがいつも一番に上がるので、勘次の妹達とその友人は「すごい、すごい」と感心していた。

「おちえさんは運が強いのよね」

お妙の姉のお路がおちえを持ち上げた。お路はおちえより一つ年下である。言葉遣いにも何んとなく年上に対する折り目正しさが感じられた。

「こんなところで運を使っても仕方がないけど」

おちえが軽口で応えると女達はどっと笑った。半刻ほど遊んだ後に正次の女房のおはつが「皆さん、お腹がお空きでしょう？　ひと休みして腹拵《はらごしら》えしましょうよ」と、よく響く声で言った。お妙とお路が腰を上げると、おちえもそれに倣《なら》って板場から食べ物を運ぶ手伝いをした。

大笊に盛られた素麺《そうめん》、蒲鉾《かまぼこ》や卵焼きがきれいに並んだ口取りの大皿、鰻丼は一人前ずつ盆にのせて運ばれる。吸い物、鯉の洗い、浅漬の香の物、おちえが持って来た西瓜も櫛形《くしがた》に切られて盆にのせられた。

一升徳利がどんと真ん中に置かれると、男達は茶碗に酒を注ぎ合った。粂蔵の女房のおしのに付き添われて増吉がよろよろと茶の間に現れると、それが合図とばかり、皆、一斉に「いただきます」と声を張り上げて箸《はし》を取った。

おしのは以前にお富士と一緒に和泉屋に来た女である。増吉の世話をかいがいしく焼いていた。年は二十一だとお路が教えてくれた。

民次は竹蔵の横に座って楽しそうだった。

勘次も男達の中に座っていたが、時々、おちえを気にするような視線を送ってきた。

おちえは素麺を啜《すす》りながら、まだ戻って来ないお富士のことが気になっていた。ふと窓に眼を向ければ、いつの間にか外は暮れている。

双六に夢中になっている内、思わぬほど時間が経っていたようだ。町木戸の閉じる時刻がその日ほど気になったことはない。最初は面喰らったが、川籐の兄弟達の楽し気な様子にすっかりおちえも浸《つ》かっていたのだ。

六

食事が済んでからも遊びは続けられた。酒の酔いも回り、茶の間はだれた雰囲気が漂い出した。おちえは、そろそろ暇乞《いとまご》いをするつもりで口を開くのだが、その度に女達に引き留められた。

民次は竹蔵と友人達のお喋りに興奮していた。何んの真似なのか、立ち上がって尻を振ったりしている。

「もう、馬鹿なんだから」

おちえは弟の様子に呟くと、女達がまた笑った。

突然、土間口から意味不明の奇声が聞こえて、おちえは、はっとした。茶の間に居た者も一斉に黙って耳を澄ましている。

「おっ母さんだ」

勘次が溜め息の交じった声で言った。なぜかその拍子に女達がおちえの方を見た。どういう意味なのかわからなかった。お富士は酔っている様子だった。立ち上がった増吉をおしのが制した。

「お父っつぁん、いいですから座って」

正次が慌てて茶の間を出て行く。お富士の怒鳴り声が続いた。いいから、わかったから、正次は盛んに宥《なだ》めていた。

お富士は正次に腕を取られて覚つかない足取りで茶の間に入って来た。正次が腕を放した途端にお富士は平衡を失い、畳の上にどさりと倒れた。おちえは短い悲鳴を上げた。

「マグロダ」

増吉がぽつりと言った。思わず噴き出した民次の頭を竹蔵がぱしっと張った。

「おしの、酒をおくれ」

ゆっくりと起き上がったお富士は傍のおしのに命じた。

「でも、おっ母さん、もうお酒はさんざ召し上がって、これ以上は身体に毒ですよ」

「うるさい！　おくれったらおくれ」

癇《かん》を立てたお富士の眼は据わっていた。茶の間にいた者は言葉もなくお富士を見つめていた。

「佐助《さすけ》の野郎、わたいに何んて言ったと思う？　え？　放っといてくれだと……もう親でも子でもないとさ……悔しい、こんな悔しいことがあるかえ。こら竹、手前ェ、万引したそうじゃないか。手前ェも佐助と同じにわたいを捨てるのかえ。わたいがそれほどいやかえ」

お富士の言葉に竹蔵は俯いて膝頭を摑み、一言も喋らない。

「佐助が放っといてくれと言うなら、お望みどおりそうしてもやろうじゃないか。はん、三つの時に御厩河岸の渡し場で親に置き去りにされたのが不憫《ふびん》だったから、わたいは毎晩、抱いて寝てやった。あいつはわたいの乳を握って寝たんだよ。勘次が、それはおいらのだと言っても、あいつは承知しなかった。勘次を突き飛ばして、わたいを一人占めさ……その佐助が……」

お富士はそこで堪え切れないように咽《むせ》んだ。

正次の友人は正次に微妙な目配せを送って茶の間をそっと出て行った。しかし、おちえはそうすることができなかった。お富士が正体を失くすほど酔った理由が知りたいと思った。

「佐助さんって?」

おちえは横にいたお路に小声で訊いた。

「兄さん。勘ちゃんと同い年なの」

「この家にはいないの?」

「ええ……」

お路が言い難そうに言葉を濁した。

「おっ母さん、和泉屋のお嬢さんもいらしているんだ。お嬢さんが驚くから、おとなしくしてくんな」

正次はお富士に言う。お富士の眼がおちえに注がれた。

「こう、こっちへ」

お富士はおちえを手招きした。おちえは、どうしたらいいの、という顔でお路を見た。お路は言う通りにしろと目配せした。おちえは恐る恐るお富士の傍に進み「和泉屋のちえです。本日はお招きいただきましてありがとう存じます」と、三つ指を突いて頭を下げた。

「大した挨拶だ。さすが神田須田町の和泉屋の娘だよ。腐っても鯛だわな」

お富士の言葉に正次とおしのの声が同時に「おっ母さん！」と、制した。

「ああ、勘弁しておくれでないか。お嬢さん、わたいは今日、とても悲しいことがあって、飲まずにはいられなかったんですよ」

「お気の毒に……」

「気の毒？　お嬢さん、わたいに同情してくれるのかえ。さすが勘次の見初めた娘だ。心根が優しいよ。今日はいいべべを着ているね。だが、わたいはあんたが店番している時の絣の方が好きだねえ。おや、襦袢の袖が合っていないよ」

酔っていても着物に目敏《めざと》いところは、さすが舟宿のお内儀であった。

「これ、おしの。わたいはお腹が空いたよ。何か出しておくれ。麺、麺がいいよ。まま、じゃ喉に突っ掛かってしまう」

お富士は意気消沈したおちえに構わず、すぐにおしのに命じた。おしのが慌てて台所に走る。お富士はその間に猪口をおちえに差し出し、酌をしろという顔をした。勘次は黙って見ている。酔った母親を自分に見せる勘次の真意がわからない。

普通なら、ささ帰ろうとおちえを促すものではないだろうか。だが、お富士に酌をすることは、さほどいやでもなかった。お富士が自分を見つめる眼は優しかった。

「お嬢さん、男は一人前になると女がほしくなる。女だってそうさ。惚れて惚れられて一緒になる。それが、この世の極楽だよ。そうだろ？」

「ええ」

「素直だねえ。わたいはこのお嬢さんが気に入ったよ。皆んなもそう思うだろう?」

お富士は残っている子供達にじろりと酔眼を向けた。

「てへっ」と民次がからかうように笑ったので、また竹蔵に頭を小突かれた。

「こんな兄弟の多い、小汚い家に遊びに来てくれたんだ。ありがたくて涙が出ちまうよ。勘次、お前ェは目が高い。見上げたもんだよ、屋根屋の褌《ふんどし》ってもんだ」

おちえは思わずぷっと噴いた。増吉が「バカ」と呆れた。

「お前さん、まだ起きていたのかえ。ままは喰ったかえ」

お富士は思い出したように増吉の方を向いた。増吉は子供のようにこくりと肯いた。

「そいじゃさ、よいよいがいつまでも起きていたんじゃ身体に悪い。さっさと寝ちまうことだ。楊枝はこさえたかえ。そうかえ。明日は旗本の殿さんが川遊びをすることになっている。せいぜい楊枝を盛大に使って貰うとしよう」

「ヨウリハ、ソンナニイラネェララ」

「けち臭いことをお言いでないよ。川籐の主の名がすたる」

「お父っつぁん、もう寝ましょう」

お妙が見かねて増吉の腕を取った。増吉はお妙の言葉に素直に肯いた。

「うちの親父は娘の言うことしか聞かねェのよ」

正次は取り繕うように言った。増吉が出て行くと、おしのが素麵を茹《ゆ》でて運んで来た。

「おっ母さん、さあ素麵ですよ。召し上がったら、おとなしく寝て下さいね」

おしのはお富士の前につゆの入った小鉢を差し出しながら言う。お富士は肯き、いきなり肌脱ぎになった。おちえはぎょっとしたが、周りの者は平気な顔である。民次は竹蔵と一緒に茶の間を出て、どこかへ行ったようだ。

蒸し暑い夜だった。お富士は酒を飲んで肌がほてっているのだろう。見ないつもりでいても、お富士のたっぷりした乳房がおちえの目の先に揺れた。乳首が桜色してきれいだった。

お富士は素麵をひと口啜り込んで「うまいねえ」と感歎の声をあげたが、すぐに佐助は飯を喰っただろうかと思い出したように言う。

「佐助のことはもういいって！」

正次が声を荒らげた。

「だって、兄ちゃん」

お富士は縋るような眼で正次を見た。

「おっ母さん、明日、おいらが、聖天町《しょうでん》の親分に様子を聞いて来てやるよ」

勘次が口を挟んだ。

「そいじゃ、勘次。弁当を差し入れておくれ。佐助は縛られてさ、小突かれてさ、人相もなかったんだよ。あの様子じゃ水も飲ませて貰えないようだ」

どうやら、佐助という息子は何か悪事を働いて自身番の岡っ引きに捕まったらしい。お富士の嘆きはもっともなことだとおちえは思った。

「勘次さん、あたし、そろそろ……」

これ以上、お富士の傍にいることが切なくなっていた。勘次はおちえの気持ちを察して黙って肯いた。

「送って行こう」

「じゃあ、民次を呼んで下さいな」

「民次は今夜、泊まると言っていた」

「でも、明日、仕入れがあるのに」

「一日ぐらいは大目に見ると番頭さんも言っていたよ」

「そう……」

おちえはお富士に向き直り「お邪魔致しました」と頭を下げた。お富士は眼を細めて「また、おいで」と応えた。

「驚いたかい？」

勘次がおちえの表情を窺《うかが》いながら訊く。大川沿いに二人は三好町へ向かって歩いた。

対岸の本所の灯りがちらちら滲《にじ》んだように見えた。大川の水の色は闇に溶けている。時時、蛍のような光が飛んでいるように見えるのは、猪牙舟《ちょき》の艫先《ともさき》に下げられた提灯だろう。

「そうね、少し驚いた」

おちえは吐息をついてから応えた。佐助という息子は家の商売を嫌って一年ほど前から川籐にはいなかった。しかし、それには訳があった。佐助を置き去りにした母親が十年以上も経ってから佐助を迎えに来たのである。

佐助の母親は男から男へ転々と渡り歩いていた女だった。もはや年も年で色香で男を誘えなくなると、昔、捨てた息子を捜して世話をして貰うことを考えたらしい。

佐助の母親は息子が川籐にいることを以前から承知していたらしい。勝手な母親である。

お富士は最初の内こそ相手にしなかったが、佐助の母親は毎日のように川籐を訪れ、息子を返せとわめいた。仕舞いには「人攫《ひとさら》い」などと穏やかでない言葉も吐く始末。佐助は川籐に迷惑が及ぶことを考えて自分から川籐を出たのである。

しかし、そんな母親ではいいことがある訳もない。母親は銭、銭と佐助に迫った。佐助は川籐の魚の仕入れを引き受けていたので、つてを頼って魚屋に奉公した。佐助の母親は顔見知りになった人間には、すぐに金を無心する癖があった。その金を返すには魚屋の給金だけでは足りなかった。

佐助は切羽詰まって今戸《いまど》橋の下で鯉を捕り、それを料理茶屋に売ったのである。諏訪《すわ》町の南の隅には高札《こうさつ》が立っている。大川は浅草の川筋である諏訪町から聖天町の間は殺生禁止の触れが出ているのだ。浅草寺のお膝元であることから、幕府はそのような措置をしたのだろう。不思議なことに殺生禁止の区域に限って丸々と太った鯉が泳いでいた。鯉も安全な場所を心得ていたと思われる。

回が重なる内に佐助はとうとう土地の岡っ引きにしょっ引《ぴ》かれることになったのだ。

おちえは佐助という息子の気持ちも、お富士の気持ちもわかるような気がした。

「佐助さんはお内儀さんが大好きなのね」

おちえがぽつりと言うと「わかるかい」と勘次は笑顔を向けた。

「佐助は、餓鬼の頃はお袋の傍を片時も離れなかったもんだ。お袋は親に邪険にされていたんだねえと言って、好きにさせていた。多分、お袋も佐助が一番可愛いと思っているんじゃねェかな」

「だから、なおさら事件が起きて、お内儀さんはこたえたのよ。あんなに滅茶苦茶に酔って……佐助さん、どうなるの？」

「わからねェ。鯉を捕ったぐらい何んだと思うだろうが、お上のやることは見当もつかねェから、存外に重い罪になるかも知れねェよ。いっそ、島送りか寄せ場送りになれば、あの婆《ばば》ァと縁が切れていいのにと思っているよ」

「そんな……」

「世の中にゃ、ひでェ親がごまんといるぜ。おいらは手前ェの母親を相撲取りみてェに太っているし、酒喰らって暴れるし、最低な女だと思っていたが、最低ってのは、そういうことじゃねェんだよな」

「お内儀さんは情の深いお人ですよ」

「……」

「だから勘次さんは、お内儀さんの普段の姿をあたしに見せようとしたのね」

「どうせ隠していても、その内にわかることだからよ」

そう言いながら勘次はおちえの表情を心配そうに窺っている。勘次も不安なのだと、おちえは思った。

「卯之助は、あたしがお内儀さんにお仕えするのは無理じゃないかと言ったのよ」

「……」

「それにご兄弟が多いから、あたしが余計な気を遣うって」

「だ、だけどおちえちゃん、もしも川籐でおいらが一人息子だったら、むしろ、そっちの方が大変だと思わねェか。お袋は嫁さんにゃ遠慮会釈はねェし、よいよいの親父の世話だってある。夜は見世の仕事で寝る暇もねェありさまだぜ」

勘次は必死で言い訳する。

「兄弟が多いから仕事を手分けしてやれる。親父の世話は今のところ、おしの義姉さんが引き受けているし、お袋が無体なことを喋れば兄ちゃんがいなしてもくれるよ。おいらもな、たまに一人になりてェと思うことがあるよ。ごやごやと家の中に人が溢れていれば気が休まらねェ。だけど、皆んながいねェことを考えると、ぞっとすらァ。皆んながいて、あれこれ違う考えがあるから、そいつを聞いている内に自然にいい案も生まれるというものよ。この度の佐助のことでもよ」

「佐助さん、本当にどうなるの？」

おちえは心配で、また訊ねずにはいられなかった。

「もしも、罪に問われなかったら、親父は上方の親戚の所にやると言っていた。ひとまず、あの母親から引き離すことが先だ」

「そうねえ……」

「佐助の母親が了簡《りょうけん》を入れ換えるなら、川籐で賄《まかな》いの手伝いをさせてもいいと思っているが、あの様子じゃ、どうだかな」

「…………」

「おちえちゃん、おいらの気持ちがわかってくれたかい？」

勘次は心細いような顔でおちえを見た。おちえはふわりと微笑んで肯いたが、「返事はもう少し待ってね」ということも忘れなかった。

七

勘次は川籐のよろず仕入れ係だった。魚の仕入れも青物も、もちろん水菓子も。その他に見世の座敷に飾る季節の花なども目につくと買って川籐に持ち帰る。夜は半纏を羽織に着替え、贔屓《ひいき》の客に愛想よく振る舞う。川籐の二代目が勘次であるということを他の兄弟達は暗黙の内に了解しているようだ。もっとも、それは形だけの問題で、そうなったとしても商売は今と同じ形で続けられるだろう。

それはいいけど。おちえを迷わせるのは、やはりお富士の存在であった。仲よしになったお妙とお路に、おちえはそっと訊いたことがある。「お内儀さんがおっ母さんじゃ、辛くない」と。二人は顔を見合わせて、辛いも辛くないも、おっ母さんだから仕方がないと応えた。どこの家の子供も母親には一つ二つ不満はあるものだと言い添えた。おちえは、それもそうだと納得したものだが。

勘次は仕事の合間に和泉屋を訪れて来る。月の始めに川籐へ遊びに行くのも習慣になっていた。お富士はもう、おちえのことを嫁にすると決めたような様子で、さり気なく、よそいきの着物や帯、簪《かんざし》のあれこれを届けてくれる。自分が嫁に行ったら、おっ母さんはどうなるのだろうと、そちらの心配をおちえはするようになった。

「よう、仲人を頼んでもいいか？」

柿にかぶりついた勘次がおちえに訊いた。

いつもの昼下がり。空の天秤棒が床几の傍でひしゃげた形で置かれていた。おちえは吐息をついて空を見上げた。空には鰯雲《いわしぐも》が浮かんでいた。

「春に祝言を挙げようぜ」

「………」

返事をしないおちえに業を煮やし、勘次は辺りの様子を窺うと、おちえの手首を摑んで店の横の狭い小路に引っ張り込んだ。いきなりおちえの口を吸う。勘次の息は柿臭かった。

「わ、わかったから。誰かに見られる。放して」

おちえはくぐもった声で応えた。本当はいつまでも勘次とそうしていたかった。

「ちゃんとお袋さんと番頭さんに言えるのか？」

勘次はおちえの眼をまじまじと覗き込んで念を押す。

「ええ……」

「きっとだぜ。お前ェは少しぼんやりだから、はっきりと言えるのかどうか心配になるぜ」

「ひどいこと言うのね。ぼんやりじゃないから、あれこれ考えるんじゃないの」

おちえは少し強い口調で言った。

「怒るなって」

「あたしが川籐にお嫁に行ったら、安心して邪険にするんでしょう？」

おちえは隣りの家の壁のすさを毟《むし》りながら言う。勘次はその手を止めた。

「そんなことはねェって。お前ェは川籐のお内儀になる女よ。皆んなも大事にしてくれるって」

火事で焼け出された自分が人並みに嫁に行ける。自分は、それほど運がない訳でもないだろうと、おちえはふっと考えていた。

「さ、こんなところで油を売ってもしようがないわ。早く帰って」

おちえは、勘次を急かした。

「あ、ああ。明日、また来らァ」

「ちゃんと仕事してね」

「そいつは任《まか》してくんな」

勘次は、おちえの肩をぽんと叩いたが、また口を吸いにきた。おちえはそれをするりと躱《かわ》して店の前に戻った。

ちょうどその時、卯之助が出先から戻って来たところだった。おちえは卯之助に妙な場面を見られなかったことにほっとした。

勘次は如才なく卯之助に頭を下げると天秤棒を担《かつ》いで去って行った。

「この様子では、お嬢さんも逃げられそうにありませんね」

卯之助は冗談交じりに言った。

「そろそろお決めになってはどうですか」

「でもね、あたし、おっ母さんのことが心配で」

「そんなこたァ……」

「卯之助がおっ母さんと所帯を持ってくれるのなら安心してお嫁に行けるのだけど」

思わず、そんな言葉が口を衝《つ》いて出た。卯之助の眼が大きく見開かれた。

「卯之助はずっとおっ母さんのことが好きだったんでしょう？　だから、独りでいたのでしょう？」

「お嬢さん」

「あたしはぼんやりだけど、それはわかっていたの。もう、遠慮はいらないじゃない。お父っつぁんだって許してくれるよ」

「………」

卯之助は俯いて洟を啜り出した。ああ、こんなに卯之助はお鈴に惚れていたのかと、おちえは自分が言い出したくせに驚いていた。馬鹿言っちゃいけやせん、という言葉が返って来るものとばかり思っていたからだ。

「いやだ、卯之助。泣かないでよ」

「ありがとう存じます。お嬢さんのその言葉を聞いただけで、わたしは……」

「川籐が柿を届けてくれって。おいしいところを選んでね。何しろ、どやの嬶様はうるさいお人だから」

「わかりやした」

「あたしも川籐にお嫁入りしたら、その内に、どやの嬶と呼ばれるのかしら」

「…………」

「妙な感じね」

おちえはそう言って勘次が食べ終えた柿の皿を片付けた。

「御膳白菊、あま〜い、甘い」

いつの間にか白玉水売りの男は甘酒売りに商売替えしていた。御厩河岸は秋といえども、甘酒をふうふうしながら啜るには、まだ、ほんの少し早い。

浮かれ節

竈《へっつい》河岸

一

日本橋の堀江町《ほりえちょう》から六軒町《ろっけん》に架かる親父橋《おやじばし》を渡り、芳町《よし》を抜けると住吉町《すみよし》になる。その南側に堀があって、その辺りは竈河岸《へっついがし》と呼ばれていた。どうして竈河岸というのかよくわからない。昔、竈を造る職人が多い所だったのか、あるいは竈一つを、とにもかくにも一世帯とすることから独り身の男達が多く集まっていたからそう呼ばれたのか、いずれにしても謂《いわ》れはそんなところにあるのだろう。

堀の向こうには武家屋敷が並んでいる。その中でも大きなものは上総国鶴牧藩《かずさのくにつるまきはん》の水野《みずの》壱岐守《いきのかみ》の中屋敷だった。

竈河岸の北側はすべて商家であるから、その堀が武家と町家の結界《けっかい》のような役目をしていると三土路《みどろ》保胤《やすたね》は思うことがある。

三十六歳の三土路保胤は幕府の小普請組《こぶしんぐみ》に所属していた。小普請組は非役であるので役禄《やくろく》はつかない。家禄だけで生計を維持しなければならないので暮らしは苦しかった。しかし、暇はあるので、竈河岸の蕎麦屋《そばや》「まる吉《きち》」の二階で近所の者が集まって行われる一中節《いっちゅうぶし》のおさらい会には欠かさず出席していた。おさらい会は月一度開かれていた。もともと喉はよく、さして稽古しなくても節回しを覚えるのが早いというのが三土路の長所であった。

三土路は武士のたしなみとしての謡曲《ようきょく》よりも町人達が好む端唄《はうた》に魅《ひ》かれた。たまたま三土路の住まいのある高砂町《たかさごちょう》の近所に一中節の女師匠がいたので、もっぱらその稽古をするようになった。三土路は宇治紫風《うじしふう》という名取りでもある。

高砂町で武家は三土路の家だけだった。以前の火事で近所にいた武家は浜町《はまちょう》河岸の方と竈河岸の南側へ引っ越してしまっている。

三土路の家も類焼したのだが、幸い火事に強いと言われる土蔵《どぞう》を所持していた。しばらくは土蔵で暮らし、幕府から出た救済金と妻の実家からの援助で家を再建したのである。

三土路の父の三土路図書《ずしょ》は幕府の御納戸《おなんど》役《やく》を務めていた男である。しかし、三土路が二歳の時に病を得て急死している。跡継ぎの三土路が幼少であったため、三土路家は小普請組に落とされたのだ。以来、決まった役目もいただけず今日に至っていた。

三土路は図書が四十歳、母親の登勢《とせ》が三十六歳の時の子である。長く子ができず、養子を迎えようとしていた時、登勢のまさかの懐妊であった。もちろん図書は狂喜乱舞の態《てい》だったという。図書が急死したのは張り切り過ぎた結果であろうと登勢は三土路に語ったものである。

だから登勢は三土路に対して、今まで辛抱を強《し》いることは少なかった。好きなことならやればよい、好きなおなごなら嫁にするがよいと。

三土路の妻のるりは柳橋の料理茶屋の娘だった。三土路が小普請組支配役の平田《ひらだ》甚左《じんざ》衛門《えもん》の伴をしてるりの父親が営んでいた「増田屋《ますだ》」に行ったのが二人のきっかけである。るりが三土路を見初めてしまったのだ。

るりは五人きょうだいの末っ子で一人娘だった。こちらも気儘《きまま》に育った口である。三土路の男ぶりもさることながら、その美声を聞いて、ころりと参ってしまったのだ。三土路と添えなければ死ぬことも辞さないなどと思い詰めるまでになった。父親の増田屋清六《せいろく》はどうしたものかと平田甚左衛門に相談を持ち掛け、るりを一旦、甚左衛門の養女とし、それから三土路の家に嫁がせるという形で縁談を進めた。町家の娘と武家の息子が婚姻するには、そういう手順を踏むのがもっぱらであった。三土路もるりの愛らしい表情に魅かれていたので、この縁組はとんとん拍子に進んだ。

るりは多分、貧乏がどういうものか知らずに三土路家に嫁いだのだろう。毎日の質素な食事からして実家にいた時とは大きな隔《へだ》たりがあったはずだ。しかし、両親に可愛がられ、鷹揚《おうよう》に育ったるりは、むしろその貧乏を楽しむようなところがあった。娘が三人もできた今は、所帯やつれが僅《わず》かに感じられるものの、るりの気性は相変わらずだった。もっとも、増田屋からそれとなく援助の手が差し伸べられてはいたが。

「おや、お早いですな。他の方《かた》はまだお越しになりませんか」

蠟燭問屋《ろうそくといや》の隠居が二階に上がって来ると、出窓の桟《さん》に凭《もた》れて所在なく外を眺めている三土路に声を掛けた。隠居は二十代の後半から禿《は》げ始め、四十になった頃は髷《まげ》を結うこともできなくなり、それからは面倒なのですっかり剃《そ》り上げているという。町医者か按《あん》摩《ま》にも見えようというものだが、黄色っぽい秩父《ちちぶ》の着物に対《つい》の羽織を重ね、茶の博多帯を締めて数寄者《すきもの》をきどっていた。

天保九年（一八三八）の秋。地方では飢饉《ききん》が続いていたので江戸の米価が高騰《こうとう》し、暮らし難い世の中であった。その一方で人々の風俗は奢侈《しゃし》に流れ、とりわけ、武士の廃頽《はいたい》ぶりは目を覆《おお》うばかりだった。

腰の大小はいずこへ消えたものか、短い太刀《たち》を携《たずさ》え、派手な貝細工の煙草入れをぶら下げ、何を着ようとお構いなしとばかり花色の小袖を纏《まと》って悦に入っている者さえいた。

幕府が躍起になって奢侈禁止の触《ふ》れを出すも、その効果が出ているとは言い難かった。三土路の恰好は年中、羊羹《ようかん》色に褪《さ》めた紋付と焦げ茶色の袴《はかま》である。音曲《おんぎょく》の掛かりがあるので服装までは手が回らないのだ。親し気に三土路の傍《そば》に座った隠居から、ふわりと酒の香《か》がした。まる吉へは三土路か隠居がいつも最初に訪れていた。

「ご隠居。もはや一杯引っ掛けて参られたのですか」

三土路は悪戯《いたずら》っぽい表情で訊《き》いた。

「さようでございます。三土路さんの後に胴間声《どうまごえ》を張り上げなければならないんですから酒の一杯、生卵の一つも啜《すす》らなくてはどうしようもありませんて」

「わたしは生卵を啜ってきました。家内が飲め飲めとうるさいものですから」

「おるりちゃんは相変わらずきれえでいらっしゃる。それに心根が優しいよ。大奥様がこれまたできたお方ですから、全くもって羨《うらや》ましいというものだ」

「ご隠居。そんなことはありませんよ。銭が足りないと、家内にも母上にも年中言われておる始末です」

「それはお互い様ですよ。銭のある奴なんざ、この辺りには一人もいやしない。ちょいと小金を摑んでもすぐに道楽に遣っちまう。世の中ですな」

隠居はしみじみとした口調で言った。

「ところで三土路さん、本日は何をおやりになりますかな」

隠居は少し緊張した様子で続けた。

「そうですね。久しぶりに『黒髪《くろかみ》』を」

「やあ、それは楽しみだ。何んたって三土路さんの『黒髪』は天下一品だ」

「ご隠居は何を？」

「わたしはまあ、『道成寺《どうじょうじ》』ですよ」

「ほうほう。いかがですか、手は上がりましたか」

「お人の悪い。そんなことは申し上げるまでもございませんよ」

隠居の軽口に三土路は声を上げて笑った。

その内に米沢《よねざわ》町の薬種屋の主《あるじ》、鳶《とび》職の頭《かしら》がまる吉の二階に上がって来た。三土路は彼等と如才なく挨拶を交わした。おさらい会の顔ぶれの中でも武家は三土路だけだった。

紅一点は、かつて柳橋の芸者で今は武具を扱う道具屋のお内儀に収まっている姐《ねえ》さん。五十はとうに過ぎて孫も大きいのがいるのに、そのお内儀は姐さんと呼ばれることを好《か》んで、お内儀さんと呼ぶと返事もしないのである。衣紋《えもん》を抜いた御納戸色の鮫小紋《さめこもん》に黒の帯を締めて床の間の傍に座った。床の間にはすすきと桔梗《ききょう》が活けてあって秋らしい。

掛け軸は唐物《からもの》の山水画であった。まる吉の主もこのおさらい会に一枚嚙んでいるが、おさらい会の途中で出す料理と蕎麦の仕込みに手間取っているのか、まだ顔を出していなかった。

床の間の前には座蒲団が二枚ずつ向き合う形で八枚敷かれている。姐さんの隣りの上座はまだ空席のままである。そこには高砂町の師匠の宇治紫蝶《しちょう》と、俳句の点者も引き受けている大家の徳兵衛《とくべえ》が座ることになっていた。二人は恐らく一緒に現れるのだろう。

「ところで三土路さん、都々逸《どどいつ》の噂はご存じですかな」

隠居はふと思い出したように三土路に訊いた。火鉢の鉄瓶の湯で茶を淹《い》れ始めていた姐さんが、手を止めてこちらを見ると、

「牛込《うしごめ》の藁店《わらだな》でやっている例のあれかえ」

訳知り顔で口を挟《はさ》んだ。

「そうそう。姐さんはすでにお聞きになりましたか」

「とんでもない。あんな高い木戸銭を払って牛込くんだりまで行くもんですか」

姐さんは吐き捨てるように応えた。

都々逸は天保に入ってから流行した端唄である。「どどいつ、どいどい」と囃《はや》すので都々逸節と呼ばれるようになったが、都々逸坊扇歌《せんか》が節回しを完成し、洒落《しゃれ》た歌詞を即興でうたい評判を取っていた。都々逸節は別名、浮かれ節《ぶし》とも呼ばれている。

「そんなに木戸銭が高いのですか」

三土路は心魅かれる思いで姐さんにとも、隠居にともつかずに訊いた。

「五十六文ですってよ。たまげるじゃないですか」

何か言い掛けた隠居の口を封じるように姐さんはずばりと言った。鳶職の頭《かしら》は鉄無地の着物をいなせに着て、煙管《きせる》を遣いながら「それでも客はわんさと押し寄せているそう

だ」と口を挟んだ。さすがおさらい会に出席する連中である。流行の唄には耳敏《みみざと》い。

「七・七・七・五で纏《まと》めて、最後のところだけ、夜の雨～と、こうなるのさ」

姐さんは夜の雨のところで節をつけた。扇歌の唄は聞いていないと言ったくせに、よく知っている。

「粋なもんですな。そいじゃ、わたしも都々逸を一つ覚えましょうかな」

隠居がその気を見せた。

「ご隠居じゃ、ちょいと無理」

姐さんはにべもなく言う。

「何んだよ。わたしには覚えられないというのかい。これでも一中節の稽古は十年もやっているんだ。それだけ下地がありゃ、他の節回しだってできないことはないやね」

「浮かれ節は稽古の本なんてありゃしないんだよ。あの扇歌という男は、客が当てずっぽうに出した題をもとに即席で唄を拵《こしら》えるんだ。だからさ、喉のよさよりも、ちょいと、ここの問題」

姐さんは自分の頭のてっぺんを人差し指で突いて見せた。隠居は不服そうな顔をしていたが、即席で唄を拵える才覚などないと悟ったのか、それぎり口を噤《つぐ》んだ。その内に師匠と徳兵衛が現れ、まる吉の主もようやく顔を出しておさらい会はいつものように始まった。

二

まる吉から家に戻ったのは、早や町木戸が閉じられる時刻だった。娘達と登勢はすでに床に就いて、るりが一人だけ起きて待っていた。

「お前様、湯漬けでも召し上がります？」

寝間着に着替えた三土路にるりが訊いた。三十三歳のるりは江戸紫の小紋に友禅の前垂れをしていた。武家の妻にしては派手な恰好だが、るりにはよく似合った。娘達の一番上の姉といっても通るほどである。実際、そう思う人も多かった。

「そうだな。軽くいただこうか。冷や飯は残っておるのだろう？」

「ええ。増田屋からおいしい茄子《なす》の香の物が届きましたの。それで、さらさらっとおやりになれば？」

るりは三土路の気を引くように言った。まる吉では途中で膳が出るが、唄をうたうのは存外に腹が減るものである。皆の所望で『黒髪』の他に三曲ほどうたったので腹の中の物はすっかりこなれていた。

「本日の首尾はいかがでした？」

茶の間から台所へは障子一つで続いているので、るりは湯漬けの仕度をしながら三土路に話し掛ける。

「うむ。いつもの通りだ」

「今夜は何を？」

「『黒髪』だ」

「ああ、『黒髪』。お前様の唄を初めて聞いたのも『黒髪』でしたねぇ」

るりは懐かしそうに言う。

「おさらい会の連中は浮かれ節の噂をしていたよ」

三土路はるりの淹れた茶を啜りながら言った。

「浮かれ節？」

るりは振り向いて怪訝《けげん》な顔をした。

「都々逸のことだよ」

「ああ、あれのことですか」

「都々逸坊扇歌という男が評判になっているらしい」

るりは箱膳を運んで来て三土路の前に置いた。冷や飯の丼の傍には色鮮やかな茄子の香の物と自家製の梅干しが添えられていた。るりは火鉢の上から鉄瓶を取り上げ、丼の中に注いだ。

「その方、この間、お客様と一緒に増田屋に見えたそうですよ」

るりはさり気なく話を続けた。

「え、そうなのかい？　だったら、ちょいと聞きたいものだったなあ。親父殿は何もおっしゃらなかったんで気がつかなかったよ」

三土路は未練たらしく言った。

「お父っつぁんも、お前様をお呼びしたい様子でしたけど、あいにく次の日が逢対日《おうたいび》になっておりましたので遠慮したのですよ。万が一、御酒《ごしゅ》でも残ったなら、いけませんし」

「…………」

逢対日とは月の半ばと末日に自宅で待機している小普請組の話を支配役が聞く日であった。他のお役目に空席ができた時に推挙して貰うためである。しかし、そういう機会は滅多に訪れてこなかった。るりを養女にしてくれた平田甚左衛門も致仕《ちし》（隠居）して久しい。三土路はお役目に便宜を計らってくれる人もいないまま小普請組に留まることを余儀なくされていた。るりは三土路がいずれお役目をいただけると信じている。しかし、平田甚左衛門が小普請組支配役であった時でも三土路を役職に就かせるために便宜を計った様子はなかった。それは、三土路には端唄の他に特に見るべきものがなかったからだろう。そういう者を推挙して後で失態でも演じられたら自分の顔がない。平田の考えが三土路にはわかっていた。三土路は端唄の稽古をするよりも学問や剣術をすべきであったのだ、本当は。三土路は湯漬けを掻き込みながら、今さら詮《せん》のないことを考えていた。

「父上、まだお休みにならないの？」

寝ぼけまなこで茶の間に現れたのは次女のあすかだった。八歳のあすかは三土路と一緒に眠ることが多い。三女のさとみが生まれた時、るりに構って貰えなくなったあすかが寂しそうにしていたので三土路が自分の寝床に入れてやったのだ。その習慣が今でも続いている。

「何んだ。一人では眠れないのか」

三土路は湯漬けを食べ終えると、あすかを自分の膝の上に抱き寄せた。

「父上、ぎゅっとして」

あすかは甘えた声で言った。ぎゅっと抱き締めてほしいという意味である。三土路はあすかを言う通りにぎゅっと抱き締めて頬擦りした。あすかは嬉しそうに可愛い笑い声を立てたが「お髭《ひげ》が痛い」と眉間に皺《しわ》を寄せた。

「ぎゅっとだけよ、父上」

「ほいほい。それ、ぎゅっと……」

おどけた三土路にるりが溜め息をついた。

「何んだ。あすかに悋気《りんき》しているのか？」

三土路は首をねじ曲げてるりをからかった。

「何をおっしゃることやら。お前様、それどころではございませんよ」

るりは真顔になって箱膳を脇へ寄せると三土路に向き直った。

「ちひろにお屋敷奉公のお話があるのですよ」

ちひろは三土路の長女で十五歳である。その年齢にしては大人びているが、お屋敷に奉公に上がるにはまだ早いと三土路は思う。

「水野様のお屋敷の方がちひろに目を留めて、来年、是非にもお屋敷に上がってほしいということでした。お前様がおさらい会に出かけていらしたので、お返事は後ほどと申し上げましたけど」

水野様とは竈河岸に中屋敷のある大名家のことだった。

「母上は何んと言われた」

三土路は登勢の考えが気になった。

「ちひろがそうしたいのなら、そうなさいとおっしゃられました」

「で、ちひろは何んと応えた」

「奉公したいそうです」

「…………」

「お前様、お仕度のことならご心配なく。増田屋のお父っつぁんに言えば喜んで面倒を見てくれますから」

お屋敷奉公といっても身の周りの物は親の掛かりになる。三土路の家で貯えたものをすべて吐き出しても仕度には足りないだろう。

しかし、これ以上、増田屋の世話になることは三土路の気が進まなかった。

「明日、ちひろと話をしよう」

三土路は静かな声で言った。

「お前様……」

るりは不満そうであった。すぐに、それでは増田屋の親父殿にお願いしよう、という言葉が三土路から返ってくるものと思っていたらしい。るりがその話に乗り気なのは顔を見ればわかった。

「ささ、あすか。早く寝よう。ようく寝ないと美人になれないぞ」

三土路はあすかを抱き上げ寝間に向かった。

床に就いた三土路の耳に、るりが茶碗を洗う水音が高く響いた。こんな時に牛込の藁店へ出かけ、都々逸坊扇歌の唄を聞きたいなどと言ったら、るりはさぞかし眼を剥《む》くことだろうと思った。

三

「母上、母上はちひろが水野様のお屋敷に上がることに賛成したそうですね」

翌朝、三土路は朝飯の時に登勢に口を開いた。ちひろに話をするのが先だと思ったが、いつものように呑気な表情で朝飯を食べている登勢の顔を見た途端、三土路は何んとなく腹が立った。後のことは露《つゆ》ほども考えていないと思った。

「そうですよ。ちひろは手習い所でも優秀だし、琴の腕前も相当なもの。ちひろがお屋敷に上がるのに不足はありますまい」

七十二歳の高齢ながら存外にしっかりした声で登勢は応えた。水を何度もくぐった利《り》休鼠《きゅうねずみ》の着物と黒の無地の帯が骨と皮ばかりのような登勢の身体を包んでいた。るりが輿《こし》入れした時登勢は還暦も近い年だった。るりさんの言う通り、るりさんのいいように。

登勢はるりが嫁になった途端、ようやく隠居できるとばかり、すっかり家の中のことはるりに任せてしまった。そのお蔭で、いわゆる嫁姑の問題は起きなかったというものの、こういう時ぐらい家の事情を慮《おもんぱか》って、ようく考えてからにしろと登勢の口から言ってほしかった。

「そうおっしゃられても仕度というものがあります。母上まで増田屋の世話になれとおっしゃられますか」

三土路は甲走《かんばし》った声になった。ちひろは驚いて箸《はし》を止め、父親と祖母の顔を交互に見つめた。

「お庭をねえ、少し売ったら、ちひろの掛かりが出るのじゃないかしらねえ」

登勢は恐る恐る言う。

「ご冗談を。庭を切り売りして、縁側から他人の家の壁を眺めるのですか」

三土路がそう言うと登勢はさすがに黙り込んだ。家を再建した時、母屋の方を削って借家にするよう造作した。そこから家賃を取っている。もう、これ以上、家の地所を他人に提供することは不可能であった。

「父上……」

ちひろが棗型《なつめがた》の利発そうな眼を三土路に向けた。

「父上が反対されるのなら、わたくしはお屋敷奉公は致しません」

「あのな、ちひろ。おれは小普請組で、お上からいただく禄も僅かなものでしかない。お前をお屋敷奉公に上げる仕度も満足にはできないのだ。お前が一人娘なら無理もしようが、お前の後にはあすかやさとみもいるのだ」

「だから、それは増田屋から……」

口を挟んだるりを三土路は眼で制した。

「お屋敷奉公は何のためだ。箔《はく》をつけてよい家から婿《むこ》を迎えるためか」

三土路は皮肉な言い方で訊いた。

「そのつもりでおりました」

ちひろは気後れする様子もなく、きっぱりと応えた。あまりにもきっぱり応えたので三土路は言葉に窮した。

「お祖父《じい》様がもう少し長生きして下さったら保胤も小普請組に落とされることもなかったのに。ちひろ、お父上を恨んではいけないよ」

登勢はそう言って袖で涙を拭《ぬぐ》った。

「お祖母《ばあ》様、お泣きにならないで。わたくしは父上のご苦労を思うからこそ、お屋敷に上がり、お行儀やお仕来たりを覚えて、しかるべき家から婿殿をお迎えしようと考えたのですよ。このままでは三土路の家は永遠に小普請組のままですもの。でも父上が反対されるのなら無理は申しません」

ちひろは登勢の肩を抱き、慰めるように言った。

「ご自分は好きな音曲ばかりなすって、ちひろには辛抱させるのですか」

るりは悔しまぎれにそんなことを言った。

「母上、後生ですから父上をお責めにならないで。父上の音曲はもはや趣味の域を出ております。何んでも道を極《きわ》めることは難しいものです。父上は音曲がご自分の唯一の道と信じて精進されておるのですよ。母上には、それがおわかりになりませんの？」

ちひろは切羽詰まった声で言った。眼が濡れていた。あすかもさとみも泣き出した。

「ちひろは難しいことを言うのう」

三土路の言葉尻に溜め息が交じった。そんな大層らしい理屈はなかった。るりの言うように、好きで続けていることの方が、むしろ当たっているだろう。それでも、ちひろの言葉は三土路の胸にこつんと何かを響かせた。

「まだ時間があるゆえ、おれも何か手立てがないか少し考えてみる」

三土路は立ち上がって自分の部屋に行った。

いつもの紋付と袴を着けると、るりが「どちらへおいでになるのですか」と追い縋《すが》った。

「どこでも構わん。外の空気を吸わなければ息が詰まりそうだ」

「それほど増田屋の世話になるのがおいやなのですか」

るりは切り口上になった。

「いやとか、そういうことではない。増田屋には今までも充分に世話になっている。これ以上、迷惑は掛けたくないのだ。お前も三土路の家の人間になったのだ。いつまでも親に甘えるな」

三土路はそう言って、るりに背を向けた。

玄関で履物に足を通した時、るりの泣き声が聞こえた。登勢と娘達がしきりに宥《なだ》めている。三土路は天井を見上げて嘆息した。

行く宛《あて》はなかったが、足は自然に増田屋に向いた。三土路は自分の意気地《いくじ》のなさを心底恥じていた。

柳橋の増田屋の板場は魚河岸から仕入れた魚や野菜が運び込まれ、朝の仕込みの真最中であった。ひょいと板場に顔を出した三土路に板前達は驚き、慌ててるりの母親のますを呼びに行った。

「まあ何んですか、保胤様。表からお越しになればよろしいのに。まるで悪さをした子供みたいに裏口から」

ますはすぐにやって来て冗談交じりに言った。

「親父殿はご在宅ですかな」

「ええ。内所《ないしょ》におりますよ。ちょうどよかった。実は保胤様に耳よりなお話があるんですよ。ささ、上がって下さいましな」

ますは三土路の腕を取って中へ促《うなが》した。

ちひろのことがもう耳に入っているのだろうか。それなら話が早いと三土路は思った。

内所で増田屋清六が長火鉢の前で茶を飲んでいた。しこしこした縞《しま》の紬《つむぎ》の上に増田屋の屋号の入った半纏《はんてん》を着ている。六十二歳の清六は三土路を見ると満面の笑みになり

「お早うございます」と頭を下げた。

「お忙しいところ朝から押し掛けて申し訳ございません。なに、近くまで参りましたの

で、親父殿のお顔など拝見しようかと思いまして」

「拝見というほどの顔でもございません。恐縮でございます。婿殿にはちょいとお話ししたいことがありましたので手間がはぶけました」

「はて、何んでしょう」

三土路は素知らぬふりを装って訊いた。しかし、清六の口から出た話は、ちひろのことではなかった。

「先日、都々逸坊がうちの店にやって来たのですよ。いや、聞きしに勝《まさ》るよい喉でありました。贔屓《ひいき》がこれまた錚々《そうそう》たる顔ぶれでございましてな、旗本のお殿様やら大店の主、戯作者《げさくしゃ》もおるのですよ」

「客が勝手に題を出して、それをもとに即席で唄を拵《こしら》えてうたうとか……」

三土路はおさらい会で小耳に挟んだことを言った。

「さようでございます。機転の利いた男でした。しかしまあ、節回しはそれほど難しいものではありませんので、婿殿がちょいと修業なされば、すぐに、ものにできますでしょう」

「そうですよ。保胤さんなら屁《へ》の河童《かっぱ》ですよ」

傍でますも景気をつけた。

「いやいや。拙者はその都々逸坊の唄を一度聞いてみたいものだと思っておりましたが、都々逸そのものを覚えようという気はございません」

「まあ、一中節では宇治紫風の名取りでもある婿殿のこと、いまさら浮かれ節でもありますまいが……」

清六は少し鼻白んだ表情になって、ますと顔を見合わせた。

「何かありましたか」

まだ仔細を抱えている様子の二人に三土路は畳み掛けた。

「いえね、都々逸坊がうちの見世で客に唄を披露した後で、お客様の一人から都々逸合戦をやったらおもしろいのではないかという話が出たのですよ」

ますは、るりとよく似た笑顔で応えた。

「都々逸合戦？」

三土路は呑み込めない顔で清六とますを交互に見た。

「どんな題を出しても都々逸坊にすぐさま答えられるのが癪《しゃく》に障《さわ》ったのでしょうな。ちょいと端唄が得意の者を並べて、都々逸坊と掛け合いでうたわせ、もしも、万が一にも都々逸坊が唄に詰まったら、ご褒美《ほうび》に五十両の大枚が出るのですよ」

清六は三土路の気を引くように上目遣いになって言う。

「五十両……」

三土路に思わず感嘆の声が出た。もしもその金が手に入るのなら、ちひろの仕度ができるというものだ。

「お客様が銘々《めいめい》に金を出して下さるんです。それが集まると五十両。場合によってはもっと多くなるかも知れません。わたしはその話を聞いて、すぐに婿殿の顔を思い浮かべたんですよ。都々逸坊に勝てるのは婿殿しかいないと」

「しかし……」

三土路は、幾ら清六が自分を持ち上げても、都々逸坊に勝てる自信はなかった。何しろ、都々逸そのものがよくわからない。わからないもので対戦することなど無謀なことだ。満座の中で冷や汗を掻く自分が容易に想像できた。

しかし、清六は三土路の思惑など意に介するふうもなく、にこやかな表情で言葉を続けた。

「まともに対戦しては勝ち目はありませんから、こちらは即席の唄でなくても、題に叶う言葉が入っていれば一中節でもチョンガレでもいいのですよ。それなら婿殿にも無理ではございませんでしょう。いや、そうなったら、都々逸坊より婿殿の方に分があるというものです」

「…………」

「まあ、まだ時間がございますから、ようくお考えになられて、一つ挑戦してみるのも一興ですよ。そうそう、ためしに都々逸坊の唄をお聞きになってはいかがです？　牛込の藁店の寄席に出ているそうですから」

「はあ……」

三土路は言葉を濁した。五十六文もの高い木戸銭には及び腰になる。清六は三土路の懐具合を充分に察しているように、ますへ顎《あご》をしゃくった。ますは心得たという顔で肯《うなず》くと長火鉢の引き出しを開け、そこから懐紙に包んだものを取り出して三土路の前に差し出した。

「これは？」

「まあ、都々逸合戦の仕度金みたいなものですから黙ってお納め下さいましな。でも、おるりには内緒ですよ。おっ母さんが余計なことをするから、うちの人は御番入り《ごばんいり》（役職に就くこと）を本気で考えないと叱られますからね」

ますはそう言って悪戯っぽい顔を拵えた。

るりは増田屋から何んでも彼《か》でも無心している訳ではなかったのだ。むしろ、いいと言うのに、わが娘可愛さで、ますの方から押しつけていた節もある。それなのに三土路はるりに親に甘えるなと叱ってしまった。るりはさぞかし悔《くや》しかったことだろう。三土路は懐紙に包まれたものを即座に押し返した。しかし、ますは一度出したものは引っ込められないと、無理やり三土路の手に、それを握らせた。根負けした三土路は頭を下げ「それでは藁店の寄席に行って浮かれ節を聞いて参ります」と応えた。

清六とますは安心したように笑った。

四

牛込御門前から伸びている神楽坂《かぐらざか》をだらだら行けば、行願寺《ぎようがんじ》の門前町に辿《たど》り着く。

その辺りは寺社と武家屋敷に囲まれているので、遊び心のある人間は門前町の賑わいに、ほっと、ひと息つこうというものだ。水茶屋の茶酌女《ちやくみむすめ》が盛んに客を呼び込んでいる。花屋や蠟燭、線香を売っている露店も多い。

門前町の真向かいも岩戸《いわど》町、肴《さかな》町、袋《ふくろ》町の町家になっている。その中に富士見の馬場や御徒《おかち》町《まち》に通じている少し広い通りがあった。

通りは入った所から一町ばかり緩やかな逆くの字に曲がっている。途中の岩戸町二丁目の辺りを人々は藁店と呼んでいた。

かつては藁を商う店が並んでいたのだろう。

しかし、今では一軒ほどしか残っていない。代わりに軒提灯も派手な寄席と料理茶屋がひしめくように通りを埋め尽くしていた。

三土路はその寄席の一軒、「藤本《ふじもと》」という小屋の前で足を止めた。都々逸坊扇歌の軒《のき》看板《かんばん》が掲げられていた。浅葱《あさぎ》の着物に紋付羽織を重ね、蠟燭問屋の隠居のように頭を剃り上げている。扇歌は盲人であった。

扇歌は常陸国《ひたちのくに》出身で幼い頃に失明したという。本名は岡福次郎《おかふくじろう》。父親は医者をしていた男である。そういう話を三土路は清六から聞いた。

今年の夏から扇歌の都々逸は大変な評判になっていた。ただ評判になっていたものなら、これまで幾つもあった。しかし、都々逸に関しては弟子が何十人もいて、一派を形造っている。三土路は都々逸が、いずれ庶民の間に定着する音曲になりそうな予感がした。

「ちょい旦那、ちょいちょい旦那。都々逸坊扇歌の粋な唄をお聞きになりやせんか」

鼠《ねずみ》木戸の前にいた呼び込みが三土路に声を掛けた。木戸銭は案の定、五十六文。当時としては最高の高値であった。

「決してご損はさせませんよ。毎日のように通っていらっしゃるお客様もいるんですから。話の種に一つどうです？　旦那、ぐずぐずしていると次の回になっちまいますよ」

呼び込みは三土路を急かした。三土路は遅くなっては高砂町に帰れなくなると考え、慌てて木戸銭を払った。

「へい、中へどうぞ。ずず、ずいっと中へ」

木戸の中の若い者に促されて三土路は平土間《ひらどま》へ進んだ。藤本はさほど広い寄席ではなかったが、それでも昼の時分だというのに八割方、客で埋まっていた。

幕は開いていて、中央に緋色の座蒲団、後ろは白い襖《ふすま》のようになっていて、「千客万《せんきゃくばん》来《らい》」の額が掛かっている。上手《かみて》には立派な五葉松《ごようまつ》の盆栽《ぼんさい》も台の上にのせられていたが、他は目立った飾りもない、あっさりとした舞台だった。

やがて、かなり年増の三味線弾《ひ》きの女が藤色の着物の裾を引き摺《ず》って現れ、中央の座蒲団より少し斜め後ろに座って糸の調子を合わせ始めた。六十にも手が届こうという女は、頭を似合わない高島田に結い、化粧も呆れるほど濃かった。その顔で時々、客席に媚《こ》びたような目線をくれた。客はその度にどっと笑った。

それから間もなく、都々逸坊扇歌は、せかせかした足取りで現れた。眼が不自由なのに介添え人もなしだ。舞台の袖から何歩で座蒲団までゆけるか、ちゃんと頭で計算できているのだろう。拍手が起こり、扇歌は客席に向けて愛想笑いをした。男前とは言い難いが憎めない表情をしている。

扇歌は座蒲団の手前で三味線弾きに初めて気づいたというように「おッ」と驚く仕種をして見せた。

「お久しぶり」

女は鼻声でしなを作って言う。

「お久しぶりって、お前さん、昨夜もここで三味を弾いていただろうが」

「うふん。ひと晩経ったら、お久しぶりよん」

客は扇歌と三味線弾きのやり取りに声を上げて笑った。

「そうかい、そうかい。お前さんの人生は長いねえ。いつまで生きてんだか。もしかしてお前さんは死ぬことなんざ忘れちまったんじゃねェのかい？　やい、妖怪婆ァ」

「あらひどい。そんなことより、久しぶりにあれをやって」

「あれかい？」

「そうよ、あれ」

女は見掛けに寄らず達者な手さばきで三味線を弾き始めた。扇歌が首を伸ばした拍子に突然、三味線を止め「調子、高かありませんか」と訊く。

出鼻をくじかれて扇歌は「何んでもいいよう」と自棄《やけ》のように言った。

「あらそうですか」

「…………」

「早く、早く、やってェん」

「いやだねえ、色っぽい婆ァってのも」

扇歌は衣紋を取り繕い、今度は本当に唄が始まった。

〽鐘が鳴りました〜忍ぶ恋路に
　せき立つ胸を
エーじれったい夜の雨〜

道具屋の姐さんが口ずさんで教えてくれた「鐘が鳴りました」だった。声の大きさが並ではない。それにもまして、扇歌の声には不思議な色気があった。それは男の三土路さえぞくぞくしたものだから、女にはさぞかしたまらないことだろう。客席から割れるような拍手が起こった。

〽十九や二十《はたち》の身でないあたし
　三日月なりに紅《べに》さして
　褄《つま》とる苦労もあなたゆえ

「十九や二十」の唄は三土路の心に滲《し》みた。

三土路の脳裏には、るりの白い顔がぽっと浮かんでいた。

立て続けに三曲ばかりうたった後、扇歌は座り直して客席の方を見た。

「へえ、本日もようこそお越しいただきました。ありがとう存じます。さあてそれでは……」

そう言うと、客席から拍手が湧き「待ってました」の大向《おおむ》こうの声が掛かった。

「待ってましたってあなた、またこの扇歌を苛《いじ》めるんでございますか？　これをやると、あたくしは寿命が半日縮まるんでございますよ。寿命を削って舞台を勤めているんですからね。木戸銭が高いなんておっしゃらないで下さいましよ」

扇歌がさり気なく言い訳する。「安い、安い」と、また声が掛かった。

「ありがとう存じます。それではお題を……」

三味線弾きの女が後ろで景気のよい音を響かせた。

「秋」という声が上がった。

「秋ねえ、今は秋たけなわでございますね。あたくしは秋になると、やけに腹が減る質《たち》でございまして……」

〽ひぐらしが〜鳴けばくる秋
あたしは今日で
三晩泣くのに来ない人
凄《すご》いと三土路は思った。即興でここまで完成された唄にできるものだろうか。題を出した客が桜ではないかと三土路は訝《いぶか》った。

しかし、扇歌は客の求めに澱《よど》みなく答え続けた。

「さてさて、季節の唄はこのぐらいで、もう少し趣向を凝らしたものはありませんか？いかがです？　ありませんか」

咄嗟《とつさ》のことに客席は窮した。その時、三土路は思わず「小普請組」と声を上げていた。どうしてそんなことを言ったのかわからない。案の定、客席から失笑が起きた。三土路はすぐに自分の言葉を後悔した。

扇歌は見えない眼でじっとこちらを見た。

「お武家様でございましょうか。ご苦労様でございます。難しいお題でございますな。少々、ご無礼になるやも知れません。それでもよろしいのでしたら」

「構いません」

慌てて応えた三土路の声が裏返った。

「では、お許しが出たところで……」

〽振り上げた～拳《こぶし》（小普請）どこ行く

　花へ行く

　無益《むえき》（無役）でもなし　ぐみ（組）の花

三土路は客のやんやの拍手の中で一人俯いていた。圧倒されていた。

扇歌は小普請組の自分をおとしめる唄はうたわなかった。その人間的な大きさにも感動する。盲人として成長した扇歌の苦労は世人の理解できるものではないだろう。扇歌はただ自分の喉を頼りに、頭を頼りに新しい端唄の世界を創造したのだ。

そんな扇歌に三土路が何をどうしたところで勝ち目はない。都々逸合戦では己れの恥を晒《さら》すだけだろう。

しかし、と三土路は考えた。その大きな扇歌に一矢《いっし》報いることができたなら、自分も何かしら得るものがあるのではないかと。

戦わずして初めから下りるのは武士の面目が立たない。三土路は藤本からの帰り道、扇歌がうたった「振り上げた」の唄を口ずさんだ。それは自分の唄だと思った。三土路の節回しは自分でも気がつかなかったが、きっぱりと都々逸節に収まっていた。

五

都々逸合戦は翌月の九月の十三日。後見《こうけん》の月見の宵《よい》に増田屋で行われることになった。仲秋《ちゅうしゅう》の月見は八月の十五日であるが、吉原ではこの夜、妓楼《ぎろう》に揚《あ》がった客を後見の月見にも呼ぶ仕来たりがあった。仲秋の月見だけでは片月見となり縁起が悪いのだという。なに、妓楼が客を呼ぶための手管《てくだ》に過ぎないのだが。

たまたま、扇歌が増田屋へ呼ばれた日が八月の十五日だったので、それでは後見の月見に都々逸合戦で花を添えようということになったのだ。

扇歌の対戦相手は五人が選ばれた。扇歌の贔屓の客である旗本の次男、扇歌の門人の花扇《かせん》という十九の娘、稲荷町の役者の卵で喉が自慢の二十五の男、浅草の海苔屋の三代目で一中節を趣味にしている三十の男、それに三土路である。三土路が一番年長であった。対戦相手の人選は扇歌、旗本、寄席藤本、芝居茶屋の主、それに増田屋清六がそれぞれ一人ずつ推薦した結果であった。

当日は増田屋の大広間を使い、希望者には見物させるようにもした。木戸銭は取らないが、客は祝儀袋を携《たずさ》えて来ることだろう。増田屋清六は見世の大きな実入《みい》りを期待してもいるようだ。一中節のおさらい会の連中も噂を聞きつけ見物するつもりでいた。五人の中で旗本の次男坊はひやかしのようなものだから、これは問題にしなくてもよい。

浅草の海苔屋の三代目も大した喉でないらしい。三土路が気にしていたのは役者の卵と扇歌の弟子の花扇という娘だった。役者の卵の方は噂の一つとして聞いたことがないので、わからない相手というのが不安だった。

行司は寄席藤本の座元である藤本喜三郎《きさぶろう》。

藤本は扇歌の息が掛かっているので題は別の所で決められ、堅く封印されて当日を待つ。題は百余りに上るそうだが、当日はその中から任意に決められるので、とてもずるはできなかった。

対戦相手は無理に都々逸節にしなくてもよいのが有利であった。題に叶ったものなら既成の唄でもよかった。ただし、扇歌は、そうはゆかない。あくまでも即興でうたうのである。

扇歌と一人ずつ対戦し、うまくうたった時は次の対戦相手に駒が回り、詰まった時は負けとなり合戦から外れる。言わば勝ち抜き戦であった。

三土路は今まで覚えた一中節を丁寧におさらいした。師匠の宇治紫蝶は季節、四季の花々、鳥類、動物、虫、天候、世の中の流行や習慣にも心を留めて細かく分けて覚えよと忠告してくれた。せっかくだから、三土路は都々逸節も自分の唄に入れようと、幾つか覚えた。

どうせ扇歌の勝ちと決まっているのだから、じたばたすることもない。三土路は傍《はた》から見て冷静であったと思う。

だが、九月に入って三土路が驚くほどじたばたしなければならない事態となってしまった。

八月の末日は小普請組の逢対日となっていたので三土路はいつものように江戸城に上り、小普請組支配役と対面して話を聞いて貰った。

いつもなら「お手前の気持ちはよっくわかりました。こちらも差し含んでおきます る」という言葉で終わるのだが、その日ばかりは違った。

代々の将軍の墓所となっている芝《しば》の増上寺《ぞうじようじ》で屋根瓦の補修工事が持ち上がった。工事それ自体は大したものではなく、一日で終わるようだが、人夫の監督をする役人が流行《はや》り風邪をこじらせて何人か倒れたという。本来、小普請組は人夫を出しさえすれば、後は御用なしの閑職である。しかし、増上寺の屋根瓦の補修は、因州の藩が仰せつかり、そちらから粗相があっては申し訳も立たない、念のため幕府の役人を何人か就《つ》かせてほしいと作事奉行に前々から申し入れがあったのである。

風邪で倒れた役人が回復したとしても、一日、外で立たせるには不安があった。急遽《きゆうきよ》、自宅にいる小普請組の者から助っ人を出すことになったのである。あまり年若でも貫禄がないので壮年の者が二人選ばれた。

その中に三土路も入っていたのだ。もしも、お役目ぶりが目覚ましい場合は、御番入りも不可能ではないと、支配役は嬉しいことを三土路に言った。

三土路もその話を聞いて大いに喜んだものだが、工事の行われる日を聞いた途端、暗《あん》澹《たん》たる気持ちに陥《おちい》った。九月の十三日であった。

江戸城からの帰り道、三土路は大いに悩んだ。せっかくの機会である。そのお役目を断るつもりはなかった。しかし、当日、江戸城に出仕して申し送りを済ませ、それから芝の増上寺に向かい、お役目をこなし、終わってまた城へ戻り、上司に報告を終えてから柳橋に向かうということがひどく億劫《おつくう》に思えた。

お役目がなかったならば前日は早めに床に就き、当日は午前中に師匠の所へ行って稽古をさらって貰い、その後は湯に入り、身体を清め、喉の調子を調えてから増田屋へ向かうつもりであった。

お役目を終え、日本橋まで走り、舟を頼んで増田屋に駆けつけるというのはどうしたものかと思うのだ。秋とはいえ、江戸城から芝までの往復の道中、およそ二里。普段、ろくに歩きもしないので、すこぶる足も不安である。おまけに風の強い日ならば大川の潮《しお》交じりの風に喉をやられる恐れもあった。三土路は溜め息を何度もついて竈河岸まで戻った。

「父上……」

声を掛けられて振り向くと、ちひろが下男の宇助《うすけ》に伴われて立っていた。

「手習い所の帰りか？」

三土路は訳知り顔で訊いた。ちひろはこくりと肯いたが「宇助、先に帰って。わたくしは父上とゆっくり戻りますから」と宇助に命じた。

「旦那様、よろしいでしょうか」

年寄りの宇助は曲がった背中をさらに丸めて了解を得る。

「うむ。ご苦労であった」

三土路がそう言うと、宇助は安心したように皺深い顔を弛《ゆる》め、せかせかした足取りで帰って行った。

「何を考えていらしたの」

ちひろは堀の方へ身体を向けながら三土路に訊いた。竈河岸の堀は水野家の中屋敷の角で堀留になっている。堀の中央には小さな橋が架かり、橋を渡ったすぐの所に稲荷のお堂があった。ちひろの眼から、父親が物思いに耽《ふけ》っているように見えたらしい。

「いや、今度の都々逸合戦のことだが……」

三土路がそう言うと、ちひろは眼を輝かした。わが娘ながら美しいと三土路は思う。地蔵眉も、細く高い鼻も、少し厚めの唇も。何にもましてその眼がいい。

「わたくし、大層楽しみにしております。父上の喉は他の方と比べてどれほどのものなのか……いいえ、決して誰にも負けない。都々逸坊にだって」

「ちひろ、そのことだが、辞退しようかと思っておるのだ」

低い声でそう言うと、ちひろは信じられないという表情で眼をみはった。

「なぜです？　自信がないのですか」

「いいや、そうではない。その日、お務めで芝へ行かなければならなくなったのだ」

「でも、お務めは日中のことではないですか。お戻りになってから増田屋に向かっても間に合いますよ」

「しかし、都々逸合戦のことを気にしていては、お務めに身が入らぬ」

「せっかくよい機会ですのに……」

ちひろは俯いた。

「おれは武士だ。音曲にうつつを抜かしてばかりおるのは、幾ら世の中だと言うても済まぬことだ。このお務めを恙《つつが》なくこなせば御番入りが叶うやも知れぬのだ」

「それでは仕方ありませんね」

ちひろは物分かりよく肯いたが「でも……」と言葉を続けた。

「それならそうで、座興でおやりになれば？」

「え？」

「どうせ勝つつもりがないのでしたら、いっそ気が楽ではございませんか。少しぐらい遅刻なすっても拙者はお務めがござってのと、おっしゃれば皆様は納得なさいますよ。増田屋のお祖父様にもそのようにお伝えしておきますから」

「ちひろ……」

「父上の気持ちはよくわかっております。お唄が父上にとってどれほど大切なものか。でも父上はお唄よりもお務めを選ばれたのですよ。それこそ武士たるものです。ですから、その日は武士として座興でお唄をなさいませと申し上げたのです」

「ちひろ、何んと賢《かしこ》いのう」

三土路は感心した声になった。

「父上、当日の問題はお務めが首尾よくゆき、増田屋の約束の刻限にも間に合うことですわね？」

「うむ」

「お稲荷さんに願掛けしてゆきましょうか」

「そうだな」

ちひろの言葉に三土路の気持ちは少し楽になった。そうだ、勝つつもりがないのだから焦《あせ》ることもないのだ。ちひろに腕を取られ、三土路は稲荷のお堂に足を運んだ。

ちひろは長いこと稲荷に掌を合わせていた。

ようやく顔を上げた時、ちひろは何か決心したように唇を噛み締めた。

「お願いがあります」

「何んだ」

お屋敷奉公を許してほしいということだろう。それなら、すでに三土路の気持ちは決まっていた。娘のためなら増田屋に頭を下げようと。しかし、ちひろの願いはそれではなかった。ぽっと頬を染めたちひろは「父上、ぎゅっとして」と、蚊の鳴くような声で言った。

思わず噴《ふ》き出しそうになった。あすかを抱き締める三土路を横目で見ながら、自分もそうしてほしいと思っていたらしい。しかし、長女の自分が妹達の手前、そんな甘えたことを言っては示しがつかない。ちひろはじっと堪えていたのだ。

「こんなに大きくなっているのに……」

そう言いながら三土路はちひろを抱き寄せた。

「ああ、父上の匂いがする……ああ、こうしていると安心する」

ちひろはうっとりとした声で言った。いずれ、ぎゅっとしてと頼むのは自分ではなく、誰か見知らぬ若者になるだろう。そう思うと三土路は複雑な気持ちになった。しかし、腕の中のちひろは、無邪気な表情をしている。

「母上には内緒だぞ」

「もちろん」

ちひろは三土路を見上げて眉間に小皺を拵えた。

六

ぶっさき羽織、たっつけ袴、手甲《てっこう》に脚絆《きゃはん》をつけた三土路は身仕度を調えて芝へ向かった。

小普請組からは三土路と柿田《かきた》市左衛門《いちざえもん》という四十の男が監督に立つことになった。江戸城を出て日本橋から京橋、銀座通りを経て芝に辿り着く道筋である。

「お江戸日本橋、七つ立ち～とくらァ」

柿田は呑気《のんき》に鼻唄を口ずさんだ。彼も唄好きの男と見える。三土路はからりと晴れた空を眩《まぶ》しそうに見上げてから芝への道を急いだ。

増上寺では、すでに瓦職人が屋根に上がって仕事を始めていた。

「ご苦労様でございます」

修理を仰せつかった因州の藩の三人の家臣は慇懃《いんぎん》に三土路と柿田に挨拶した。かなり緊張している様子が見られた。互いの名を名乗り合った後で「本日は天気に恵まれましてようございました。これならば滞《とどこお》りなく仕事も進みましょう」と、三土路は彼等の緊張をほぐすように言った。

「どうぞ、よろしくお願い致します」

三人の家臣はまだ朝も早いというのに、額にびっしりと汗をかいていた。屋根を見上げる三土路と柿田に、それはそれは気を遣っていた。もしも万が一、不都合が起きて、ご公儀に「よろしからず」と報告されては目も当てられないと考えているのだ。

四つ（午前十時頃）の一服も、中食《ちゆうじき》も三土路が声を掛けなければ藩士達は容易に休もうとしなかった。

「藩のご家来衆というものは大変なものでありますなあ」

柿田は中食の弁当を食べながら感心して三土路に囁《ささや》いた。

「まかり間違って失態でも演じようものなら、お家がただちに移《い》封《ほう》、改易《かいえき》の憂き目を見る。おのずとお務めにも真剣になるのでしょう」

三土路はそう応えた。

「それに比べて我等は気楽なものですな。ところで、この度のことにはお手当が出るのでしょうな」

「そりゃあ、何かしらのものはいただけるでしょう。普段は役禄をいただいておりませんから」
「いや助かります。何しろ、家内も母親も内職に追われているものですから」
柿田は三土路が手当を出す訳でもないのに心底ありがたそうに言う。
「それは拙者も同じこと。娘が屋敷奉公に出たいと言っておるので頭を抱えております」
「ほう、それは大変だ」
柿田は気の毒そうな顔になった。広い増上寺の境内には秋の陽射《ひざ》しが降っていた。中食時は職人の仕事の音もせず、鳥の囀《さえず》る声と樹々のそよぐ微かな音しかしない。三土路は今夜のことをふと思った。増田屋の大広間に座った自分の気持ちはどのようなものだろうかと。その時の様子が微塵も想像できなかった。明る過ぎる陽射しのせいだろう。
と、三土路の耳にその時、低くうたう声が聞こえてきた。
〽くるりくるりと廻れよ車
　わしが大事の御所車
〽あの子よい娘だわし見て笑うた
　わしも見てやろ笑うしてやろ
エート　エート

〽しゅうとしぶがき小じゅうとはこねり
　来たる嫁御は西条がき
〽わしとあなたはおくらの米よ
　いつか世に出てままとなる
瓦職人も手を止めて声のした方に顔を向けた。初めて聞く唄だった。うたっているのは藩士の一人であろう。味のあるいい声だった。
三土路の視線に気づき、他の藩士が慌てて腰を上げた。うたっている藩士は小用にでも立った時、それまでの緊張が弛み、思わずうたいたくなったのだろう。
「あの男、また始まった」
腰を上げた藩士は、いかにもいまいましそうだった。
「あいや、しばらく。拙者はもう少し唄の続きが聞きたい」
三土路は歩み掛けた藩士を制した。
「しかし……」
「職人達も喜んでおる。のう」
三土路は固まって弁当を食べている瓦職人達に相槌《あいづち》を求めた。職人達は笑いながら肯いた。
〽あなた百までわしゃ九十九まで

共に白髪の生ゆるまで
〽歌いなされよどなたによらず
歌できりょうがさがりゃせぬ
〽千代に八千代に変わらぬものは
尾上たかさご五葉の松

藩士がうたい終えると誰彼となく拍手が起きた。うたった藩士は突然、我に返ったらしい。しばらくその場からこちらへ出て来ようとはしなかった。

「山田！」

三土路の傍にいた藩士が苛立《いらだ》った声で怒鳴った。

山田は短軀《たんく》の男であった。その身体をさらに小さくして三土路と柿田の前に現れると土下座して謝った。

「申し訳ございませぬ。つい、いい気になって胴間声を張り上げてしまいました。何卒《なにとぞ》、何卒、ご容赦のほどを」

「ささ、お手を上げられませ。拙者、少しも不快と思いませんでした。むしろ聞き惚れてしまいました。本日はこのようによい天気でござる。お務め中ならいざ知らず、中食の休み時間に唄のひとつもうたったところで誰も咎《とが》めなど致しませぬ」

「いえいえ、平にご容赦のほどを」

「あの唄はお国許でよくうたわれるものですか」

「はッ、唐臼歌《からうす》と申します。臼を挽《ひ》きながらうたうものです」

「仕事唄ですな。結構でございました。どれ、お返しに拙者も一つご披露致しましょう」

三土路がそう言ったのは自分の喉を自慢したいためではなかった。自分がうたえば藩士の困惑した表情が解けるだろうと考えたからだ。得意の『黒髪』だった。

〽黒髪の～結ぼほれたる思いには
しんと更けたる鐘の声
昨夜の夢の今朝覚めて～

ゆかしなつかし
遣瀬《やるせ》なや～

不思議に増上寺の境内には『黒髪』が似合った。しだれ桜の樹《き》が風情を添えていた。

三土路の声は増上寺の広い境内に滲《し》みるように流れていった。瓦職人の中には眼を閉じて聞いている者もいた。

三土路はこの時、唄とはどういうものかを悟ったような気がする。緊張でささくれ立った人の心を癒《いや》すのが唄の役目であると。

三土路の唄が終わった時、静かな拍手が起きた。今夜はよく眠れる、耳の果報であったという褒め言葉は、何にもまして三土路には嬉しいことだった。その夜の都々逸合戦など取るに足らないことに思えた。そんなことはどうでもよかった。自分の唄がこの場所で人の心を癒した、それだけで充分であった。

中食の後の仕事はそのせいでもなかったろうが、静かに進められて八つ半（午後三時頃）には予定通り終了した。

三土路は職人達の労をねぎらい、藩士達と挨拶を交わして江戸城に戻り、工事の終了を小普請組支配役に報告した。

釣瓶《つるべ》落としの秋の陽は暮れ、日本橋まで歩いて来た時は、早や、薄闇が町々を覆《おお》っていた。

都々逸合戦はすでに始められたかも知れない。別に自分がいなくても構わないのではないかと思っていたので、三土路は特に急ぎもせず日本橋川の船着き場まで来た。

「旦那、三土路の旦那じゃござんせんか」

頰被《ほおかぶ》りの年寄りの船頭に声を掛けられ、三土路は怪訝な顔になった。ようく見ると増田屋の近所にある舟宿「峰屋《みね》」に使われている船頭だった。

「どうした、こんな所で」

三土路は気さくな言葉を掛けた。

「どうしたはねェでしょう。あっしはずっと旦那を待っていたんでござんすよ」

「え？」

「増田屋では皆さんお揃いなのに旦那だけがお越しじゃねェ。これはお務めに手間取っているに違いねェからお迎えに上がれと、うちのお内儀さんに言われて来たんでござんすよ」

「それはそれは。峰屋さんは今夜のことには拘《かか》わりがないだろうに」

「つれねェことはおっしゃらねェで下さいよ。うちのお内儀さんは昔からお嬢さんを可愛がっていたお人ですぜ。そのお嬢さんのお連れ合いが都々逸坊と差《さ》しで唄合戦するとなったら、とても他人事じゃありやせんよ」

「済まぬのう」

三土路は峰屋のお内儀の気持ちに恐縮する思いだった。

「ささ、挨拶は後回しにして、乗っておくんなさい」

船頭は小舟に三土路を急《せ》かした。小舟は三土路を乗せると滑るように岸を離れた。

「退《の》いた、退いた。こちとら急ぎの用事で柳橋まで行かにゃならねェ、ぼやぼやすると体当たりを喰わせるぞ」

船頭は荒い言葉を吐いて他の舟を蹴散《けち》らした。

舟が大川へ出ると、新たな緊張が三土路を包んだ。頭の中が真っ白で、覚えた端唄の数々はすっぱり消えているような気がした。

七

増田屋の前では、るりと三人の娘達が今か今かと待ち構えていた。三土路の姿をいち早く見つけたのは次女のあすかであった。傍にあった空き樽に上がって「父上！」と叫んだ。

まるで男の子のようだった。

「遅くなって申し訳ない。もはや始まったであろう」

三土路は手甲を外し、それをるりに手渡しながら言う。

「さきほどまでお前様をお待ちしていましたけれど、どうにも埒《らち》が明かなくて始まってしまいました。お前様は最後にしていただきましたので。ささ、早く！」

るりの眼はつり上がっていた。三土路は草鞋《わらじ》を取るのももどかしく、階段を上がり、二階の大広間に向かった。

後ろから入って行くと、おさらい会の連中が安堵の吐息をつくのがわかった。峰屋のお内儀もその中にいた。よかった、間に合ったの声がありがたい。三土路は彼等に眼で肯き、遠慮がちに前へ進んだ。一番端の空いた座蒲団が三土路の席らしい。

対戦相手は三土路を認めると一様に強い目線をくれた。一人、扇歌だけが滔々《とうとう》とうたっていた。三味線を弾いているのは例の年寄りの女。今日は派手な装《よそお》いではなく紫納戸の無地の着物に緞子《どんす》の帯を締めていた。

「次。次のお題は『別れ』でございます。では、花扇さん、どうぞ」

花扇と呼ばれた弟子は黒紋付に献上博多の帯と、芸者のような出で立ちだった。鶴を象《かたど》った銀のひらひら簪《かんざし》が、時々、しゃらんと金属性の音を響かせた。

〽今別れ　道の半丁も行かない内に
　こうも逢いたくなるものか
細く張り詰めたいい声だった。見物人から拍手が起きた。花扇はにっこり笑顔でそれに応える。まるで舞台をつとめているような玄人《くろうと》の仕種である。三土路は座った途端、額から汗が滴《したた》り落ちた。腰の手拭いを使っても汗はとめどなく流れる。おまけに喉もいがらっぽい。目の前に置かれた茶の入った湯呑みに手を伸ばして、ひと息で飲むと、むせた。

三味線弾きの後ろに控えている清六が何をしているのだという顔で三土路を見た。

「結構でございました。それでは師匠」

行司が扇歌を急かす。

「いやいや、これでは休む間もありませんな。どうも本日は調子が出ない」

そう言いながら扇歌はすぐにうたい始めた。

〽別れが辛いと　小声で言えば～

　操《みさお》立て縞　命も献上
　締める博多の帯が泣く
花扇の装いを意識して拵えたものだろうか。

しかし、扇歌は盲人のはずだった。花扇は「ずるい、お師匠さん」と、悪戯《いたずら》っぽい眼になった。花扇の恰好をやはり心得ていたようだ。

「何がずるい。わしは五人も相手にしておるのだぞ。仕舞いには喉も涸《か》れるわな」

扇歌の軽口に客は声を上げて笑った。

「結構でございました。それでは次。お題は『月』でございます。三土路様……」

「はッ」

座り直した三土路におさらい会の連中と清六が緊張した表情になった。

「調子はどうなさいます？　このままでよろしいですか」

三味線弾きが気を遣った。

「はッ。よろしいです」

〽黄鳥《うぐいす》を～

うたい出して、三土路はまずいと、すぐに思った。声が伸びない。やはり事前に準備が必要だった。増上寺でうたったというものの、往復の道中の疲れと川風に煽《あお》られて、すっかり声の調子を崩していた。

留めてしっぽり楽しむ梅を
そっと見ている野暮な月

三土路は何んとか都々逸節で纏《まと》めた。うたい終えて溜め息をついた三土路に対して、客の拍手は大きかった。それほど悪いできではなかったようだ。

「玄人はだしですな」

扇歌も感心したように言った。しかし、扇歌の見えないその眼がその瞬間、ちらりと光ったと三土路は思った。

〽拗《す》ねて一足　なだめて三足
わかれともないおぼろ月

すかさず応酬された。二廻り目で旗本が外された。三廻り目で役者の卵と海苔屋の三代目が外れた。その後で花扇も外れたが、それはどうやら扇歌に花を持たせるために自分から身を引いたような感じに思えた。三土路は花扇が外れると落ち着かなくなった。花扇の前に自分が外れるつもりだったからだ。

「三土路さん、負けるな」

鳶職の頭から声が掛かった。

「父上、頑張って」

三人の娘が声を揃えた。

『秋』『浮気』『雨』『蛍』『水』と次々に出される題に三土路と扇歌は答え続けた。

そして『髪』という題になった時、扇歌から「この辺りで都々逸節じゃないものを一曲ご披露したいものですが、それはいけませんでしょうかねぇ」と、案が出た。一向にけりがつかない様子の大広間は、少しだれた雰囲気が漂い始めた。扇歌はそれを敏感に察して言ったのだろう。行司の藤本喜三郎は後ろの清六を振り返り、どうしますという話を小声でした。清六が肯いたのは、清六も早くけりをつけたかったからだろう。

「それではこれからは都々逸節でなくとも、お構いなしということで……」

行司はようやく向き直って言った。

「そいじゃ、今度はあたくしから始めさせていただきますよ」

扇歌は衣紋を取り繕った。三土路は『髪』という題が出たから得意の『黒髪』をうたうつもりだった。すでに相当に喉に負担がきて、三土路の声は掠《かす》れる寸前であった。

扇歌がうたい出して三土路はぎょっとした。

扇歌は何んと『黒髪』を始めたのだ。低くさり気なく、しかも朗々と。三土路は扇歌の『黒髪』を聞きながら負けたと思った。

「初心に戻るという趣向ですかな」

行司が茶化した。お恥ずかしいと扇歌は懐から手拭いを出し、額と禿頭《とくとう》をつるりと拭いた。

「それでは三土路様」

「はッ」

〽洗い髪の投島田を　根からぷっつり切って

　男の膝に叩きつけ

　これでも浮気がやまないならば

　芝居のお化けじゃないけれども

　ヒュードロドロと……

自分の膝を掌で叩いて調子を取っていた三土路の声が突然、途切れた。声が出なかった。扇歌は三土路を助けるように「化けて出る〜」と、最後をうたってくれた。

「参りました」

三土路は頭を下げて降参した。大広間から割れるような拍手が起きたが、三土路は疲労困憊《こんぱい》、ものを言う気力もなかった。

柳橋周辺では、しばらくの間、三土路と扇歌のことが評判となっていたらしい。

二日後の小普請組の逢対日も、その末日の逢対日にも、三土路が役職に就く話はとうとう出なかった。期待していただけに三土路の落胆は大きかった。

しかし、扇歌から二十五両の金が届いた。自分は都々逸節の本家でありながら『黒髪』をうたった。それに対して素人の三土路が最後まで都々逸節に乗せてうたった。結果的には扇歌が勝ったが、それでは済まないことであると賞金を半々に分けることにしたらしい。扇歌の温情であろう。

その金は大層、三土路にはありがたかった。

これでちひろの仕度ができると思った。


竈河岸に雨が降っている。師走《しわす》の雨だ。その夜が本年最後のおさらい会だった。まる吉の二階で三土路は『黒髪』をうたった。

おさらい会の連中は、それを身じろぎもせず聞き惚れている。秋のある夜、三土路が都々逸合戦に出場したことは、すでに色褪《あ》せていた。それよりも、その時の三土路の『黒髪』だけが連中の興味の的《まと》だった。

三土路はそれでいいと思っている。ずっと年を取った時、一生で一番忙しく過ごした一日を懐かしく思い出せればそれでいい。

どうやら、三土路は死ぬまで小普請組で終わりそうだった。後はちひろの婿殿に頑張って貰うしかない。

三土路の声は閉じた窓の障子越しに外まで流れた。傍を通り掛かった人はつかの間、足を止めて二階を見上げる。どんな人がうたっているものやらという表情だった。

竈河岸の雨は夜が更《ふ》けるにつれ、雪に変わった。

参考書目

・CD「都々逸」特撰　ビクターエンタテインメント㈱

・鳥取県の民謡「唐臼歌」

身は姫じゃ

佐久間河岸

一

花冷《はなび》えというのだろうか。江戸は桜の季節を迎えたのに、夜風がやけに身に滲《し》みた。外神田《そとかんだ》の佐久間町界隈を縄張りにする岡っ引きの伊勢蔵《いせぞう》は子分の龍吉《りゅうきち》と一緒に自身番の戸締まりを済ませると、向かいの木戸番の番太郎に声を掛けて、神田相生町《あいおいちょう》の家に帰るところであった。

自身番は神田川に架かる和泉橋《いずみばし》と新《あたらし》橋のちょうど中間にあって、その辺りは佐久間河岸と呼ばれている。江戸でも特に火事が起こり易い地域だった。伊勢蔵は木戸番の五《ご》助《すけ》に火の用心の夜廻りを慎重にするよう命じた。年寄りの五助は曲がった腰をさらに屈《かが》めて伊勢蔵の言葉を聞いていたが、早く木戸番小屋に入りたい様子が見えた。伊勢蔵は短い舌打ちをして、その場を離れた。

龍吉と肩を並べて土手沿いを西へ歩く。神田相生町は自身番から四町ほどしか離れていない。和泉橋の袂《たもと》で右に折れると、藤堂和泉守《とうどういずみのかみ》の広大な上屋敷が目につく。神田相生町は、その上屋敷のはす向かいの通りを入った所にある。

和泉橋の袂まで来た時、龍吉がふっと橋の方へ目をやった。もはや町木戸も閉じる時刻なので、通り過ぎる人の影もない。龍吉は、それでもしばらく橋の辺りをじっと眺めていた。

「何んだ」

龍吉の様子に伊勢蔵は怪訝《けげん》な顔になって訊《き》いた。その拍子にぶるっと震えがきた。自身番を出しなに厠《かわや》へ行ったが、思わぬ寒さのせいか、また尿意を覚えた。

「この二、三日、あの橋の傍《そば》で小汚《こぎた》ねェ娘が地べたに絵を描《か》いて遊《あす》んでいたんですよ。まだいるのかなあと思いやしてね」

龍吉はそんなことを言った。身体を縮めている伊勢蔵に対して、龍吉はさして寒さがこたえている様子でもない。龍吉の若さがつくづく羨《うらや》ましかった。

「幾つぐらいの娘っこよ」

伊勢蔵は下腹に力を込めて訊いた。油断していたら、思わず洩れそうな気がする。

「まだ七つ、八つというところですかね。小《ちい》せェ身体をしておりやしてね。首なんざ、今しも、ぽっきり折れそうなほど細いんですよ」

いたいけな娘に龍吉は哀れを覚えているようだ。

「小汚ねェ恰好をしているなら物貰いか何かだろう」

伊勢蔵はさして興味もない顔で言った。

「おいらも最初はそう思ったんですよ。通り掛かった人がたまに鐚銭《びたせん》やることもあったんですが、それにしては礼も言わずに黙ったまんまなんです」

龍吉は腑《ふ》に落ちない顔だった。龍吉は子分といっても伊勢蔵にとっては義理の息子に当たる。二年前、龍吉は伊勢蔵の娘の小夏《こなつ》と祝言《しゅうげん》を挙げたのだ。

それまで龍吉は父親と一緒に鳶《とび》職の仕事をしていたが、小夏と所帯を持ってから伊勢蔵の下っ引きとなり、同じ家に住んでいる。龍吉は十九歳の若者である。ようやく下っ引き稼業も板に付いてきたところだった。

「その娘は口が利《き》けねェんじゃねェか」

伊勢蔵はその時、娘のことなど、どうでもよかった。早く家に帰り、熱燗《あつかん》できゅっ、とやりたかった。いや、それよりも厠が先だった。

だが、龍吉は妙にその娘に拘《こだわ》っていた。早くも、よその女に懸想《けそう》したのかと勘繰りたくなるが、相手が七つ、八つでは話にもならない。

「いえ、口は利けやすよ。こっちに用事で来た者が、その娘に道を訊《たず》ねた時、娘は垢《あか》だらけの顔を上げて、身《み》は姫《ひめ》じゃ、って応《こた》えるのを聞いておりやすから」

「何んだ、そりゃあ。その娘っこは頭がおかしいんじゃねェか」

「そうですかね」

「どれ、家に帰るまでもたねエ。ちょいと小便……」

伊勢蔵は土手に上がって股引きの紐《ひも》を弛《ゆる》めた。

「親分、おいらも……」

龍吉も伊勢蔵の横に並んで同じように放尿を始めた。勢いのいい龍吉に対して、伊勢蔵のそれは、ちょろちょろと頼りない。終わったかと思っても、まだ思い切り悪く続く。もう年だと伊勢蔵はつくづく感じる。龍吉が一人前になったら、さっさと縄張りを渡し、自分は気楽な隠居暮らしがしたかった。伊勢蔵は四十七になった。

伊勢蔵の元々の商売は汁粉屋である。今は長男の春吉《はるきち》がやっていて、店は柳橋にあった。以前は佐久間町にあったのだが、春吉に商売を譲った時、嫁の父親の口添えで柳橋に移ったのだ。いずれ伊勢蔵は春吉の所に女房と二人で身を寄せようと考えている。

「やれ、汚《きた》な……」

呟《つぶや》くような声が二人の耳に聞こえた。伊勢蔵と龍吉は顔を見合わせた。橋の下に誰かいるようだ。声の主は二人が放尿する様子に思わず呆れた声を上げたのだ。伊勢蔵は龍吉に顎《あご》をしゃくった。

龍吉はそろそろと橋に近づき「誰だ」と、甲走《かんぱし》った声を上げた。返答はない。

「やい、そこにいるのはわかっているんだ。返事をしやがれ」

「身は姫じゃ」

震えているが、毅然《きぜん》とした答えが返ってきた。

「親分、例の娘ですぜ」

「やれやれ……」

伊勢蔵はやるせない吐息をついた。これでまた家に戻るのが遅くなる。

「嬢ちゃん、親にはぐれたんですかい？」

伊勢蔵は柔らかい口調で訊いた。返事はない。

「そんな所にいても仕方ありやせんぜ。すぐそこに番屋がありやすから、ちょいと寄ってあったまり、訳を聞かせておくんなさいよ。なに、こちとら怪しいもんじゃねェですよ。お上から十手《じって》、捕縄《とりなわ》を預かる御用聞きでござんすからね。人攫《ひとさら》いじゃねェですよ」

猫撫で声で囁《ささや》いても依然として返答はなかった。

「どうしたらいいんだろうなあ」

伊勢蔵は心底弱り果てて小鬢《こびん》をぽりぽりと掻いた。

「背の小《ち》っこい娘だから、おいらが担《かつ》ぎ上げて連れて行きやしょうか」

龍吉はそう言った。

「ふん、やって見ろ」

伊勢蔵が肯《うなず》くと龍吉はそろそろと橋下の娘に近づいた。

「下《さ》がりゃ、下郎《げろう》！」

娘は悲鳴のように叫んだ。伊勢蔵には「アガギャ、ゲロ」と聞こえて、さっぱり意味不明であった。娘の黒い影は川岸に動き、今しも飛び込むような様子を見せた。それに気づいた龍吉は「ま、待ってくれ、早まっちゃならねェ。落ち着いてくれ。傍《そば》には行かねェからよ」と、慌てて制した。娘の影は龍吉の言葉に動きを止めた。

「放っとくか……しかし、このままにゃできねェなあ。迷子の届けが出ていたなら、そっちにも当たらなきゃならねェし」

伊勢蔵はぶつぶつと呟いた。

「親分、おいら芝《しば》にいた頃、大名のお姫さんの行列を見たことがありやすよ。途中、お姫さんの駕籠《かご》が止まって、伴をしていた女中が茶を運んでいたんですよ。そん時、一言も声を聞きやせんでした。ただ、女中が駕籠の簾《すだれ》のところで、お姫さんの話を聞いておりやした。親分、これは、おいら達には梃子《てこ》でも口を利かねェつもりじゃねェでしょうか」

「その娘っこが大名のお姫さんだというのかい？」

伊勢蔵は呆れたように言う。

「いや、娘が手前ェのことをお姫さんだと思い込んでいるとしたら、おいら達には素直に喋るつもりはねェということですよ」

「畜生、どうするんだ」

伊勢蔵はいまいましそうに吐き捨てた。

「おっ義母《か》さんを呼んで来ますかい？　きっとおっ義母さんなら、うまく取りなしてくれると思いやすよ」

龍吉は伊勢蔵の女房のおちかを持ち出した。

「ま、このままじゃ埒《らち》は明《あ》かねェ。うまく行くかどうかわからねェが、とり敢《あ》えず、おちかを呼んで来い」

伊勢蔵は面倒臭そうに龍吉に言った。龍吉は鳶職でならした軽い足取りで土手を下りると、伊勢蔵の家に走って行った。

「お姫さんよう、ちいっと待っておくんなさいよ。今、年増《としま》のお女中が参りやすからね、お女中の言うことは聞いてやっておくんなさい。今夜はさぶいから、むさいおれの家に泊まって、明日はお姫さんの親御を捜しやすからね。いい子にして下さいよ」

伊勢蔵はぺらぺらと喋った。じっとしていたら身体が凍《こご》えそうだった。自身番で娘を預かるより自分の家に連れて行った方がいいだろうと思った。どのみち、自身番に置いたところで傍についていなければならない。

「畜生、何んだってこんなにさぶいんだろうなあ。お姫さんは寒くありやせんか」

伊勢蔵の問い掛けに、しばらくしてから「さぶ……」と、独り言のように呟く声が聞こえた。それは伊勢蔵に応えるのではなく、自分に言い聞かせているような感じだった。娘の頭は確からしい。

やがて、下駄の音がカラコロと聞こえ、提灯《ちょうちん》の灯りがちらちらするのが見えた。

おちかは伊勢蔵に気づくと「娘さんはどこだえ」と訊いた。

「お姫さんと言わなきゃ返事をしねェぜ」

「わかっているよ」

おちかは伊勢蔵に腕を引っ張られて土手に上がると、持っていた提灯を伊勢蔵に押しつけた。

それから覚つかない足取りで橋下に向かった。

「おっ義母さん、足許《あしもと》、気をつけておくんなさい」

龍吉が後ろから声を掛けた。

「お姫様、お姫様、ご安心下さい。お迎えに参りましたよ」

おちかは来る道々、龍吉から事情を聞いたのだろう。すっかりお屋敷の女中のような如才なさで娘に呼び掛けている。しかし、娘は警戒しているのか返事をしなかった。

「あたしはちかと申します。今は神田相生町におりますが、その昔、お姫様のお屋敷で大層お世話になった者です。お殿様と奥方様には、そりゃあ目を掛けていただいたんでございますよ。お姫様が橋の下にいらしたんじゃ、世間体が悪うございますよ。奥方様がお悲しみになりますですよ」

おちかは滑《なめ》らかに喋った。聞いていた伊勢蔵も、本当におちかが昔、お屋敷奉公していたような気になった。

「ちか、わらわは当惑至極《とうわくしごく》であるぞ」

娘はそろそろと近づいたおちかに細い声を上げた。龍吉が「やった」と拳《こぶし》を握り締めた。

「ささ、お手をどうぞ。危のうございますから、お気をつけあそばせ」

おちかは、かつて一度も喋ったことのないあそばせ言葉を駆使して、ようやく娘を橋下から引き出すことに成功した。

しかし、目の前に現れた娘を見て伊勢蔵はとても姫などという代物ではないと思った。

蜘蛛《くも》の巣のようになった頭には黒ずんだ鹿子《かのこ》のてがらが、だらしなく垂れ下がっており、草花の柄の入った着物の地は、元が何色なのか判断できない。娘の身体から饐《す》えた臭いもした。しかし、おちかは意に介するふうもなく娘を家に促《うなが》した。

やれやれと伊勢蔵は思った。こんな小汚ない娘を今晩、家に泊めるのかと思うと鬱陶《うっとう》しかった。

小夏は土間口まで下りて四人を迎えたが、連れ帰った娘を見て驚いた顔になった。娘の身体の臭いを感じて、悟られないように、そっと袖《そで》で鼻を覆《おお》った。

「どうしようかね、湯屋はもうしまう頃だから、盥《たらい》に湯を入れて手足だけでも洗ってやろうか。このまんまじゃ蒲団が汚れちまう」

おちかはそう言って竈《かまど》に鍋を掛け、湯を沸《わ》かし始めた。

「上がりなさいよ」

年下と思えば小夏の言い方は自然に命令口調になる。案の定、娘は返事をしなかった。

「小夏、その物言いじゃお姫様は返事をしてくれないよ。ちゃんと礼儀に適《かな》ったように言うんだ」

おちかは火吹《ひふ》き竹《だけ》を使う合間に小夏に言った。

「おちか、腹が減ってるんだ。先に何か喰わしてくれよ。ああ、その前に、ちょっと一杯だ。な、龍吉」

伊勢蔵は龍吉に相槌《あいづち》を求める。

「へ、へい……」

「お姫様の始末が終わってからだよ。我慢おし」

おちかは、にべもなく言う。小夏も不満そうな顔をしていたが、そろそろと手を差し伸べて娘の手を取り、茶の間の長火鉢の傍に座らせようとした。だが、娘は突っ立ったままだ。

「小夏、お座蒲団だよ」

おちかがすぐさま言った。小夏は慌てて長火鉢の前に置いてある伊勢蔵の座蒲団を取り上げて娘の前に敷いた。娘はようやく腰を下ろした。

「行儀のいいこって」

伊勢蔵は皮肉な口調で言った。

「お前さん、余計なことはお言いでないよ。ようやくここまでお連れしたんだから」

おちかは娘の神経を逆撫《さかな》でしないように気を遣っていた。伊勢蔵と龍吉は娘から少し離れたところに遠慮がちに座った。まるでよその家に来たようだと内心で伊勢蔵は思った。

湯が沸いてからもひと騒動だった。おちかが勧めても娘はうんと言わない。盛んに後ろを振り向くのだ。伊勢蔵と龍吉の眼を気にしていた。

「あんた等、ちょっと外へ出ておくれでないか」

おちかは業を煮やして二人に言った。

「おきゃあがれ。何んでこの娘っこにおれが遠慮しなきゃならねェんだ。ここはおれの家だぞ」

伊勢蔵の声が尖《とが》った。龍吉が「親分」と、伊勢蔵を制した。

「いい考えがある。おまいさん、奥の部屋から屏風《びょうぶ》を持って来て」

小夏は龍吉に言った。娘の姿を男二人の眼から遮《さえぎ》るためだ。

「お、小夏。そいつはいい」

龍吉は小夏の機転に感心した顔になり、すぐさま屏風を運んで来た。所々、綻《ほころ》びの目立つ古い屏風ではあったが、寄りつきの板の間に拡げると娘はほっと安心したような表情になった。

「お顔を洗いましょうねえ。じっとしてて下さいましよ。あら、ばっちい。こんなに汚れておりましたよ。お鼻とお耳、あらあら、こちらも大汚れ。さあさ、お首ですよ。細いお首でございますねえ」

さあ、おてて、さあ、あんよ、と、おちかは張り切って娘の身体を洗うことに夢中になっていた。蜘蛛の巣のような頭を苦労してとかし、小夏の子供の頃の浴衣を着せると、おちかは、ほうっと吐息をついた。

「ちょいとお前さん、見てごらんな。可愛らしいお姫様ですよ。おお可愛い。あたしはこんなに可愛いお姫様を見たことがありませんよ」

おちかは昂《たかぶ》った声になっている。可愛いお姫様どころか、醜女《しこめ》のお姫様だっておちかは見たことがないはずである。

「ちか、わらわは礼を申す」

娘はおちかの褒《ほ》め言葉に嬉しそうに顔を赤らめた。

「はいはい。さあさ、これからご膳を召し上がっていただきましょうかしらねえ。お姫様のお口に合わないでしょうが、今夜ばかりは辛抱なすって下さいよ。明日は白身のお刺身でもご用意致しますから」

「お、おい」

伊勢蔵は慌てて口を挟んだ。白身の刺身なんぞ、おいそれと口にしたことはないのだ。

「いいんですよ。あたしの内職のお金が入ったから、それは任せて」

おちかはやけに張り切っていた。すっかり娘の虜《とりこ》になっている。

娘は、ご飯茶碗の飯をぽっちりひと口、よく噛《か》んで飲み込むと、ゆっくりと汁の椀に手を伸ばす。汁は朝飯の時に作った煮返しで、しじみ貝が入っていた。泣きやんだ後のように潤《うる》んだ娘の眼は、くっきりとした二重瞼《ふたえまぶた》だった。ずっと外にいたせいで顔は陽灼《ひや》けしているが、箸《はし》を持ち上げた時の腕の内側は驚くほど白かった。美形の娘だった。

「貝……」

娘はしじみ貝を箸で摘《つま》み上げて不思議そうに見ている。

「これはですねえ、しじみと申しまして、下々の家ではよく使われるんでございますよ。お姫様のところは蛤《はまぐり》が多うございましょうけれど」

「しじみは存じておじゃる」

娘は恐る恐る口に運んでから「美味であるぞ」と応えた。伊勢蔵は晩酌の酒にむせた。龍吉は伊勢蔵の背中をさすった。

「それは恐縮でございますねえ。さあ、菜《な》っ葉《ぱ》も召し上がれ。こ、こ、こうこはお好きですか」

おちかの言葉に伊勢蔵と龍吉は、いちいち苦笑して顔を見合わせた。

晩飯を食べさせてから二階の小夏と龍吉の部屋に娘を寝かせた。今夜、龍吉は奥の部屋で伊勢蔵と二人で寝ることになった。

二階は女専用である。

「ああ、肩凝《こ》った。小夏、ちょいと揉《も》んでおくれ」

おちかは娘を寝かせると、安心したように横座りになって、台所で茶碗を洗っていた小夏に言った。

「お父っつぁん、これからあの子、どうするの」

小夏は前垂れで手の水気を拭《ぬぐ》いながら茶の間にやって来ると、伊勢蔵に訊いた。

「どうするのたって、どうしようもねェじゃねェか。明日になったら迷子が出ていねェか八丁堀の旦那に伺《うかが》ってくるぜ」

伊勢蔵は腕枕をして横になったまま応える。

ほろりと酒の酔いが回っていた。

「おまいさんはどう思う?」

小夏は龍吉に訊いたようだが、伊勢蔵は混乱した。

この頃、小夏の声は、とみにおちかに似てきたからだ。

「おいらよう、笑われるかも知れねェが、あの娘は本当のお姫さんじゃねェかと思う訳よ。おっ義母さんはどう思う？」

「そうだねえ、あたしは半信半疑だけれど……」

「けど、なあに？」

小夏はおちかの肩を揉みながらおちかの言葉を急《せ》かした。

「あの子の襦袢《じゅばん》さあ、垢でどろどろだったけど羽二重《はぶたえ》だったよ」

おちかの言葉に三人は一瞬、黙った。町家の娘で、しかも、かなり身代のよい娘でなければ下着に絹物は使わないだろう。いや、この節、奢侈《しゃし》禁止の触れが出ているので、大店《おおだな》の娘でも下着は木綿である。となると、やはりという考えが伊勢蔵の頭の中をよぎった。

「あの娘が本当にお姫さんだったら、どうなるんです？」

龍吉も興奮気味である。愛嬌のある丸い眼を盛んにしばたたいた。

「これは八丁堀の旦那に訊いても埒《らち》が明かないかも知れないよ」

おちかはそんなことを言い出した。

「おっ母さん、八丁堀が駄目なら、どこに訊けばいいの？」

小夏はおちかの肩を揉む手を止めた。もっと続けろと、おちかは目顔で小夏に命じた。

「さあ……お前さん、どうなの？」

おちかは話の続きを伊勢蔵に向けた。

「わからねェなあ。お城に問い合わせるのかなあ」

伊勢蔵は鼻毛を毟《むし》って首を傾《かし》げた。

「お城の誰に訊くのさ」

「…………」

「もう、当てにならないんだから」

おちかは苛立《いらだ》った声を上げた。

「はばかりながら、この伊勢蔵、神田の縄張りの内なら、あれこれ手だても考えられるが、畏《おそ》れ多くもかしこくも、千代田のお城の内のことは縄張り違《ちげ》ェだい」

「しかし、それにしても、お姫さんのお屋敷の奴等は呑気《のんき》なもんじゃねェですか。仮にもお屋敷のお姫さんが行方《ゆくえ》知れずになっているんですぜ。血まなこになって捜し回っているのが本当だ。ところが、そんな様子もねェ。おいら、全く、訳がわからねェ」

龍吉はそう言って月代《さかやき》をぼりぼり掻いた。

「まあ、差し当たっては迷子だろうよ」

伊勢蔵はぽつりと言った。

「そうだねえ、大店のお嬢さんが花見にでも行った時に家族とはぐれたのかもしれないし」

おちかの言うことの方がまだしも納得できたが、娘のうらぶれた様子は、花見ではぐれたぐらいの日《ひ》にちではないだろう。少なくても独りぼっちになってから、ひと月は時間が経っているはずだ。娘はすでに死んだものとして家族は探索を諦めたのだろうか。その時の伊勢蔵には娘の素性に見当がつく何の手懸かりも持っていなかった。

二

「お姫さんとな?」

南町奉行所、定廻《じょうまわ》り同心の岩館左内《いわだてさない》は怪訝そうな顔で伊勢蔵の言葉を鸚鵡《おうむ》返しにした。

左内は五日に一度ほど、奉行所で朝の申し送りを済ませると数寄屋橋御門《すきやばしごもん》を出て佐久間河岸の自身番にやって来る。左内の傍には中間《ちゅうげん》の進次《しんじ》がつき添っていた。二十五歳の若者である。狐のように細い眼をして、ついでに身体も細かった。左内の屋敷に寄宿して夜となく昼となく御用を勤めている。

左内は四十になったばかりで定廻りの同心の中では若手の部類に属するというものの、男盛り、仕事盛りで伊勢蔵も頼りにすることが多い。中肉中背の体軀ながら北辰一刀《ほくしんいっとう》流《りゅう》の剣術の達人であった。八丁堀の役人の中でも生真面目なところが伊勢蔵には好ましかった。

「ま、俄《にわか》に信じられねェことですが、その娘っこが嘘をついているようにも思えませんでしたし、嬶《かか》ァの話じゃ着物も襦袢も結構な上物だそうですんで、ここは旦那、どっか大店の娘が迷子になっているんじゃねェかと考える訳ですよ。この近くじゃ、そんな様子はさっぱりありやせんので、日本橋か向こうの方にでも、何か心当たりはありやせんでしょうかね」

「ふむ……」

左内は腕組みして思案顔した。紋付羽織の下は黄八丈《きはちじょう》の着物を着流しにしている。茶の博多帯の後ろには緋房の十手を挿《さ》し込んでいるのだ。進次は藍色の羽織半纏《ばんてん》を引っ掛けて、下は伊勢蔵と同じように千草《ちぐさ》の股引きを穿《は》いていた。

「姫というのは上様の御息女を呼ぶのがもっぱらで、大名屋敷の娘でも、ちょいと遠慮しておひい様と呼ばれておる。まあ、屋敷内では年寄りが姫と呼ぶことがあるだろうが」

世情に長《た》けている左内はそんなことを言う。

「そいじゃ、あの娘っこは上様の御子になるんですかい？」

伊勢蔵は驚いた声を上げた。

「まてまて、そのようなことは考え難い。上様の御息女は西の丸でお暮らしじゃ。滅多に外出もされない。仮に外出をすることがあったとしても伴の者が何人もつく。独りでうろちょろすることなど万に一つもないわ。だが、上様の御息女は何十人もいらっしゃるので一人ぐらい行方知れずになったとしても……まさか、そんなことはあるまい」

左内はもしものことをふと考えたようだが、すぐに打ち消した。ありえないことである。

「それで、娘はお前の家で預かっているのか」

「へい。嬶ァがやけに張り切って世話を焼いておりやす。それに娘は、あっし等には直接、口を利かねェんですよ。何んでも嬶ァを通してから話すんで、まどろこしくって仕方がありやせん」

伊勢蔵は後ろにいた龍吉を振り返って同意を求めてから言った。

「伊勢蔵、その娘に迷子になった経緯《いきさつ》を訊いたのか？」

左内はそれが肝腎とばかり、膝をつっと進めた。渋紙色に陽灼けした顔に濃い眉が男らしい。

「へい、何んですか、駕籠《かご》に乗っている時に悪人に襲われたようなことを喋っておりやしたが、その話になると泣き出して手がつけられなくなるんですよ。よほど恐ろしい目に遭ったらしくて」

「駕籠でのう……上《うえ》つ方《かた》の駕籠は乗り物と言うのだ」

左内は伊勢蔵の言葉を訂正してから首を傾げた。

「これは町奉行所内でけりがつく話でもなさそうだな。さて、どうしたらよいものか……」

左内が心細いことを言ったので伊勢蔵は不安になった。あの娘といつまでも暮らしていては息が詰まる。さっさと身内に引き取って貰いたかった。

「娘の名は？　名は何んという」

「へい。はやこと言っておりやした」

「はやこ？」

町家の娘によくある名前ではない。左内は慌てて腰を上げた。

「こうしてはおられぬ。さっそく奉行所に戻ってお奉行に相談して参ろう」

「旦那、よろしくお願げェ致しやす」

伊勢蔵は縋るような眼になって左内に頭を下げた。

「ね、親分。本当にその娘、お姫さんなんですか」

左内が出て行くと大家の伝兵衛《でんべえ》が待ってましたとばかり口を開いた。書役《かきやく》の市兵衛《いちべえ》も筆を置いてこちらを見ている。どちらも六十を過ぎているが、伝兵衛は体格がよく白髪頭で、市兵衛は痩《や》せて、月代《さかやき》の辺りが禿《は》げ上がっていた。伊勢蔵に月代を剃《そ》る手間がはぶけていいなどと憎まれ口を叩かれている。

伝兵衛は興味津々《しんしん》という態《てい》だった。

「今のところ、何んとも言えねェなあ」

「もしもお姫さんだったら、親分、大枚の金子をご褒美《ほうび》に頂戴しますよ。そん時は奢《おご》って下さいよ」

伝兵衛は取らぬ狸《たぬき》の皮算用を早くも始めている。伊勢蔵もふっと、そんな気になったが、慌てて「大家さん、馬鹿言っちゃいけやせんよ。大尽のお姫さんが橋の下にいたためしがありやしたかい」と、声を荒らげた。

「橋の下にいたお姫さんはいなかったが、鉢《はち》を被《かぶ》ったお姫さんはいたな」

市兵衛はおとぎ話の「鉢かつぎ姫」を持ち出す。鉢が頭から離れなくなった姫のことだ。

男前の殿様が現れて、鉢がぱかっと割れ、中から絶世の美女が顔を出す。姫は殿様の奥方になって、その後、倖《しあわ》せに暮らすのだ。めでたし、めでたし……しかし、伊勢蔵の家にいるのは素性も知れない姫もどきだと思った。

「鉢を被っているなら、おとなしくて、いっそ気楽でさァ。ところが何んでも彼《か》でも手前ェが一番だと思っているような娘で、おれは、つくづく精《せい》が切れましたよ」

伊勢蔵はくさくさした顔で言う。

「親分も、とんでもない娘を拾ったもんですね」

市兵衛も同情する顔になっている。

「おれじゃねェ、龍の野郎が見つけたんだ」

伊勢蔵はぎらりと龍吉に目線をくれた。

「お、親分、おいら別に……」

龍吉は慌てて言い訳の言葉を捜す。

「別に何んだ」

「こんなことになろうとは、最初《はな》っから思っていた訳じゃありやせんよ。餓鬼の娘が一人でいるから心配になって……」

「そりゃ、龍ちゃんの言うことはもっともだ。縄張りの内に面倒が起こったら土地の親分、子分なら放っとけやしないよ。万が一、そのお姫さんが和泉橋の下で息を引き取って見つかってごらんなさいよ。親分は見て見ぬ振りをしたのかと岩館様に問い詰められ、十手は取り上げられ、悪くしたらこれですよ」

伝兵衛は手刀で自分の首を打つ真似をした。

伊勢蔵は伝兵衛の言葉に胸がひやりとなった。あながち伝兵衛の言うことは大袈裟《おおげさ》でもない。取り締まりがなおざりになった御用聞きが咎《とがめ》を受けることも、ままあったからだ。

「大家さんは他人事だから勝手が言えるんですよ。おれの立場になったら、とてもとても」

伊勢蔵はむっとした顔で伝兵衛に口を返した。伝兵衛はそれもそうだと思ったのか、「わたしは町内の名主さんと、ちょいと相談してきますよ。親分の家にお姫さんが逗留《とうりゅう》していると なったら、それ相当の掛かりにもなります。これは町内で起きたことですから町にも何等かの負担をしていただきますよ。そうじゃなかったら、この先、同じような子供が出ても町の人は見て見ぬ振りをしてしまいますからね」と、言った。

伝兵衛の言葉がありがたかった。伊勢蔵は左内から十手と捕縄を預かっていると言っても、お上に使われている訳ではなく、もともとは左内の父親から私的に使われ、それが左内に引き継がれた形になっていたのだ。左内から貰う岡っ引きの給金は年に四両と僅《わず》かなもので、とてもそれだけでは暮らしが立ち行かない。町内から出る手当と商家からのお捻《ひね》り、春吉の所から毎月晦日《みそか》に届く小遣い、おちかと小夏の縫《ぬ》い物の内職でようやく暮らしているのだ。龍吉の給金は左内から出ていない。早い話、龍吉は伊勢蔵が養っているようなものだった。龍吉に岡っ引き稼業を仕込み、いずれ縄張りを渡すまで、それは仕方のないことだし、町内の揉め事は伊勢蔵一人では捌《さば》き切れない。大店が軒を連ねて実入りのよい縄張りを持っている岡っ引きの中には内職もせずに下っ引きの四、五人も使っている者もいた。

そんな奴等が伊勢蔵はつくづく羨ましい。

「たくさんは出ませんよ。せいぜい、お姫さんの当座の着る物と、お米が二升ばかりですけどね」

伝兵衛は伊勢蔵が多くを期待してもいけないと慌てて言い添えた。

「助かりやす」

伊勢蔵はその時だけ素直に頭を下げた。伝兵衛は鷹揚《おうよう》な顔で笑い「少しの間の辛抱ですよ。なあに、すぐにお姫さんの身内が引き取りにきますって」と、伊勢蔵を励《はげ》ますように言った。

その日、伊勢蔵の縄張りの内では花見酒に酔った江戸詰めの武士と町火消しの若い者との小競《こ》り合《ぜ》い、佐久間町の裏店で大工の夫婦の喧嘩、迷子一人、独り者の左官職人が空き巣に入られて煎餅蒲団《せんべいぶとん》を持って行かれるということがあった。武士と町火消しの件は頭《かしら》が出て来て収めた。大工の所の夫婦喧嘩は伊勢蔵が二人を怒鳴り散らすと、おとなしくなった。

迷子は米沢町の薬種屋の息子で、浅草寺《せんそうじ》で親とはぐれたものらしい。自身番で預かっていると両親が血相を変えて現れた。嬉《うれ》し涙にくれて息子を抱き締めた母親は伊勢蔵に何度も礼を言い、父親からは礼金が出た。左官職人の煎餅蒲団は、とうとう見つからなかった。晦日の勘定前なので、その職人は当分の間、蒲団なしで眠らなければならない羽目となった。

ようやく仕事が終わると、伊勢蔵はいつものように木戸番の五助に火の用心の夜廻りをなおざりにしないよう言いつけて龍吉と一緒に家に戻った。

おちかは疲れた顔で「お帰りなさい」と声を掛けた。台所と茶の間の境には相変わらず古い屏風が立て掛けられている。おちかは水気を振り払った盥を片付けると、長火鉢の横に箱膳を運んだ。箱膳は龍吉のもので、伊勢蔵は火鉢の猫板《ねこいた》にお菜の皿小鉢を置いて飯を喰う。

二階から小夏が本でも読んでやっているような声が聞こえた。

「やっぱり今日も湯屋には行かなかったのかい？」

伊勢蔵は訳知り顔でおちかに訊いた。

「ええ……」

おちかは鉄瓶の蓋《ふた》を取り、その中に徳利を沈めた。伊勢蔵の唯一の楽しみは晩酌だから、おちかは何も言わなくても伊勢蔵の顔を見ると用意を始めるのだ。

「龍ちゃんは？」

おちかは龍吉にも飲むかと訊いた。

「いいえ、おいらはいいです。魚がついているから、酒で喰ってしまっちゃ、もったいねエ」

龍吉は箱膳の上にのせられている魚の煮付けを見てそう言った。姫もどきは町内の湯屋には行かないのだ。小夏とおちかが、どんなに宥《なだ》めても、それはいやだと言った。おちかは仕方なく、三日や四日に一度は竈で湯を沸かし、盥で湯あみさせるのだ。余計な仕事が増えて、おちかも大変だった。

「おちかよう、そんなにあの娘っこの世話を焼いて、これが騙《かた》りだったらどうするよ。毎度、膳に魚をつけて、その内に懐がすかんぴんになるぜ」

伊勢蔵は心配顔でおちかに言った。

「大丈夫ですよ。魚といっても鯛《たい》や平目を買う訳じゃなし、お姫様が美味じゃ、美味じゃと喜べば、あたしも嬉しいから」

おちかは龍吉の茶碗に飯をよそいながら応えた。龍吉はこくりと頭を下げて茶碗を受け取った。汁の実はしじみが多い。それも娘が喜ぶせいだ。

「おっと燗《かん》がついたよ。ささ、ご苦労さんだったねえ」

おちかは伊勢蔵をねぎらうように盃に酒を注いだ。伊勢蔵はそれを大事そうに口に運ぶ。

「仮にね、お姫様が偽者だとしても、あたしはいいんですよ。あんなに一生懸命、お姫様をやっているんですから、それ相当の理由があるのでしょうよ。あたしは、とことん騙《だま》されてやりますよ」

おちかは遠くを見るような眼でしみじみと言った。

「おっ義母さん、あのお姫さんに惚《ほ》れやしたかい？」

龍吉がからかうように口を挟んだ。

「龍ちゃん、考えてもごらんよ。うちの小夏に限らず、この辺りの若い娘はすれっからしが揃いも揃っているよ。奉公している女中だってその通りさ。口を開けば雇い主の悪《あっ》口三昧《こうざんまい》だ。ところが、あのお姫様はどうだえ？　人の悪口なんざ、これっぽっちも言わないよ。お前さんは頑固《がんこ》ですぐに怒鳴るからお姫さんも煙ったく思っているだろうが、雨が降れば伊勢蔵は濡れて風邪を引かないかと心配するんだよ」

おちかは吐息をついて少し涙ぐんだ。そんなことを言っていたとは思いも寄らない。

伊勢蔵は手酌の酒をくいっと喉《のど》に流し入れた。

「……越中守《えっちゅうのかみ》様より、越後縮《ちぢみ》御浴衣地《おんゆかたじ》、御染帷子《おんそめかたびら》進ぜられ候《そうろう》。佐渡守様より、御香《おこう》道具、御哥《おんうた》かるた、此方《こなた》様より、御望《おんのぞみ》にて御貰《おんもら》い遊ばし候。丹波守様より丹後縞色羽二重進ぜられ候……」

小夏が昔、手習い所で覚えた「婚礼女国尽《こんれいおんなくにづくし》」を娘に語って聞かせている。享和の頃より手習いの師匠が弟子に与えた手本であり、読誦の読本でもあった。将軍家の姫が婚礼するについて、諸大名から献上される品々が細かく記されている。何んでも八代様（徳川吉宗）の親戚に当たる竹姫が輿入《こしい》れする時のものだそうだ。それを町家の娘の手習い本にして何の得があるのかと伊勢蔵は思ったものだ。しかし、当時の小夏は一生懸命に「おん、おん」と唱えていた。不思議なもので子供の頃に覚えたことは忘れないらしく、小夏は娘の無聊《ぶりよう》を慰《なぐさ》めるために毎夜、語って聞かせていた。

「……一入御縁《ひとしおごえん》もふかく、幾万々年《いくまんまんねん》も御《おん》さかえ遊ばし候と、千秋万歳《せんしゆうばんざい》めでたく存じまいらせ候かしく」

小夏が語り納めると「苦労であった」と、静かな声が聞こえた。龍吉はふっと天井を見上げた。そろそろ小夏が下へ来るのだろうかという顔だ。

「お休みなされませ」

畏《かしこ》まって言うと、小夏は足音を忍ばせて階段を下りて来た。

「ご苦労さん」

龍吉は笑顔で声を掛けた。小夏は龍吉の横に寄り掛かるように座った。

「お父っつぁん、まだお姫様の身許《みもと》は知れないの？」

小夏は茶の用意を始めた。語りをして喉が渇いたのだろう。

「岩館の旦那にお伝えしたから、その内に何んか向こうから言って来るだろう」

「でもね、お姫様は自分の両親は亡くなったとおっしゃっているのよ」

「ええっ？」

伊勢蔵は素頓狂《すつとんきよう》な声を上げた。ということは引き取り手がないことになる。

「伯母さんがいるみたいだけど、その伯母さんとは手紙をやり取りしただけで一度も会ったことはないらしいの」

「どうするんだよう」

伊勢蔵は深い溜め息をついた。

「小夏、その伯母さんの名前は聞いたかえ」

おちかが早口で訊いた。

「うん、ときわって言っていたけど……」

「はやこにときわ……全く、どうなっているんだろうなあ」

龍吉は小首を傾げて三杯目になる茶碗を小夏に突き出した。

「もう、食べ過ぎよ。お姫様がいるんだから、少し遠慮してよ」

小夏は龍吉に文句を言った。龍吉はそれもそうだと納得したのか、こくりと肯いて茶碗を置いた。

「いいんだよ、龍ちゃん。たくさんお上がり」

おちかは龍吉の茶碗を取り上げてお櫃《ひつ》から飯をよそった。

「おっ母さん、気がついている？　お姫様って上方訛《なま》りがあると思わない？」

小夏は指先についた飯粒をねぶっているおちかに言った。龍吉は魚の身を丁寧につっ突いている。骨しか残さないつもりだろう。龍吉は魚の食べ方がうまい。

「そういや、そうだねえ」

おちかは気がついたように応えた。龍吉の旺盛な食欲に惚れ惚れしたような眼になっている。

「お姫様、きっと京か大坂生まれだと思う」

小夏は湯呑をひと口啜《すす》って言った。

「流れ流れて江戸ってか？」

伊勢蔵はそう言ったが、突然何かを思い出したように「そうだ！」と、昂った声を上げた。龍吉は茶碗を掻き込む手を止めた。

「親分、どうしやした」

「お姫さんは京から江戸へ下って来たんだ。伴がついていたはずだが、何かの事情で独りぼっちになってしまったんだ。多分……こいつはおれの勘だが、お姫さんが独りぼっちになったのは江戸に来てからか、せいぜい品川か新宿辺りでだろう。それを見ていた者が世間知らずのお姫さんをうまく騙《だま》くらかして着物や頭の簪《かんざし》を取り上げて質屋か古着屋に曲げたんだ。本人が妙な所へ売り飛ばされなかったのは不幸中の幸いだ。身分の高い娘だということは敵も感づいていたんだろう。後でおおごとになるより、手っ取り早く身ぐるみ剝《は》がして銭にしようと考えたんだ。そいつを引っ捕まえて事情を訊いたら何んかわかりそうな気がするぜ」

「柳原《やなぎはら》の古着屋を当たりやしょう」

龍吉は残った飯を掻き込んで張り切った声を上げた。柳原には古着屋が軒を連ねている。

「お前さん、お姫様の着物、見当がつくのかえ」

「おちか、お姫さんが着ていた着物はどうした？」

「ほどいて洗い張りしましたよ。暇を見つけて元通りに縫ってやろうと思っているんですけど、何しろ破れがあちこちにあってねえ、難儀するよう」

「おれはおなごの着物のことはわからねェが、旅をする時の恰好は、普段と、ちょいと違うんじゃねェのかい？」

「そうそう、長旅なら埃避《ほこりよ》け、風避けに被布《ひふ》というのを着るんだよ。胸のところに組紐の飾りがあってさ。そうだ、その被布は大抵、着物と対《つい》になっていることが多いよ」

「ちょいとそれを出してみな」

伊勢蔵がそう言うと、おちかは奥の部屋から風呂敷包みを持って来た。洗い張りした布が丁寧に重ねられていた。薄桃色の地に菖蒲《あやめ》の花の柄が入っていた。

「こいつは上物だな？」

伊勢蔵は確かめるようにおちかに訊いた。

「あいさ、この手触りは間違いなく絹物さ」

「龍吉、よく見るんだ。古着屋でこれと似た着物、いや、上っ張りを見つけて、それを持ち込んだ奴の素性を探れ」

「合点！」

龍吉は威勢よく応えた。

三

古着屋は江戸の町の各所にあるが、その中でも柳原土手は圧巻である。筋違橋《すじかいばし》から浅草橋に至る長さ十余町の土手に、およそ千店もの古着屋が軒を連ねている。柿葺《こけらぶ》きの屋根が掛かった店もあれば、路上に筵《むしろ》を敷き、そこへ品物を並べて気軽に商売をする者もいた。様々な色に溢《あふ》れてはいたが、古びた匂いが一様に漂《ただよ》っていた。

和泉橋は柳原土手の中間辺りになるので道中の手間は要《い》らなかったが、居並ぶ店の多さに伊勢蔵は思わず吐息をついた。この店の中から娘の被布を捜すのは至難の業《わざ》に思えた。しかし、龍吉は小夏が一緒にいるので嬉しそうだった。

着物探しは小夏がいた方が心強い。本当はおちかの方が適役だが、おちかは娘の世話があるので出かけられなかった。

「ここで三人一緒に捜したところで仕方がねェ。龍吉と小夏は向こうの端から当たってくれ。おれはこっちから当たる。半刻《はんとき》（約一時間）後に和泉橋の袂で落ち合うことにするか」

龍吉達は筋違橋の方から、伊勢蔵は浅草橋の方から攻めるつもりだった。

伊勢蔵は浅草橋の前から店を一軒ずつ当たったが娘の被布は、なかなか見つからなかった。主の一人から話を聞くと、そういう物なら目につく場所に飾るので、すぐに気がつくという。品物の奥にでも仕舞い込まれていたらお手上げであった。

身分の高い者の衣服が持ち込まれるのは珍しいことではないらしい。この節、武家も町人も暮らしが大変なのは同じである。切羽詰まって金に換える者は後を絶たないようだ。伊勢蔵は娘の着物のはぎれを持って一軒一軒訊ねて廻ったが、色よい答えは返って来なかった。品物を見過ぎたせいだろうか、伊勢蔵の眼はしょぼしょぼと霞かすんできた。

　時分になったので、伊勢蔵はとり敢《あ》えず残りの探索を打ち切って和泉橋に向かった。

龍吉と小夏は何か小脇に抱えていた。すわ、例の被布が見つかったかと思い、「あったのか」と伊勢蔵は昂った声を上げた。

龍吉は体裁《ていさい》の悪い顔を拵《こしら》えて「いえ、小夏が前から欲しがっていた帯がありやしたんで、ついでに買ったんですよ」と応えた。

「安かったのよ、お父っつぁん。三十文だって。蕎麦屋に二人で行くのを一回我慢すればいいのよ」

二人は呑気なものだった。

「それらしい様子もなかったんだな」

伊勢蔵は低い声で龍吉に訊ねた。

「この店の全部を虱《しらみ》つぶしに捜すのは骨ですぜ」

龍吉は今更わかり切ったことを言う。

「だからもう仕舞いにするってか？」

伊勢蔵は龍吉に皮肉を浴びせた。

「そうは言っておりやせんが……」

「おきゃあがれ、手前ェはお姫さんの着物を捜すより小夏の鼻声聞いて喜んでいただけじゃねェか。おい、小夏。お前ェもお前ェだ。今は手前ェのことよりお姫さんの方が先だ」

「わかってるわよ。あたし、ちゃんと気をつけて見ていたんだから。ついでに帯を買っただけよ。ねえ？」

小夏は上目遣いで龍吉に同意を求めた。

「ここの客は町家の者が大方《おおかた》みてェですよ。お姫さんの着物は武家相手の、もう少し格が上の店を当たった方がいいんじゃねェですか」

龍吉は伊勢蔵の機嫌を取るように言った。

「格が上の店ってどこになるのよ」

「富沢《とみざわ》町にも橘《たちばな》町にもその手の店がありやす。えと、それから浅草の東仲《ひがしなか》町と西仲《にしなか》町にも」

「浅草も町家向きだろう。富沢町に行ってみるか……」

伊勢蔵は疎《まば》らに髭《ひげ》が生えた顎を撫でて独り言のように言った。

「あたし、先に帰っていい？　晩ご飯の仕度を手伝わなきゃならないから」

小夏は帯の包みを抱えて浮き足立っていた。

「さっさと帰れ、この役立たず」

伊勢蔵はいまいまし気に吐き捨てた。

「あらひどい。お姫さんが聞いたらびっくりして腰を抜かしてしまう」

「あいにく、お前ェはお姫さんじゃねェから構わねェの」

伊勢蔵のへらず口は続いた。小夏は肩を竦《すく》めて龍吉に目配せすると和泉橋を渡って戻って行った。

富沢町へ行く前にも柳原土手の古着屋の探索を何軒か続けた。しかし、陽が傾き始めると店仕舞いをする所が多くなった。柳原土手の古着屋は昼間だけの商《あきな》いで、夜は夜鷹《よたか》が道行く人の袖を引く場所に変わるのだ。

「親分、残りは明日にして富沢町の方へ行ってみますかい？」

龍吉は伊勢蔵を促した。

「そうだなあ。店仕舞いして慌ただしいんじゃ、ろくに話も訊かれねェ」

伊勢蔵は龍吉の言葉に素直に従って富沢町へ足を向けた。

富沢町は西両国の広小路を西へ向かい、通塩《とおりしお》町で南に折れ、栄《さかえ》橋を渡った所にある一郭だった。町の様子は賑《にぎ》やかで佐久間河岸近辺とは比べものにならない。

その富沢町の角地に店を構える「ひし屋」という古着屋の前に来た時、龍吉の足が不意に止まった。ひし屋は古着屋と言っても質屋を兼ねる店で、立派な土蔵を所持していた。質屋の客と古着屋の客は区別しているようで、質屋の方は藍染の長暖簾《のれん》が下がり、古着屋の方は開け放した店前に日除《ひよ》け幕《まく》を下ろしていた。店の品物が陽に晒《さら》されるのを防ぐためだ。「てんてん」と平仮名で書かれた木の看板が目についた。

てんてんは古手《ふるて》の略語で、京坂《けいはん》では古着と言わず、古手と言うのだ。そのてんてんの看板の横に女物の旅装束が衣紋竹《えもんだけ》に吊るされていた。ご丁寧に薄物の覆いをつけた市女《いちめ》笠《がさ》も添えてあった。売り物というより、客の気を引く看板の役目をしている。龍吉はその旅装束に目を留めたのだ。

「親分……」

龍吉は前を向いたまま低い声で言った。

「どうした？」

伊勢蔵はまだその時、何も気づいてはいなかった。

「ありやした……」

龍吉はそう言って、ごくりと固唾《かたず》を飲んだ。

「ど、どこに」

「だから、目の前ですよ。全く……」

龍吉は小馬鹿にしたような顔で伊勢蔵を振り返った。

「あ、あれ？」

伊勢蔵は懐《ふところ》のはぎれを出して目の前に吊り下がっている衣装と忙しく見比べた。伊勢蔵の手許にあるそれは、水をくぐり陽に晒《さら》されたせいでくすんだ色になっていた。しかし、店の被布は目も覚めるような鮮やかな桃色で、菖蒲の濃紫《こむらさき》の花も緑の葉もくっきりとした色合だった。

「間違いねェ。お姫さんのだ」

伊勢蔵は確認すると、まっすぐに店内に足を踏み入れ「ごめんよ、ちょいと邪魔するぜ」と声を掛けた。

「お越しなさいませ」

店番をしていた番頭らしいのが愛想のいい笑顔で伊勢蔵に応えた。

「店前に飾ってある衣装のことで、ちょいと訊きてェんだが」

伊勢蔵は房なしの十手をちらりと見せて番頭に続けた。番頭の笑顔が唐突に消えた。

「何か手前どもに不都合がありましたでしょうか」

「あの旅装束の衣装は、どういう経緯でお前ェさんの所に持ち込まれたのよ」

「はあ、それは質屋のお客様が質草にお置きになったもので、期日が過ぎても請《う》け出しにお見えになりませんので、こちらで売ることになりましたです。はい」

質流れの品が古着屋の店頭に並んだということだった。

「持ち込んだ客の顔は覚えているだろうな」

「それは……」

番頭は言葉に窮した様子で口ごもった。
三十五、六の中年の番頭であった。丸顔だが分別臭い表情は長年この商売になじんだせいであろう。
「どうしたよ。客の名は帳簿に付けるんだろう。おれァ、そいつを捜しているんだ」

伊勢蔵はそう言って横柄な態度で店座敷の縁に腰を掛けた。番頭が小僧に目配せするのがわかった。

「何してる。早くしてくんな。こちとら忙しいんだ」

伊勢蔵は番頭を急《せ》かした。

「少々、お待ち下さいませ」

番頭は慌てて間仕切りの暖簾の奥に入って行った。間口《まぐち》二間《にけん》の店に伊勢蔵と龍吉が取り残される形になった。

「こっちの縄張りは駕籠屋の万八《まんぱち》親分でしたね」

龍吉はそう言った。大した羽振りの岡っ引きだった。和泉町で駕籠屋「万八」を営む傍《かたわ》ら十手の御用を務めている。駕籠かきの人足が、そのまま万八の下っ引きの役目もする。

「だからどうしたってんだ」

伊勢蔵は意に介したふうもなかった。誰が出て来ようと怖《お》じ気《け》をふるうような伊勢蔵ではない。しかし、万八が子分の五人も連れて現れた時、さすがに胸の鼓動は高くなった。

「お前ェは確か、佐久間河岸の……」

唐桟縞《とうざんじま》の着物に対の羽織を引っ掛けている万八は伊勢蔵の顔を見てそう言った。雪駄《せった》も足袋《たび》も一目でわかる上物だった。

「へい、伊勢蔵と申しやす」

伊勢蔵は立ち上がって頭を下げた。

「そちらさんは？」

万八は慇懃《いんぎん》に訊いた。

「へい、あっしの義理の息子になりやす」

「義理の仲とはいえ、息子が子分をやってくれるんじゃや、佐久間河岸の、羨ましい話じゃねェか。おれの所の息子は親の商売ェを嫌って勝手に料理茶屋なんぞをしているわ」

万八は自慢気に言うと羽織の裾をめくり、伊勢蔵の横に腰を下ろした。腰の煙草入れを取り出した時、子分の一人が慌てて煙草盆を万八の前に差し出した。煙草入れも唐織《からおり》の高価なものだった。

「ところで、この富沢町まで足を伸ばして来たのは、よほどのことがあるんだろうな。ちょいと仔細を話しちゃくれねェかい。場合によっちゃ力になるぜ。だが、手前ェの縄張りの外にまでいらぬ首を突っ込むんだったら、この万八も黙っちゃいねェ。そこんところ、ようく肝に銘じてほしいもんだ」

万八は煙管《きせる》から白い煙を吐いて言った。

「和泉町の、そいつは百も承知のことよ。こっちだって暇を持て余している訳じゃねェ。やむにやまれぬ事情を抱えているからやって来たんですぜ」

「ほう、やむにやまれぬ事情だと？　おもしれェ、聞かしてくんな」

万八が伊勢蔵を下手《したて》に見る様子は変わらなかった。伊勢蔵は娘を拾った経緯を話し、娘の着ていた着物とひし屋のそれが同じ物であることを、はぎれを見せて告げた。

カンと万八は灰吹きに煙管の雁首《がんくび》を打ちつけ、「番頭さんよ、あの衣装を持ち込んだのはどこのどいつよ」と、ようやく奥から出て来た番頭に訊いた。

「それは……」

番頭は居心地の悪い顔で俯《うつむ》いた。

「それはあれか？　名前ェを口にするのが都合の悪い野郎かい？」

万八の声は低いが迫力があった。子分の一人が落ち着かない様子を見せて店を出て行こうとした。龍吉が「どこに行くんでェ」と凄《すご》んだ。他の子分は出て行こうとした子分を庇《かば》うように龍吉の前に立ち塞《ふさ》がった。

「和泉町の、止めてくれ」

伊勢蔵はつとめて冷静な声で言った。

「知らねェなあ。うちの野郎どもは頭に血を昇らせたら、おれの言うことなんざ聞かねェのよ」

万八はしゃらりと言って退《の》けた。子分が不始末をしたことに気づいたのだ。

「何んだと！」

「佐久間河岸の、おとなしく帰《け》ェんな。怪我をするぜ」

こんな者が十手を預かっているとは驚きだった。伊勢蔵は心底腹が立ったが、人相のよくない子分が五人もいては、龍吉の勝ち目はなかった。

「龍吉、やめろ。今日のところは帰るとしよう」

「親分、そいつは駄目だ。あの衣装が証拠になる。明日になったら衣装は引っ込めて知らぬ、存ぜぬだ。せめて衣装だけでも……」

言い続ける龍吉の顎に子分の一人の拳が炸裂《さくれつ》した。龍吉は体勢を崩して土間に引っ繰り返った。

「畜生、何しやがるんだ」

吠えた龍吉の唇が切れ、血が滲《にじ》んだ。伊勢蔵は万八の襟首を摑《つか》んだ。

「和泉町の、これがお前ェさんのやり方かい？　ずい分じゃねェか。この様子じゃ、相当にあこぎなこともしているな」

「知らねェなあ。佐久間河岸の、おれに怪我でもさせたら、そいつ等が黙っちゃいねェぜ」

「何を！」

「佐久間河岸の親分、おとなしく帰っておくんなせェ。うちの縄張りの内には、よその親分さんに首を突っ込んで貰いたくねェんですよ」

子分どもの中で一番年長らしいのが伊勢蔵の手首を摑まえて言った。何んてことだ。

伊勢蔵は悔しさに奥歯をぎりぎりと嚙んだ。

「あ、ちゃんだ。ちゃん、ちゃん、助けてくれ！」

龍吉は店の外に大声で叫んだ。そろそろ黄昏《たそがれ》の迫る通りを鳶職の男達が五、六人ほど通った。龍吉はその中に父親の姿を認めたらしい。

「どうした？」

龍吉の父親の末五郎《すえごろう》は心配顔で近づいて来た。他の職人衆も立ち止まってこちらを見ている。

「誰だ」

「か組の纏持《まといも》ちじゃねェのか？」

「ちゃんと言っていたぜ」

「まさか、あんな若い親父がいるものか」

万八の子分達はすばやく末五郎の素性に探りを入れる。

「こいつァ和泉町の親分。あっしは末五郎と申しやす。こっちはあっしの息子になるんですがね、あっしの息子が何か不調法を致しやしたかい？」

印《しるし》半纏をいなせに着て、水も垂《た》れそうな男ぶりの末五郎が店に入って来た時、伊勢蔵は末五郎の身体から大袈裟でもなく後光が射したように見えた。

「お前ェさん、本当にこいつのてて親なのかい？」

万八は怪訝な顔になって訊いた。

「へい」

「ずい分、若けェ顔をしているが、お前ェさん、いってェ幾つなんで」

「へい、三十三です」

「三十三？」

万八はすばやく頭の中で何やら計算している節があった。末五郎は気後れした様子もなく「龍は、あっしが十四の時にできた息子でさァ」と応えた。万八の子分が驚いた声をざわざわと上げた。

「とびきり活《い》きのいい子種で拵《こしら》えた息子ですぜ」

末五郎はそう言って唇を歪《ゆが》めるようにして笑った。

「ちゃん、おいらは親分と一緒に御用の向きでこの店に来たんだ。ところが万八親分は店とぐるになっておいら達を追い払おうとしたのよ。ほれ、店前の衣装があるだろ？あれはうちにいるお姫さんのものだ」

龍吉は末五郎が傍に来て勇気百倍とばかり立て板に水のように喋った。その喋り方には甘えも含まれているような気がした。

「どういうことなんで？　御用の向きなら和泉町の親分も手助けしなきゃいけやせんぜ。それとも、手助けできねェ理由でもあるんですかい？」

末五郎がそう訊いた途端、後ろから子分の鉄拳が振り下ろされた。末五郎はそれをひょいと避《よ》けると、子分の腕を取って逆に絞め上げた。

「おう、おとなしくしてりゃいい気になりやがって。こちとら、常はけちな鳶職だが、火事となったらか組の纏を持って、いち早く火事場の屋根に上がるんでェ。命がけで纏を振るうこの末五郎に、最前から無体の数々。おう、いい加減にしねェと黙っちゃいねェぜ」

そう言うと、末五郎の仲間の鳶職達も商売道具の鳶口《とびぐち》を摑んで店を取り囲んだ。

「やめな」

万八は観念して低い声で子分を制した。

その拍子に店の中の緊迫した空気が僅かに緩《ゆる》んだ。

「佐久間河岸の、好きにしてくれ」

万八は自棄《やけ》のように言った。

「そいじゃ、ひし屋さん。表の被布はいただいて行きやすぜ。ついでに笠と着物も調べさせていただきやす」

伊勢蔵は蒼白になった番頭に言った。番頭は黙ってこくりと肯いただけだった。おかしな様子を見せていた子分が慌てて逃げ出そうとした。それを末五郎の仲間が「おらおら、どけェ行こうというんだ」と止めた。

「親分、そいつが何か知っておりやすぜ」

龍吉は伊勢蔵に言う。

「そいじゃ和泉町の、ついでに子分も一人、いただいて行くぜ。用事が済んだら帰すっもりだが、どうやらそういうことにはならねェだろうなあ。和泉町の、お前ェさんも十手を返す心積もりをしていた方がいいですぜ」

伊勢蔵は万八にそう言って溜飲を下げた。

万八の子分は末五郎の仲間に小突かれながら佐久間河岸の自身番に連れて行かれたのだった。

四

駕籠屋万八の駕籠かき人足、浜吉《はまきち》と磯助《いそすけ》は京橋で客待ちをしていた時、身体の具合の悪い様子の女に呼びとめられた。年の頃、二十七、八の女だったが傍に七歳ぐらいの女の子供を連れていた。

女は江戸城の外堀にある一ツ橋御門までやってくれと言った。一ツ橋御門を抜ければ平河《ひらかわ》御門になり、その門は大奥の女達が外出の際に利用するものだった。女も連れの娘の恰好も悪くはないものだったから浜吉と磯助は駕籠賃の他に酒手《さかて》も弾《はず》んで貰えそうだと大いに期待して二人を乗せた。

しかし、女は間もなく駕籠に酔った様子で途中で吐いた。浜吉は商売物の駕籠を反吐《へど》で汚されては迷惑なので、ここで降りてくれと女に言った。一ツ橋御門から三町ほど離れた場所であった。そこから歩いて行ったところで大したことはないと思ったのだ。ところが女は金を持っていなかった。旅の途中で金を奪われたのだという。一ツ橋御門の前で待ってくれたら、きっと駕籠賃を貰って来るからと女は切ない息遣いで言った。そんな話をまともに聞く浜吉ではなかった。女の頬に平手打ちを喰わせ、着ていた着物を剝ぎ取り、ついでに連れの娘の着物も剝ぎ取って、その場に置き去りにした。その後、その女と娘がどうなったか知らないという。

浜吉と磯助は剝ぎ取った衣装をひし屋に持ち込んだ。それは駕籠の手間賃より、はるかに高額であった。伊勢蔵と龍吉がひし屋に顔を出した時、磯助は、たまたま仕事で外に出ていた。浜吉の話を聞いてから磯助をしょっ引きに行ったが、こちらはひと足早く逃げた後だった。万八が手を回して逃がしたのだろう。伊勢蔵は万八の処分を岩館に任せることにした。

女は具合が悪いという様子だったから、その後で息を引き取ったのかも知れない。残された娘は途方に暮れる思いで江戸の町々をさまよい、神田の和泉橋までやって来たのだ。

各自身番に問い合わせると、身許はわからないが、それらしい女を葬《ほうむ》ったと三河《みかわ》町の自身番から知らせがあった。

浜吉の身柄は小伝馬町の牢屋敷へ送られることになったが、娘の身許は依然として知れなかった。このまま引き取り手がない場合は名主と町年寄が相談の上、どこか養女にしてくれる家を捜さなければならない。

ときわという娘の伯母は、いったいどこにいるのだろうと思った。一ツ橋御門の辺りは武家屋敷が固まっている地域なので、あるいは娘の伯母はどこかのお屋敷に奉公している者かとも思われたが、武家屋敷のことは、伊勢蔵には、とんと見当もつかなかった。

娘を預かっている内に江戸は早や、梅雨《つゆ》の季節を迎えた。毎日鬱陶《うっとう》しい雨が続いて、伊勢蔵の胸の中にも黴《かび》が生えそうだった。

伊勢蔵は自身番の座敷に座ってぼんやり煙管をくゆらしていた。この雨では見廻りも容易ではない。何か事が起きたと知らせが来るまで自身番から動くつもりはなかった。

龍吉も所在なげに膝を抱えて座っている。

大家はこの何日か姿を現していない。書役の市兵衛もちょいと用事を足して来ますと傘《かさ》を差して出かけたまま戻って来なかった。

「お前ェ、苛々《いらいら》していねェか？」

伊勢蔵は煙管の雁首を灰吹きに打つと、龍吉に訊ねた。

「何がです？」

龍吉は呑み込めない顔で伊勢蔵を見た。

「ずっと小夏と一緒に寝られねェからよ」

「…………」

龍吉は返事をしなかったが、顔を僅かに赤らめた。

「おれもよう、昔、おちかの妹が赤ん坊を産みに帰《け》ェって来た時、もののふた月ばかりは放って置かれたな」

「…………」

「何しろおちかの母親は早くに死んでいるんで、妹にすりゃ、おちかが母親代わりだ。姑にお産の扱いをして貰うのが死ぬほどいやだてんで、おれの所に来たのよ」

「おっ義母さんは世話好きですからね」

龍吉は相槌を打った。

「おうよ、そのお蔭でおれは俄に独り者よ。いやあ、おれも若かったから我慢するのが、容易でねェ。ちょいと妹の目を盗んでおちかに抱きつこうにも、そん時だけ赤ん坊がぎ、、やあとわめいてよ……」

龍吉は伊勢蔵の話に子供のような声でくっ、くっ、と笑った。

「もうちっと辛抱しな」

伊勢蔵は龍吉を慰めるように言った。

「伊勢蔵いるかあ？」

外から岩館左内の声がした。伊勢蔵は慌てて立ち上がると自身番の油障子を開けた。龍吉もその辺を片付けた。

左内は中間の進次を連れていたが、もう一人、見慣れぬ武士を伴っていた。傘を差しているとはいえ、三人の肩先は雨ですっかり濡れていた。

「ご苦労様でございやす」

伊勢蔵は三人を座敷に促すと慇懃《いんぎん》に頭を下げた。龍吉はすぐに茶の用意を始めた。

「伊勢蔵、こちらは御広敷《おひろしき》の役人を務められておられる川村門三《もんぞう》殿である」

左内は伊勢蔵に五十がらみの男の名を伝えた。御広敷の役人は大奥の警護が主たる仕事であった。家で預かっている娘について何か進展でもあったのだろうかと伊勢蔵はすぐに思った。そうでなければ江戸城の役人が町家の取り締まりをする自身番まで訪ねる訳がない。

「お姫さんのことですかい？」

伊勢蔵は先回りするように口を開いた。

「察しがよいの。その通りだ」

左内は白い歯を見せて笑った。

「伊勢蔵とやら、預かっている娘は確かにはやことという名でござるか」

川村門三は早口で訊いた。

「へい、そう言っておりやしたが」

「して、伯母御の名前は聞き申したか」

「へい、ときわとか言っておりやした。何か手懸かりがありやしたんで？」

伊勢蔵はぐっと身を乗り出して門三に訊いた。

「間違いない。おぬしの所に身を寄せている娘は大奥のお年寄、常磐《ときわ》の局《つぼね》様の姪御《めいご》で敏《はや》子《こ》様であらせられるぞ」

「…………」

「敏子様のお家は関白を度々務められる一条家の一族でござる」

「お公家《くげ》さんの娘さんでしたんですか。どうりで……」

伊勢蔵は合点のいった顔で肯いた。

「そういう様子が前々よりござったのか？」

門三は伊勢蔵に畳《たた》み掛けた。

「いえね、あっしとは直接、口を利かねェんですよ。何かって言えば、身は姫じゃや、と返される始末で……」

伊勢蔵がそう言うと門三は愉快そうに声を上げて笑った。

「いかにもお家では敏姫《はやひめ》様として大事に育てられましたからな。ところがお気の毒にご両親が流行《はや》り病《やまい》で相次いで亡くなられ、家督もご親戚の方がお継ぎになると俄に独りぼっちになってしまわれたのだ。お身内は常磐の局様だけ。常磐の局様は、一生奉公のお覚悟を決めておられたので、どうしたらよいものかと御台《みだい》様にご相談された由。御台様は敏子様を江戸城にお呼びして常磐の局様の養女にされるのがよろしいとおっしゃられたのだ。さっそくその旨を京へ伝え、敏子様は江戸へ下ることになったのだが……」

敏子が京を出たのは一月の半ば。川止めの心配がなく、しかも治安の不安の少ない中山道を通って江戸を目指した。出発当時は侍女の楓《かえで》の他に駕籠持ち四人、荷物を担ぐ中間二人がつき添っていたという。道中のちょうど半分の塩尻峠に差し掛かった時、一行は追い剝ぎに襲われるという不幸に見舞われた。中間は斬り殺され、楓は気の毒にも追い剝ぎの男達から暴行を受けた。駕籠持ちは楓と敏子を置き去りにして逃げてしまった。楓は追い剝ぎが去ってしまうと気丈にも敏子を連れて江戸を目指した。とにもかくにも敏子を江戸城の常磐の局に預けなければという一心からだった。

気の毒なのは、その楓という侍女だと伊勢蔵は思った。やっと江戸に辿《たど》り着いたというのに、無情な駕籠かきから、またしてもひどい目に遭ってしまったのだ。

「楓さんというお人はついておりやせんね」

伊勢蔵はそんなことしか言えなかった。門三はゆっくりと肯いた。

「それで追い剝ぎに遭ったことはどうしてわかったんで？」

岡っ引きとしての疑問が伊勢蔵に湧いた。

「駕籠持ちの中間が京に戻ってから屋敷の者へ伝えたのだ。すぐさま常盤の局様にもお知らせしたが、常盤の局様はその時点で敏子様のお命が、もうないものと諦められたご様子でござった。ところが、何んと何んと息災であらせられた」

門三は感嘆の声を上げた。

「お奉行様は各大名家へ心当たりをお訊ねになられたのだが、どこのお屋敷もそのようなことはなかったのだ。それで、最後に御広敷のお役人へ問い合わせると、常盤の局様にどうもそれらしい姪御がいらっしゃるとのことだった。お耳に入れると大層お驚きのご様子で、さっそく川村様が真偽を確かめに参ったのじゃ」

左内はこれまでの経緯を伊勢蔵に説明した。

「そいじゃ、お姫さんは、そのお局様の所へ行くんですね？」

龍吉が渋茶を淹《い》れた湯呑を門三と左内の前に差し出してから訊いた。門三は湯呑をひと口啜《すす》って顔をしかめた。相当にまずく淹れたらしい。小さく咳き込んでから龍吉に肯いた。

「川村様、早くお姫さんをお城へお連れして下せェ。こちとらもう、肩凝って、肩凝って」

伊勢蔵は冗談に紛らわせて言った。鬱陶しい雨音がその日ばかりは伊勢蔵の耳に優しく響いて感じられた。

五

梅雨の晴れ間というのだろうか。前夜までしとしとと降り続いた雨が今朝はからりと晴れ、久しぶりに清々しい朝を迎えた。

おちかは朝早くから湯を沸かし、最後の湯あみを敏子にさせた。それから朝飯を食べさせると近所の女髪結いを呼んで来て敏子の髪を結わせた。

登城の折に着る衣装も常磐の局から届けられた。御所車と松竹梅を配した見事な衣装だった。ひし屋から持って来た衣装をどうするのかとおちかが訊ねると「よきに計らえ」と敏子は応えた。よきに計らえと言ったところで岡っ引きの家には無用の長物である。それでもおちかは「ありがたくいただきますよ」と頭を下げた。

前夜、伊勢蔵は敏子にしみじみと言った。

「お姫さん、むさ苦しい家で、よくも辛抱して下さいやした。ありがとう存じますよ。楓様はお気の毒なことでしたが、お姫さんは楓さんの分まで頑張って生きて下さいよ。それが一番の供養なんですからね」

敏子はそれを聞くと、おちかの胸に顔を埋めてほろほろと泣いた。おちかが、また余計なことを言うと伊勢蔵を睨《にら》んだ。

「辛いことはわかっているよ。だが、楓様が必死でお姫さんをお守りしたから今のお姫さんがあるんじゃねェか。それを忘れちゃならねェとおれは言いてェんだ。手前ェ一人で生きていると思うのは大間違げェよ」

「ですってよ」

おちかが伊勢蔵の言葉を受けて敏子に言う。

敏子は袖で涙を拭うと「わらわはよっく肝に銘じておじゃる」と、おちかに応えた。

「よく言っておくんなさいやした。それでこそお公家のお姫さんですよ。さあ、もう町家の暮らしは今夜限りだ。明日からはお城のふかふかのお蒲団でぬくぬくお眠んなさいよ。そしてね、このむさ苦しい家で過ごしたことなんざ、すぐにお忘れ下さいやし。それでねえ、どこかご縁があったらお輿《こし》入れなすってお倖《しあわ》せにおなんなさいよ。もう一生分の苦労をしたんですから、これからは倖せな時しかありませんて」

伊勢蔵の言葉に敏子は泣くばかりであった。

神田相生町に場違いな黒塗りの乗り物が横づけされた。警護の役人がおよそ十人ほども、その周りを取り囲んでいる。御殿女中も三名同行していた。近所の人間も何事かと通りに出て見守っていた。

おちかに手を取られて敏子が外に出ると、頭を片外《かたはず》しに結った御殿女中の一人がすいっと立ち上がって、おちかの手から敏子の手を受け取った。

「お願い致します」

おちかは深々と頭を下げた。乗り物の蓋が開けられた時、敏子は振り返り、おちかの顔を見た。おちかはもう泣きの涙である。小夏は笑って「お元気でね」と言った。それから敏子は龍吉の顔を見た。

「お姫さん、お達者で」

龍吉は如才ない言葉を掛けた。最後に敏子の眼は伊勢蔵に注がれた。伊勢蔵は何も言えなかった。小夏が花嫁衣装を着て現れた時のように胸が苦しかった。

「わらわは、いついつまでも忘れぬ」

そう言葉を残して敏子は去って行った。伊勢蔵に直接口を利いた最初で最後の言葉だった。ひどく切ない気持ちがした。

どうせなら、と伊勢蔵は思う。決めの文句はあれが聞きたかった。身は姫じゃ、と。

百舌《もず》

本所・一ツ目河岸

一

本所相生町《ほんじょあいおいちょう》一丁目にある横川柳平《よこかわりゅうへい》のわび住まいに旅装束の男が現れたのは初秋の午後のことだった。

裏口から客の訪《おとな》う声が聞こえているのに、さっきまで庭で薪割《まきわ》りをしていたはずの弟の金吉《かねきち》は、さっぱり出て行く様子がない。夕餉《ゆうげ》の仕度に必要な物を思い出して慌《あわ》てて買いに走ったのだろうか。

柳平は仕方なく「よっこいしょ」と、掛け声を入れて腰を上げた。近頃《ちかごろ》、膝《ひざ》の調子がとみによくない。一度座《すわ》ってしまうと立ち上がるのが容易でなかった。焦げ茶色の着物に対《つい》の袖なしを重ね、黒のたっつけ袴《ばかま》の質素な恰好ながら、白髪《しらが》混じりの総髪はきれいに撫でつけられ、髭《ひげ》をたくわえた端整な面差しは、周りの者に威厳を感じさせる。柳平は、もと津軽弘前藩《ひろさきはん》の藩校「稽古館《けいこかん》」の教官であった。

稽古館は寛政八年（一七九六）に創設され、和漢、習字、習礼、算術、医学、天文学、蘭学等を藩士に学ばせる学校だった。

柳平は習字を教えていたが、藩政にも深く関わっていた男である。今はお務めも退《の》き、近所の子供達に手習いを指南しながら、のんびりと余生を送っていた。

柳平が台所に出て行くと、男は裏口の外に、つくねんと立っていた。柳平の姿を認めると安心したように小腰《こごし》を屈《かが》めた。

「これはこれは旦那様。吾《わ》ァは津軽の常盤村《ときわむら》から参りやした。分家のご寮《りょう》さんから荷物を言付《ことづ》かって来たはんで」

男は津軽のお国訛《なま》りで口を開いた。分家のご寮さんとは柳平の姉のひさのことだった。

「わざわざ津軽からおいでなさったのか」

柳平は驚いて男の顔を見た。見覚えのない顔だったので、よくも迷わずに柳平の家にやって来られたものだと感心した。

「へえ。旦那様のお家は赤穂《あこう》のお侍《さむらい》に討ち入りされた吉良《きら》の殿様のお屋敷があった所と目と鼻の先だし、それに立派な松の樹《き》が目印だとお父《ど》から聞いていたはんで」

「お父？」

柳平は怪訝《けげん》な眼を向けた。目の前の男は四十近くの年齢にも見える。もしかして金吉の友人の一人でもあろうかと思った。

しかし、男は人なつっこい笑顔を浮かべて「吾ァのお父は五助《ごすけ》だはんで」と、言った。五助は津軽の横川家の男衆《おとこし》をしていた者である。

「それでは、お前は五助の倅《せがれ》か」

「んだす」

柳平の記憶にある五助は男盛りで、くるくるとよく働く男だった。その五助に、当時の本人と変わらない息子がいるとは驚きだった。

柳平は過ぎ去った年月を改めて思わない訳にはいかなかった。

「お父は年だはんで、もはや江戸までの長道中は無理になりましたのす。それで、吾ァが、代わりを勤めるようになりやした。ちょうど、津軽様のお屋敷に用事がござりやして、あれこれ旅仕度をしておりやした時に、分家のご寮さんがおいでになって、ちょっくら荷物ば届けてけへと頼んで来たのす」

「いやいや、遠い所、ご苦労でありました。どれ、お上がりなされ」

「いえ、吾ァは、これからお屋敷に行かねばならねェもんで、ゆっくりもしていられねのす」

「それにしても茶の一杯ぐらい飲む暇はござろう。草鞋《わらじ》を解くのが大儀なら、ほれ、そこに腰掛けて、ちょっと休んで行きなされ」

柳平が強く引き留めると、男はようやく肩から荷を下ろした。紐《ひも》を掛けた渋紙の包みを台所の座敷に置いて「これがご寮さんから頼まれた物です。確かにお渡し致しました」と、念を押すことは忘れない。

「はい、確かに」

柳平もそれに応えたが、懐《ふところ》に慌てて手をやった。

「少ないですが駄賃を少々……」

そう言ったが、男は柳平に、せわしなく右手を振った。

「分家のご寮さんから、えっぱいいただきましたはんで、旦那様からまでいただけねェ」

「しかし、それではわしの気がすまぬ」

「いえいえ、お気持ちだけで十分でござりやす」

「そうか……」

遠慮がちに腰を下ろした男に柳平は長火鉢の鉄瓶で茶を淹《い》れることにした。普段、台所仕事は金吉に任せ切りで、勝手がよくわからない。さて、湯呑はどこにあるのかと戸棚をがさごそやっていると、ようやく金吉が戻って来た。手には青物の束を抱えていた。

「いやあ、青物売りの足の早ェごと、追い掛けるのに精《せい》が切れたで」

金吉は少し荒い息をしてそう言った。薪《まき》割りをしていた時に、外を棒手振《ぼてふ》りの青物売りが通ったのだろう。金吉は流しに青物の束を置くと男に向き直った。すぐに怪訝な顔になった。

「あれ？　もしかして、お前ェ、彦《ひこ》でねェのが？」

男は金吉にそう言われて、こちらも金吉の顔をじっと見る。

「金吉っつぁんが？」

「んだ。いやあ、何年ぶりだべなあ」

「何年ぶりどころの騒ぎでねェって。金吉っつぁんが十五で江戸のお屋敷さ奉公に出て以来だから、かれこれ二十年も過ぎたっきゃあ」

「そだが。懐かしいなあ。何しに江戸さ出て来た。泊まって行ぐんだべ？」

「そうしてもいられね。これから津軽様のお屋敷に行くはんで。お屋敷のお長屋におられるお侍さんの所にも荷物を届けねばなんねェんだ。恐らく、国の話ばしてけへと、向こうに引き留められることになるべな」

「金吉、この人は姉《ね》っちゃから言付かった荷物を届けてくれたのだぞ」

柳平はようやく二人の間に口を挟んだ。

「兄《あ》いぃ、兄んちゃ、この人だなんて水臭ェ。五助の倅の彦次《ひこじ》だ。覚えていねェのが」

「うむ……」

柳平は曖昧《あいまい》に肯《うなず》いたが、彦次のことは正直、よく覚えていなかった。

「旦那様がお屋敷に上がった時、吾ァはまだ餓鬼だったはんで」

彦次は柳平を庇《かば》うように言った。

「吾ァとは同い年だったはんで、よぐ遊んだもんだなあ。兄んちゃは、あの頃、江戸で学問していだがら五助の倅のことも覚えていねェんだべ。ところで、姉っちゃ、何を送ってくれたんだべな」

金吉は持ち重りのするような包みを嬉しそうに眺めながら言う。

「干《ほ》し餅《もち》とか米とか、分家のご寮さんが拵《こしら》えた物だと思いやす」

「姉っちゃ、吾ァ達が米に不自由していると思ったんだべが。彦に切《せつ》ねェ思いばさせだの」

「なあに。大したことはねェのす。分家のご寮さんも年だはんで、もう旦那様や金吉っつぁんの顔ば見られねェなって、寂しそうにしておりやした」

「姉っちゃは身体の具合が悪いのか」

柳平も心配そうに訊いた。

「いいや。ご寮さんは、少し腰は曲がったども、まだまだ元気す。毎朝、田圃《たんぼ》の草取りして、畑で青物拵えて、その合間に干し柿やら、何やら拵えておりやす。ちょっとも休む所は見たことがござりやせん。村で一番の働き者は分家のご寮さんでござりやす」

彦次は大袈裟《おおげさ》なほどひさを褒《ほ》め上げた。

「そうか、達者か。それなら、もう一度ぐらい江戸見物をさせてやりたいものだのう」

柳平はしみじみした口調で言った。

「彦、お前ェ、毎年、江戸さ出て来るのが？」

金吉は意気込んで彦次に訊《き》いた。

「あ、ああ。決まってはいねェども、気候のいぐなった頃に御用を頼まれる。道中は骨だども、お蔭《かげ》でおらも江戸見物ができるから、頼まれれば断らねェのす」

「そしたら彦、この次、出て来る時、姉っちゃば連れで来い」

咄嗟《とっさ》のことに彦次は言葉に窮《きゅう》した。それは柳平も同じであった。

「ほれ、兄んちゃ。この間、無尽《むじん》の銭、入ったべ？　あれば遣《つか》うべ」

「しかし、あの金は……」

金吉の紋付を誂《あつら》えるためのものだった。

「吾ァは紋付なんざいらね。その気になれば古着屋でも何んでもある。な、そうするべ」

金吉は、すっかりその気になって奥の間へ金を取りに行った。

「彦次、本当に頼まれてくれるのか」

「へえ、吾ァは構わねども、ご寮さんが何んて言うが……」

「もしも、姉っちゃがいやだと言ったら、金は姉っちゃが遣ってよいと言うてくれ。わしは昔、大層世話になったからの。お前は姉っちゃから幾らか駄賃を貰え。それで、もしもお前が案内して姉っちゃを江戸へ連れて来た時は、別に駄賃を弾《はず》むつもりだ。よいな」

「へ、へぇ。ありがとうございやす」

彦次は這《は》いつくばるように深く頭を下げた。

「だども、旦那様はこの先、ずっと金吉っつぁんと一緒に暮らしなさるんでございやすか」

彦次は言い難そうにおずおずと訊いた。

「ああ。わしは、もう国には戻れん。横川の家は倅が継ぐから大事はないだろう」

「へぇ、若旦那様は村役も勤めていなさるし、子供も三人おりやす。全部、男わらしだはんで跡継ぎの心配もいりやせん。本家のご寮さんは孫の世話をしながら倖《しあわ》せに暮らしておりやす。もう旦那様がご案じなさることもございやせん。それにしても、旦那様が、一番仲の悪がった金吉っつぁんと江戸で一緒に暮らすことになろうとは思いもしねがった」

「そうだのう……」

柳平は居心地の悪い表情で応えた。

「金吉っつぁんはまだ、独《ひと》り者でございやすか」

「はあ……まあな」

柳平は曖昧《あいまい》に応える。

「何んぼ、昔は仲が悪ぐても、そこは兄弟だなす。いがった、本当にいがった。分家のご寮さんも喜んでおりやす。したども、荷物を送ったことは本家のご寮さんには内緒にしてけへと釘《くぎ》を刺されやした」

ひさは柳平の妻のさわに遠慮してそう言ったのだろう。どこまでも人の気を遣うひさの気持ちが柳平には切なかった。

「そうか……」

短い吐息をついた時、金吉が巾着《きんちゃく》を持ってやって来た。

「彦、銭だ。来年、姉っちゃば連れて来い。ほまちはなんねェぞ」

「金吉っつぁん、何ば喋る。これでも吾ァは固い男で通ってるはんで」

「金吉、失礼だぞ」

柳平も窘《たしな》めた。

「なあに、冗談だって」

金吉は朗《ほが》らかに笑った。

「したら、旦那様、吾ァはこれで」

彦次は荷物を担《かつ》いだ。金吉がそれを手伝った。

「ややや、茶も淹れてやんながったな」

火鉢の猫板《ねこいた》に蓋《ふた》を開けたままの急須《きゅうす》を見て、金吉はすまなそうな顔で言った。

「お屋敷さ着いたら、酒っこ飲ませて貰うはんで、いいってことよ」

「や、気が利かねェことで。お前ェ、酒っこの方がよがったのが。早ぐ喋ればいいのに」

「この次、ごっつぉになるはんで」

「んだが。そこまで送って行くべ」

「旦那様、それではご無礼致しやす」

彦次は何度も頭を下げて金吉と一緒に出て行った。

一人になった柳平はひさから届いた包みを開けた。包みの紐《ひも》は、癇性《かんしょう》なひさにふさわしく、堅《かた》く結ばれていて、鋏《はさみ》を使わなければ解くことができなかった。三重の包み紙から現れた物は、米の三升ばかり、煎《い》り豆、梅漬け、沢庵《たくあん》の古漬け、それに藁《わら》に括《くく》られた干し餅であった。干し餅は胡麻を入れて搗《つ》いた餅を薄く切り、軒下に吊るして干し上げたものだった。

干し餅は寒中の寒さで拵える。寒さが厳しければ厳しいほど甘みが増すと言われている。農作業の合間に食べるお八つとして作られるのだ。

柳平はふと、ひさがその干し餅を軒下に吊るしている姿が目に浮かんだ。

野良着の恰好で、手拭《てぬぐ》いを姉《あね》さん被《かぶ》りしたひさは柳平と金吉に、この干し餅を拵える と、火鉢で炙《あぶ》って食べさせてくれたものだ。

ひさは五人きょうだいの長姉として、嫁に行ってからも実家のことを何かと案じてくれた。ひさの嫁入り先は実家のすぐ近所だった。

柳平に学問の道へ進むことを勧めてくれたのもひさである。百姓が学問して何になるという父親を説得してくれたのだ。ひさのお蔭で柳平は好きな学問の道に進むことができたが、結果的には、それで家を捨てることにもなった。

ひさは父親や祖母から、さぞかし責められたことだろう。それを思うと、柳平は切なさで胸が痛くなる。

「姉っちゃ、顔、見てェな」

柳平は、そっと呟《つぶや》いた。

二

柳平の祖父は晴耕雨読の男であった。天気のよい日は田圃に出て稲の世話をするが、雨が降れば村長《むらおさ》の家に出かけ、その家にあった書物を借りて来て読んでいた。

祖父は何んでも仙台の武家の出であるという。津軽に流れて来て、横川家の婿《むこ》になったのだ。祖父が津軽に来た理由は周りの人間の話からすれば生家から勘当されたらしい。

祖父が勘当された理由は、知らされなかったが、自分も祖父のように書物を読んだり、自在に字を書いたりしたいものだと柳平は子供心に思った。

最初に習字を教えてくれたのも祖父だった。

柳平の背後から筆を持つ柳平の手に自分の手を添え、筆の呼吸を教えてくれた。祖父の手が添えられると、金釘流《かなくぎりゅう》のお粗末な字も見事になった。柳平が何度も稽古して、ようやく会心の一枚を書き上げて祖父に見せると、祖父は目を細め、「うめェなあ」と褒《ほ》めてくれた。傍《そば》でひさも覗き込んで「柳平は百姓するより学問の先生になればいいはんで」と言った。褒められることが嬉しく、柳平は暇を見つけると習字に励《はげ》んだ。やがて柳平の噂が村中に伝わると、村長も「柳平に学問ばさせだ方がいい」と、言うようになった。

単なる水呑百姓ならば村長もそんなことは言わなかっただろうが、横川の家は長く村役人を務める家で名字を許されていた。奉公人も多く、村では富裕な家であった。柳平に学問をさせる器量は持ち合わせていると村長も考えていたのだろう。

しかし、婿の祖父は立場上、強くそれを主張することはなかった。案の定、祖母は「柳平はこの家の総領《そうりよう》だで、学問をしたら田圃の世話ができなぐなる。それはまいいね」と反対した。

その時、ひさが「阿婆《あば》、柳平は頭がいいはんで、きっと一廉《ひとかど》の男さなる。なあに、柳平の下には徳次《とくじ》も金吉もいるはんで、田圃や畑の世話は大事ねェのす。な、阿婆、柳平に学問をさせでけへ」と、祖母に縋《すが》った。

ひさは祖母のお気に入りだった。祖父の教えはひさにも伝わり、堅い漢字は無理でも、平仮名で簡単な手紙ぐらいは即座に書けた。また、その字の見事なことは柳平以上に村の評判だった。針を持たせれば村の娘の誰にも負けないし、家の仕事も女衆《おなごし》の先頭に立ってこなす。

そんなひさに縋られては、祖母も否とは言えなかったようだ。母親は金吉を産むと、間もなく死んでしまったから、柳平達の養育は祖母とひさの手に委《ゆだ》ねられていた。

柳平は月に何度か黒石《くろいし》村の漢学の塾に通うようになった。その塾でも柳平は頭角を現した。師匠の細川幽玄《ゆうげん》は柳平の父親に、柳平を江戸にやることを強く勧めた。津軽藩に申し出て、藩費で遊学させるよう取り計らうとまで言った。

こうして柳平は十三歳になった時、五助に伴われて江戸へ出て来たのだ。津軽様のお屋敷のお長屋に寄宿して、湯島の学問所に通うことになった。

ひさは柳平が江戸へ出ると、間もなく嫁に行った。相手は分家の福蔵《ふくぞう》だった。柳平は、ひさの亭主が福蔵であることが何んとも不満だった。福蔵は柳平の目からは野良仕事する以外、これといった才覚のない男に思えていたからだ。

柳平は二十歳の時に幕府の学問吟味に合格した。村の期待を一身に集め、また、お長屋で世話になることに骨を折ってくれた師匠の顔を潰さないためにも柳平は人並以上に学問に励んだ。それが功を奏したのだ。すぐさま、津軽藩の藩校「稽古館」に助手として迎えられた。

藩校は宝暦年間から各地で急激に建設されるようになった。文武両道を理想に掲《かか》げ、人材育成が主たる目的だった。津軽藩も他藩に倣《なら》って藩校を創設したのである。三年ほど助手を務めると、柳平は国許《くにもと》で教官として迎えられた。この時、柳平は村長が仲人となって隣り村から、さわを嫁に迎えた。

さわとの間に息子が生まれると、柳平は妻子を常盤村の横川家に置き、自分は城の近くの拝領屋敷に暮らしてお務めをした。時々、常盤村からさわが息子を連れて出て来て、身の周りの世話をするという生活がしばらく続いた。

最初はおとなしかったさわも横川家の暮らしになじんで来ると、柳平に不満を洩らすようになった。祖母に対する愚痴は無視できたが、金吉のこととなると捨て置くことができなかった。末っ子の金吉は年頃になると、ぐれだし、横川の家はその後始末に、しばしば頭を悩まされるようになったからだ。次男の徳次は他家に養子に行き、妹のあきも隣り村に片付いた。

横川の家の田圃や畑は金吉の肩に掛かり、金吉にとっては大いに気持ちの負担になっていたのだろう。しかし、お務めに忙しくしていた柳平は金吉の気持ちに思いが及ばなかった。さわの話を聞いて、怒りを募《つの》らせるだけであった。

さわは柳平に会う度《たび》に金吉のことを言った。やれ、仕事もおっぽらかして納屋《なや》でふて寝しているの、夜遊びはするの、酒を飲んでは暴れるのと。

業を煮やした柳平も常盤村に帰ると金吉に小言を言った。しかし、金吉は柳平に反抗するばかりで、一向に態度を改めようとはしなかった。あわや殴り合いの喧嘩《けんか》になり掛けたのも一度や二度ではない。そんな時はひさが駆けつけて来て、必死で二人を宥《なだ》めた。

金吉は百姓をさせるより、どこか奉公先を見つけて、雇《やと》って貰う方がよいのではないかと家族で話し合い、柳平は津軽様の江戸屋敷に中間《ちゅうげん》として金吉を送り込んだ。

柳平は厄介払いをきめ込んだつもりだった。

父親はまだまだ健在であるし、近所にはひさもいた。この時ばかりはひさの亭主の福蔵が本家の田圃も面倒を見ると力強く言ってくれたので助かった。

半年ほどは恙《つつが》なくお務めをしていた金吉であったが、江戸の暮らしになじんだ頃から、またぞろ遊びの虫が騒ぎ出し、お務めもおざなりになった。そして、仲間の中間から文句を言われた金吉は、つい、かっとして仲間の一人を殴《なぐ》り、傷を負わせてしまった。お屋敷からきついお叱りを受けた金吉は務めを解かれると、ふっと行方知れずになってしまった。

国許の横川家に金吉のことが手紙で知らされると、柳平はひさと一緒に江戸へ出て金吉を捜し回った。

心当たりをくまなく捜しても金吉の行方はようとして知れなかった。

「あったら者、いっそ、死んでしまえばいいはんで」

柳平は怒りのあまり吐き捨てた。

「何、罰当たりなこと喋るが。金吉は金吉でいいところがある」

ひさは柳平を咎《とが》めるように言った。

「姉っちゃ、金吉のどこがいいって喋るが。仕事はいやだ、遊びてェの、喧嘩ばして人さ傷つけるごとの、何んもいいどこはねェべ」

柳平は自棄《やけ》のように、ひさに口を返した。

「金吉はまだ若い。もっと年を喰えば、ちゃんと分別ができる。お前《め》ェは学問をして来た男だから世の中のごとは人より知っているども、金吉は村の田圃しか知らねェ男だ。そんな男が、こたら広い、賑《にぎ》やかな土地さ来て、舞い上がらねェ方が不思議というもんだ。な、柳平、堪《こら》えてけへ」

どうしてひさは観音様のように情が深いのだろう。柳平はわが姉ながら、そんなひさの性格を怪訝《けげん》に思った。

「世の中、自分の思い通りにはならねェはんで」

ひさは吐息交じりに呟いた。ひさは福蔵との間に娘が一人いるだけだった。息子がいないので、なおさら弟達の将来を案じるのだろう。だが、柳平は世の中、思い通りにならないと呟いたひさが、世間一般のことを言ったのではなく、自分自身に言い聞かせているような感じに思えた。

「なあ、姉っちゃ。姉っちゃは、本当は分家さ嫁に行きたぐながったんだべ？」

「なして、そだらなごと訊く」

ひさは柳平に怪訝な眼を向けた。奥二重《おくぶたえ》の眼は、いつも何かを堪えているような強さと、はかなさがあった。

分家は同じ横川の名字を持ち、元を辿《たど》れば同じ血筋になる家だった。福蔵とも子供の頃からの幼なじみだった。ひさが福蔵に嫁入りした時は十九歳と薹《とう》も立っていたが、あまりに簡単にひさの嫁入りが決まったことに柳平は不審な思いが拭《ぬぐ》い切れなかった。

「なしてって、ただそう思っただけよ」

「柳平はおっかねェことを考えるの。父《と》っちゃはいい人だはんで、柳平は余計なごと考えなくてもいいのす」

ひさは、そう言ってはぐらかしてしまった。

金吉を捜す合間に柳平はひさを江戸のあちこちへ連れて行った。ひさは、金吉のお蔭で江戸見物ができたと何度も言った。

ひさと柳平が江戸に出ている間に金吉の行方《ゆくえ》はとうとう知れなかった。それでも怪我を負わせた中間を見舞い、藩の役人に詫《わ》びを入れることができたのは幸いだった。藩は金吉のためにわざわざ、二十日余りも掛けて江戸にやって来たひさの苦労に免じて、金吉のことは許してくれた。これにより柳平に累《るい》が及ぶこともなかったのだ。

柳平に再び江戸出府の機会が巡って来たのは四十の声を聞いてからのことだった。

津軽藩は宝暦の頃、積年の借財が三十五万両にまで達していた。時の藩主、津軽信寧《のぶやす》が、それを打開すべく改革を断行するも失敗に終わり、財政は逼迫《ひっぱく》して行く一方だった。家督《かとく》を継いだ息子の信明《のぶはる》も荒田復興のため、武士の城下町居住を改めたり、土着制推進の改革を実行したが志半ばで没してしまった。

信明の末期《まつご》養子となった寧親《やすちか》は信明の遺志を継いで領内の復興に尽力した。この結果、多額の借財もひと息つき、藩はこの功績を認められて七万石から十万石へと家格を上げることができたのだ。

しかし、この家格昇進は文化年間より起こった幕府の北方防衛策の一環である蝦夷《えぞ》地警護役という負担を強《し》いられることにもなった。

警護のための出費増大は領内に一揆《いっき》を多発させた。柳平はこの騒乱を収める策を藩の役人達と考えるために江戸に呼ばれたのである。

藩の重職達の考えも、真っ二つに割れ、柳平が付いた重職が抗争に敗《やぶ》れると、柳平もまた藩を追われた。無役となった柳平は国に戻ることもできず、そのまま江戸に留《とど》まった。

戻らない理由はそれだけではなかった。柳平は重職達と屋敷の外で話し合いの場を持つ内に、頻繁に使っていた料理茶屋の女と理《わり》ない仲になってしまったのだ。

本所の相生町に家を見つけ、そこで夫婦同然に暮らしていたが、その女は流行《はや》り病で五年前に亡くなってしまった。

柳平は近所の子供達に手習いを指南して一人暮らしを続けていたが、そんな時、行方知れずだった金吉がひょっこり姿を現したのだ。

三年前のことである。

三

金吉は火鉢に網わたしを置いて干し餅を焼いた。ぷんと香ばしい匂いが辺りに漂う。

「兄んちゃ、干し餅は油で揚げた方がうめェぞ。天ぷら屋から油ば分けて貰うべ」

金吉はそんなことを言った。

「わしは、ただ焼いたのが好きだ」

「したけど、兄んちゃは歯が悪いはんで往生するっきゃ」

「なあに、舐《な》めてる間に柔らかくなる。油を使ったものは胸やけがして駄目だ」

「んだが。ま、吾ァもこっちの方が飽きなくていいどもせ」

「金吉、松の樹はいい形になったの」

柳平は庭の植木棚に置いてある盆栽に眼を向けて言った。昨年、植木市で買ったものである。兄弟はどういう訳か松が好きだった。

二人で散歩している途中、塀越しに立派な松を見掛けると、長いこと眺めてしまう。狭い庭にも盆栽の他に、結構樹齢のある松の樹があった。柳平がその家を借りることを決めたのは、家よりも庭の松に魅《ひ》かれたせいだ。

柳平のわび住まいは一ツ目河岸に面している。両隣りは小間物屋と酒屋の商家である。いや、表通りで普通の民家は数えるほどしかない。その中で黒板塀を回し、松の樹を植えた柳平の家は目立つようだ。近所の人間は柳平のことを一ツ目河岸の先生とか、松の家の先生などと呼んでいた。

長いこと無沙汰《ぶさた》をしていた金吉がひょっこり姿を見せた時も、開口一番、「兄んちゃ、いい松だなあ」と、言った。そして、しみじみ幹を撫でたのだ。

「姉っちゃ、江戸へ来るべが」

干し餅を焦がさないように引っ繰り返しながら金吉は言った。

「どうだろうなあ。彦次が村に戻って姉っちゃに話をして、その返事が来るまで、もののふた月も暮らすだろう」

「遠いもんだな、江戸と津軽は」

「そうだのう」

「もはや、吾ァも兄んちゃも国さ戻られねのす」

「わしはともかく、お前は帰っても構わんだろう」

「いいや。独りぼっちの兄んちゃば残して帰れね。吾ァは兄んちゃの死に水取る覚悟だはんで。それが恩返しせ」

「わしはまだ死なぬ」

「わがってるって。その覚悟が吾ァにあるってことだけよ」

「…………」

「したども、たまに押上《おしあげ》村の方に行って、田圃が青々しているのを見れば、ああ、津軽もこうだべがって思うはんで。昔はどごもかしこも田圃ばかりだはんで、その中に立ってれば、吾ァの身体も青に染まりそうな気がしたはんで。吾ァはあの頃、田圃の青がつくづくいやだったが、江戸へ出て来てからは好ぎになった。人は勝手なもんだな」

金吉はしみじみとした口調で言った。眉が濃い。くっきりした二重瞼とわし鼻は祖父譲りである。柳平は母親の面差しを引き継いでいた。ひさとはよく似ていると言われたものだ。

十二違いの弟では、昔は話もできなかったものだが、お互いに年を取り、二人で暮らしている内に、しんみりと話し込むことも多くなった。

干し餅は網わたしにのせるまでは小さな長方形を保っているが、熱を加えるとひび割れてひと口大になる。焼くと煎餅《せんべい》とは違った香ばしい味になる。冬期間、農家の軒下には、この干し餅が簾《すだれ》のように下がって、津軽の風物詩ともなっていた。

「わしも稽古館にお役目をいただいた時は、これで野良仕事はせずともよいと大いに安堵したものだった。いただく禄《ろく》からなにがしかのものを家に入れたら、その方がずっと家のためになるしの」

「んだ。お蔭で義姉《あね》さんと義助《ぎすけ》は銭に不自由することもなかったはんで」

義助は柳平の息子の名であった。

「兄んちゃがいなくても義助は親の言うことをよぐ聞いて、いい息子だったなす」

「そうか」

「あいつは米を拵えるのが心底好ぎな男で、色々工夫もしていだ。そこを見込んで村長様も村の役目ば、あれこれと義助に任せるようになったんだべ。兄んちゃのでぎねェごとを義助がやってるはんで、兄んちゃは義助に足向けて寝られねべ」

金吉はからかうように言った。

「それはお前も同じだろう。本当は横川の田圃と畑はお前が責任を持たねばならぬ立場だったからな」

「んだな。これは一本、取られたな」

兄弟は声を上げて笑った。

「したが、義助はわしを恨んでいるだろうの」

義助の名が出て、柳平は息子を思い出し、知らずに暗い声になった。

「吾ァも娘には恨まれているはんで……」

金吉の言葉にも溜め息が交じった。

金吉は津軽藩の中間の仕事を首になると、様々な仕事をしたという。柳平の所に転がり込む時は、やっちゃ場《ば》で住み込みの人足をしていたが、その前は芝居小屋の下足番をしていたらしい。女房とは芝居小屋の近くの一膳めし屋で知り合った。裏店《うらだな》で所帯を持って一年後に娘が生まれた。

田舎育ちの金吉を、女房は最初の内こそ、おもしろがっていたが、いつまで経っても垢抜けない亭主に嫌気が差した様子である。女房は芝居小屋の役者の下っ端と手に手を取って家出してしまったのである。

女房に未練はないが、娘のことは気になると、金吉は言った。

「お父っつぁんが、お酒を飲んで暴れるから、おっ母さんも愛想を尽《つ》かしたのよ。ねえ、お願い、お酒をやめて。それで毎日、ちゃんと仕事をして」

娘のほりはそう言って金吉を諫《いさ》めたが、頑固な金吉はほりの言葉に聞く耳を持たなかった。しばらく父娘二人暮らしをしていたが、女房は残して来たほりを案じていたのだろう。

ほとぼりが冷めた頃に、こっそり迎えに来て連れて行ってしまった。

独りにされた金吉は毎日、酒浸《さけびた》りになり、仕事も休みがちになった。下足番の仕事は当然のように首になり、住んでいた裏店は家賃が払えないので追い出されてしまった。

金吉は無一文になって、ようやく目が覚めたのである。寝て起きれば飯の仕度ができていた時とは訳が違う。何んでも自分でしなければ日干しになると悟ると、重い腰を上げ、二ツ目河岸のやっちゃ場で住み込みの人足として働くようになったのだ。

そうして働き出して一年も過ぎた頃、金吉は柳平の師匠の息子の細川梅軒《ばいけん》と出会い、柳平が一ツ目河岸に住んでいることを教えて貰った。自分の塒《ねぐら》と目と鼻の先に柳平がいたのだ。金吉は矢も盾もたまらず柳平の家に向かった。柳平の家はすぐにわかった。いかにも柳平が好みそうな風情《ふぜい》の松が庭に植えられていたからだ。

「兄んちゃ、今までのごと、堪忍してけへ」

金吉は庭に手を突いて柳平に詫びた。

突然の訪問に柳平は面喰らった。柳平はしばらく頭を下げたままの弟をじっと眺めていた。

「米搗《こめつ》きバッタでもあるまいし、いまさら謝って貰ったところでどうなるものでもない。やめろ、顔を上げろ」

柳平はそんなことしか言えなかった。

「わしの居所《いどこ》を誰に訊いた」

「細川の若先生に出くわして聞いたのせ」

細川梅軒は柳平と同じ稽古館の教官を務めていた男である。柳平にとって、梅軒は大先輩に当たる。しかし、藩内の抗争では、梅軒は柳平と敵対する重職の方へ付き、結果的には袂《たもと》を分かつこととなった。以来、柳平は、一度も梅軒と会ったことはない。だが、梅軒はそれとなく柳平のことを案じていたようだ。

そうでなければ金吉に会っても居所を教える訳がない。いや、梅軒が自分の居所を知っていたことも驚きだった。

「お前は今、何をしているのだ」

柳平は金吉に訊いた。しおたれた恰好は、さほどよい暮らしをしているようには見えなかった。

「吾ァは二ツ目河岸のやっちゃ場の親方の所で住み込みで働いているのせ。家賃ば滞《た》めて住んでいだ長屋を追い出されだはんで、親方が納屋でいいなら住んでもいいと言ってくれたのせ」

「納屋などと……牛や馬でもあるまいし。土蔵もある横川家の息子が」

柳平は呆れたように言った。ひさが聞いたら、さぞかし嘆くことだろうと思った。津軽に戻らない柳平を案じて、ひさは度々、長い手紙を送って寄こした。それでも柳平は国には戻らなかった。お務めの失態と、女の存在が柳平を江戸に留まらせたのだ。戻ったところで村の者に何んと陰口を叩かれるか知れたものではなかった。それよりは他人のことを詮索しない江戸の暮らしの方が気楽だった。

「しかし、兄んちゃが達者でいがった。吾ァは兄んちゃのことばかし案じていだからな」

金吉は心底安心した顔で言う。柳平はほろりとした。独り身の心細さから、つい、「納屋で暮らすなどいかん。わしは幸い、独り暮らしだから、ここに来い」と、言ってしまった。

「兄んちゃ、本当にいいのが？　吾ァ、飯炊きでも何んでもするはんで」

金吉は眼を輝かせて言った。

昔はだらしない性格の金吉だったが、一緒にいた女が始末のよい性格だったらしく、部屋の中を常に整頓していなければ気のすまない質《たち》になっていた。お蔭で男所帯といえども柳平の家は常にきちんと片付いている。喰い扶持《ぶち》は柳平が子供達に手習いを指南して、そこから上がる束脩《そくしゅう》（謝礼）で何んとかなった。

金吉はやっちゃ場をやめることになったが、それでも忙しくなると荷造りの手伝いを頼まれて行くことがあった。贅沢はできなかったが、四十八の柳平と三十六の金吉は、この三年、何んとか諍《いさか》いもせずに暮らして来たのだ。

お国訛り丸出しの金吉は江戸に出て来て二十年も経つのに訛りは抜けなかった。藩の屋敷で仲間の中間に怪我を負わせたのも、もともとは相手の中間が金吉の言葉をからかったためである。藩士は金吉と同じお国訛りで喋るが、下っ端の中間は大抵、江戸雇いである。無骨な金吉の訛りは恰好のからかいの対象になったのだろう。

「吾ァの言葉ばからかうだけなら我慢したはんで。したが、あいつ等、誰に銭をいただいていると思っていたんだべ。皆、津軽様からでねェのが？　殿様もご家老様も皆、国の訛りで喋る。それば陰で笑う了簡《りょうけん》が気に入らなかったはんで」

金吉は当時の経緯を話した。そんなことがあったとは思いも寄らなかった。あの時は、ただただ、金吉の不始末に腹を立てていただけだ。ひさだけが金吉を信じていたのだろう。やはり姉っちゃだ、と柳平はしみじみ思った。

「吾ァはそれから決めた。意地でも国の言葉ば通すべってな。したけど、その意地を通すのも、ながながゆるぐねェことだったのせ。嬶《かが》ァは最初の内、吾ァをおもしろがったけど、長く暮らす内に嫌気が差したんだべな。芝居小屋の下っ端の役者とできてしまったはんで」

「役者の端くれなら、さぞ、歯の浮いたような文句を言うだろうしな」

「んだ。兄んちゃもそうが？」

金吉は柳平の事情に水を向けた。

「わしはお前と逆だ。津軽の女ばかり見て来たから、江戸の女が好ましく見えた。後の女房はよくやってくれたと思うておる。したが、姉っちゃには敵《かな》わない。さわが姉っちゃのような女であったなら、わしも他の女に懸想《けそう》することもなかっただろう」

「んだ。姉っちゃは最高の女せ。あんな馬鹿の福蔵にはもったいねェ」

「これ！」

柳平は慌てて金吉を制した。

「本当のことだべせ。姉っちゃは泣く泣く福蔵の所へ嫁入りしたはんで。姉っちゃは若先生の嫁になりたかったんだ。だが、お父は兄んちゃを江戸へ出す時、福蔵の親に借金したのせ。それを返せねェから姉っちゃを嫁にしたんだ。姉っちゃは人質せ」

柳平は少しも知らなかった。ひさが柳平に学問の道へ進ませようとしたのは、細川梅軒への思慕のせいでもあったのだろう。

ひさが梅軒の妻になっていたなら、今頃はこざっぱりとした身なりをして、手をあかぎれにすることもなく、生け花や和歌を詠《よ》んで日々、優雅に暮らしていられたことだろう。

柳平は自分のことばかりに一生懸命で、金吉のことも、ひさのことにも思いが及ばなかった。つくづく不孝をしてしまったと胸が塞がる思いだった。

「姉っちゃは梅軒先生にもわしのことで手紙を出していたのだろうか」

柳平は、ふと気づいて金吉に訊いた。

「出していだべ。姉っちゃは兄んちゃの事情を若先生から聞いて、それなら仕方がねェと諦めたと言っていたはんで」

「そうか……」

金吉と暮らすことにならなかったら、柳平はひさのことも金吉のことも知らないまま終わったであろう。金吉と暮らすようになって柳平はさっそく、そのことを津軽のひさに手紙で伝えた。ひさが躍《おど》り上がるような返事を寄こしたのは言うまでもなかった。

四

彦次が柳平の所に現れてしばらくしてから津軽のひさから手紙が来た。金は確かに受け取り、彦次には駄賃を幾ら幾ら渡した、残りはこれこれだから、来年は稲刈りを済ませたら彦次と一緒に江戸へ出ると律義に綴《つづ》っていた。

柳平はひさが江戸へ出て来ると知ると、台所にいる金吉にさっそく知らせた。

「おい、姉っちゃは来年、江戸へ出て来るぞ」

自分の声が我知らず昂《たかぶ》った。

しかし、竈《かまど》で飯を炊いていた金吉は、その前で首を落として俯《うつむ》いていた。

「んだが……」

気のない返答があるだけだった。

「どうした」

柳平は心配そうな顔で金吉に訊いた。

「いや……兄んちゃが出かけでいる間によ、娘が訪ねて来たはんで……」

「ほりか?」

柳平はまだ会ったことのない姪《めい》に胸を躍らせた。だが、金吉は力なく肯《うなず》いただけだった。

「それでどうした? 何か困ったことでも起きたのか」

柳平の問い掛けには応えず、金吉は切羽詰まった声で早口に言った。

「兄んちゃ、もしも吾ァに何があったら、後生だから、ほりばこの家に置いでけねべが」

「仔細《しさい》を話してみろ」

柳平は静かな声で言った。竈の蓋《ふた》から白い泡が噴き出していた。金吉は火を弱めると、下駄を脱いで座敷に上がり、柳平の前に腰を下ろした。

ほりは十五になった。金吉の女房は男と一緒に暮らしたものの、暮らし向きは相変わらずで、近所の料理茶屋で仲居として働き出したという。男も役者に見切りをつけて、今は近所の菓子屋で下働きをしていた。

料理茶屋に勤めている母親は夜が遅い。男は反対に暮六つの鐘が鳴った後には家に戻って来る。晩飯は、ほとんど男と一緒にほりは摂《と》っていたようだ。

最近、男は母親が忙しくて構って貰えないせいか、盛んにほりの胸を触ったり、尻の辺りを撫でるようになったという。生娘《きむすめ》のほりはそのことがいやでいやでたまらないと金吉に訴えに来たのだ。

このまま一緒にいたなら、男はほりに、もっとよからぬことを仕掛けて来るのではないか。

それは金吉だけでなく柳平にも十分に予想されることだった。金吉は思い過ごしだと娘に言ったものの、ほりを帰してから途端に心配でたまらなくなったらしい。

柳平は舌打ちをして顔をしかめた。

「困ったものだのう。お前は気が気ではないだろう」

「んだす。昔からおなごと見れば目の色変える男だったはんで、娘盛りになったほりに目を付けたんだ。ほりは新しいお父っつぁんのつもりでも、あいつがどう思っているが知れたもんでねェ」

「金吉、すぐにほりを連れて来い。しばらく、この家に置いた方がいい」

「兄んちゃ、いいのが？　親子で世話になっても」

金吉の眼は少し赤くなっていた。

「事情が事情だ。いやだの何んだのとは言っておられまい。ぐずぐずしている内に間違いが起きては大変だ」

「へば、吾ァ、これからすぐに行ってほりば連れて来るはんで。兄んちゃ、先に飯を喰ってでけへ。目刺《めざ》しは焼いているはんで、後はがっこ（漬け物）出して、汁ばあっためでな」

「わかった、わかった。わしのことはいいから、すぐに行って来い」

柳平の言葉に金吉は脱兎《だっと》のごとく、裏口から飛び出して行った。

金吉が出て行くと、柳平は、やり切れなさに溜め息が出た。しかし、すぐに土間に下りた。焦げたような臭いがしていたからだ。話に気を取られている内に、飯を焦げつかせてしまったらしい。柳平は「よッ」と、掛け声を入れて竈から飯釜を持ち上げると、鍋台に置いた。蓋を開けると盛大に湯気が上がった。

甘い飯の芳香がした。ひさが送ってくれた最後の米で炊いた飯だ。柳平はへらで飯を掬《すく》うと傍のお櫃《ひつ》に丁寧に移した。釜の底には案の定、焦げができていた。柳平はへらで焦げをこそげると、そっと口に入れた。

「姉っちゃ、どうしたらいいんだろうな」

柳平はその場にいないひさに話し掛けるように呟いていた。

金吉はその夜、柳平の所には戻って来なかった。ほりのことで大人三人が話し合って、その内に町木戸が閉じる時刻になったのだろうとは思ったが、柳平はやはり、眠られない夜を過ごした。何か胸騒ぎを覚えた。

朝は昨夜の残りの飯に汁を掛けて掻《か》き込み、午前中はやって来た子供達に、いつも通り手習いを指南した。だが、金吉は昼になっても戻らなかった。ほりのいる所は浅草と聞いたが正確な居所は知らなかった。

もしかして、細川梅軒ならば知っているかも知れないと、柳平はふと思った。ひさと手紙のやり取りをしている内に、金吉のことが話の種になっていたことも考えられる。

柳平は戸締まりをして、隣りの酒屋の女房にひと声掛けて家を出た。

竪川《たてかわ》は大川から数えて一ツ目、二ツ目と順に橋が架かっている。一ツ目の地名の由来は、何んでも、名のある検校《けんぎょう》（盲人に与えられる最高の官位）が手柄を立て、時の将軍に「褒美《ほうび》を取らせる。何んなりと申してみよ」と言われた時、検校は「それでは目を一つ」と応えたことによるという。検校は、なかなか機転の利く男であったらしい。将軍は検校に本所の土地を与えた。その土地が一ツ目と呼ばれるようになったのだ。二ツ目以降は一ツ目に倣《なら》ったものであろう。

しかし、竪川の周辺は津軽越中守の息の掛かった土地柄でもあった。お務めを退いた今でも、柳平は他の町で暮らす気がしなかった。

上屋敷の近くにいることで気持ちが慰《なぐさ》められたし、藩に何かあった時は真っ先に知ることができると思った。務めを解かれた恨みはあっても、国や藩邸まで恨むつもりはなかった。

津軽藩の上屋敷は緑町二丁目の北側にあった。上屋敷の火の見櫓《やぐら》には太鼓が備えてあり、火災が起きた時はこの太鼓を打って家臣や近隣の者に知らせた。普通、大名屋敷の火の見櫓は板木《ばんぎ》があって、これを打つことがおおかただった。太鼓のことは本所七不思議の一つに数えられるくらいだから相当に変わっていたのだろう。

細川梅軒の拝領屋敷も緑町の一郭にあった。

梅軒は津軽藩の藩主や家臣に経書を教授している。

今でも柳平は当時の自分の考えを正しいものと信じていた。家臣達を在郷入りさせ、空いた地所を商人に貸し与え、地代を徴収すれば国役の費用が捻出できるという梅軒等の考えは、一見、合理的なもののように思えるが、在郷入りする家臣は若く、下級の者達ばかりであった。同じ藩校の教官であった柳平には、はなはだ納得できなかった。それにより将来の若者達の可能性を摘み取ることにならないかと危惧《きぐ》したのである。

しかし、藩のおおかたの考えは十年後のささやかな可能性よりも、目先の金であったようだ。仕舞いには柳平の考えは百姓の論理とまで言われた。初めは柳平達の意見に賛成してくれた者も次第に一人、二人と相手側に寝返り、ついに多数決により大幅な人事異動が決定されてしまったのである。それにより、藩の財政はひと息つく形にはなったが、それがこの先、どんな展開になるか柳平自身にもわからなかった。それは柳平の目の黒い内に知らされることか、あるいは自分の命が尽きた後にやって来ることなのか。

柳平はそれを知りたいという気持ちと、知りたくないという気持ちを半々に持っていた。

屋敷の中間に面会を請うと、梅軒は補習の最中であったが快《こころよ》く柳平を招《しょう》じ入れてくれた。

客間に向かう途中、柳平は書物部屋で五、六人の若者が車座になって書見《しょけん》をする姿を見た。その中には、かつての柳平の弟子の顔もあった。

「先生」

弟子の一人が目ざとく柳平に気づくと声を掛けた。

「おお」

「お達者でおられましたか？　我々は先生のことをずっと案じておりました」

当時、十二歳だった柏倉民之助《かしわくらたみのすけ》という少年は八年後の今、すっかり立派な若者になっていた。

「おぬし達、江戸へ出て来ておったか」

柳平は民之助の成長と江戸で再会したことに驚いて上ずった声になった。

「はい。拙者は父上より家督を継ぎ、お城に出仕するようになりました。国許《くにもと》では学問も思うに任せませんので、この度、江戸詰めになったのを幸い、細川先生にみっちりと仕込まれております。拙者、いずれ学問吟味を受ける所存であります」

この頃の風潮なのだろうか。その口調にお国訛りはあまり感じられない。柏倉民之助は在郷入りした柏倉平右衛門《へいえもん》の息子であった。

「細川先生が御殿でご指導いただく他に、こうして我等をご自宅に呼んで補習して下さいますので、何んとか国許の不足を補える訳です」

「そうか。よっく励むことだ」

柳平は少しほっとする思いで民之助に笑顔を向けると客間に向かった。返事もしない若者もいたが、それは柳平のことをよく思っていない連中であろう。

「長いご無沙汰をお詫び申し上げます」

柳平は細川梅軒に向き合うと、深々と頭を下げた。

「それはお互い様でございます。ささ、気楽になさって下さいませ」

「はッ。それではお言葉に甘えて膝を崩させていただきます。情けないことに、近頃、膝の調子がよくありませぬ」

柳平は言い訳するように言った。柳平より十歳年上の梅軒の頭は、すっかり白くなっていた。年季の入った紋付を鶴のように痩《や》せた身体に包んでいる。

「ひささんは、お達者ですかな」

梅軒はすぐにひさのことを訊ねた。

「はい、お蔭様で。来年、冥土の土産に江戸へ出て来るそうです。その時は先生も、どうぞ姉と会ってやって下さい」

「おお、そうですか。それは楽しみですなあ」

「お忙しいところ恐縮でありますが、先生は金吉の女房の居所をご存じありませんか」

「金吉の女房？」

梅軒は怪訝な顔になって二、三度、眼をしばたたいた。若い頃なら、わしがなぜ、他人の女房の居所を知っていなければならないのかと、斜《しゃ》に構えた返答になったはずだ。そうならなかったのは、お互い年を取ったせいだろう。

「何かございましたかな」

穏やかに訊き返す。

「はあ……身内の恥を申し上げるようですが、金吉は女房に出て行かれた男でして、しばらく娘と暮らしていたのですが、娘も女房の所へ身を寄せました。最近になって、その娘に不都合な事情ができまして、金吉は向こうへ出かけたのでございますが、ひと晩経っても戻る様子がありません。こちらも心配になりましたが、うっかりして居所を聞いておりませんでした。姉っちゃは……いや、姉は細川先生に色々と我等兄弟のことでご相談していたことも伺っておりますので、もしや、姉から居所をお聞きになっておらぬかと、のこのこ参った次第でございます」

柳平は赤面の面持ちで仔細を話した。

「浅草の稲荷町《いなりまち》の方ではありませんか。しかし、正確なところはわしでもよくわかりません。以前、金吉が所帯を持った頃は、わしも何度か様子を見に行ったことがあります」

「それは姉に頼まれてのことですか」

そう訊くと梅軒は小さく肯いた。

「いまさら詮《せん》のないことを申し上げますが、姉は先生の所へ嫁入りしたかったとか……」

「さよう。細川の両親はひささんなら大賛成と言うてくれましたが、ひささんのお父っ様がお許しになりませんでした」

「先生、それはわしのせいなのです。わしが江戸へ出るために父親は姉の舅《しゅうと》から借金をしたためです」

「よっく存じております。わしはひささんと泣きの涙で別れたものです。いやあ、大昔の話でございます。だが、そのお蔭で、この年になったというのに、我等は昔の気持ちのまま、手紙をやり取りしております」

「今でもですか」

「さよう」

肯いた梅軒は少年のように顔を赤らめた。

「もはや姉もすっかり婆《ば》ァ様になりました」

「わしとて爺《じじ》ィでござる」

「…………」

「おぬしの考えは間違うてはおらぬと今でも思うております。わしはおぬしの意思を継ぐために、江戸詰めになった若い者に時々、補習を授けておるのです」

「もはや、おっしゃいますな。済んだことです」

「いや、済んではおりませぬ。津軽藩はこれからも続く大名家でありますれば、次の世代のことも考えねばなりませぬ。この泰平の世の中のせいか、自ら学ぼうとする若者は極端に少なくなりました。頭に鬆《す》の入った連中ばかりで……」

梅軒はそう言って嘆息した。

「どうですかな。もしもおぬしにまだ師匠としての気概が残っておるならば、弟子達を幾人か引き受けては下さらぬか。わしの力だけでは十分に参らぬのでな」

「しかし、わしはお城から追われた身。そのような訳には参りますまい」

「家老達の顔ぶれも変わりました。昔のことをあれこれ言う輩《やから》もおりませぬ。な、柳平、引き受けてくれ」

最後は親しく自分の名を呼び捨てにした。

柳平の気持ちは久しぶりに晴れ晴れとする思いだったが、肝心の金吉のことは後回しにされる形となってしまった。

梅軒の屋敷からの帰り道、自分は何をしに行ったのかと柳平は苦笑していた。月に三度ほど晩飯を食べた後に藩士の何人かが柳平を訪れて来ることになった。町木戸の閉じる時刻まで柳平は学問吟味に向けた講義をするのである。まあしかし、それは束脩が増えることでもあるので大いに喜ぶべきことだった。

家の前に人が集まっていた。留守にしている間に何事かあったのだろうか。皆、近所の人間である。

「あ、先生」

酒屋の女房が柳平に気づいて手招きした。

「どうかしましたかな」

「大変ですよ。金吉さんが人に怪我をさせてしまったそうですって」

「なに！」

驚いて眼を剝《む》くと、岡っ引きらしい背の低い中年男が柳平に近づき、「お前さんが金吉の兄さんですかい」と訊いた。見慣れぬ顔だったから、恐らく他の町を縄張りにする者だろう。

「そうだが、金吉が人に怪我をさせたというのは本当のことですか」

「相手は逃げた女房の間夫《まぶ》(恋人)でさァ。悋気《りんき》を起こしてやっちまったんでしょう。相手は戸板で医者に運びやしたが、医者は助かるかどうかわからねェと言っておりやすぜ。金吉は自身番におりやすが、まずは身内からも話を訊きてェと思いやしてね」

岡っ引きは胡散《うさん》臭い顔で柳平に言った。柳平の胸は高く動悸《どうき》を打っていたが、目の前の男に事情を説明しても納得して貰えるとは思えなかった。

「お世話をお掛け致します。したが、ただ今、気が動転して何をしたらよいのか見当もつきませぬ。相生町の親分と一緒に、おっつけ、自身番の方へ伺《うかが》いますので、ここは一つお引き取りを」

柳平はようやくそう言った。

「そうですかい。そいじゃ引き上げることにしますが、あんまり遅くなると金吉は牢屋にぶち込まれますぜ。そこんとこ、ようく肝に銘じておくんなさいよ」

岡っ引きは脅しを掛けて引き上げて行った。

柳平はそのまま相生町の自身番に向かおうとしたが、噂を聞きつけて土地の親分である鉄蔵《てつぞう》が「先生」と声を掛けて来た。

鉄蔵は親の跡を継いで十手を持ったばかりの二十五歳の若者だった。貫禄は不足しているが頼りになる男である。

「鉄蔵、助けてくれ」

柳平は鉄蔵の唐桟縞《とうざんじま》の羽織の袖を引いて縋るように言った。

「先生、ご心配なく。あの金吉の兄《あに》ィが相手を半殺しにするにゃ、よくよくの事情があってのことだ。なあに、こちとら、北の奉行所の手練《てだ》れの旦那を知っておりやす。心配することはありやせんぜ」

鉄蔵はきれいな歯並びを見せて笑った。柳平の張り詰めた気持ちは、いっきに弛《ゆる》んだ。それと同時に、がくがくと身体が震えた。

「先生、しっかりしておくんなさい」

鉄蔵は震える柳平の身体を、その力強い腕で支えた。

鉄蔵も柳平の弟子の一人だった。と言っても、柳平が手習い所を始めた頃、鉄蔵はすでに十七歳の若者だった。子供の頃、母親の勧めで別の手習い所に通っていたらしいが、読み書きを覚える前に喧嘩してやめさせられていた。家業は一膳めし屋で、読み書きの技《わざ》はいらないと言えば、そうとも言えたが、鉄蔵は成長すると、ひそかにそのことを自分の負い目に思っていたのだ。

柳平が町の差配の肝煎《きもい》りで相生町に手習い所を開くようになると、鉄蔵は自分にも教えてくれと、おずおずと言ったのだ。柳平は喜んで鉄蔵を迎え入れた。その頃、鉄蔵は父親の下っ引きと家の商売に忙しく、なかなか時間は取れなかったが、暇を見つけては通って来た。

今の鉄蔵は自身番の横に高札《こうさつ》が立つと、近所の者に丁寧に読んで聞かせるし、筆を持たせれば、右上がりだが、うまい字を書いた。

「わしはお奉行所のことは、さっぱりわからん。鉄蔵、くれぐれも頼んだぞ」

柳平は声を励まして鉄蔵に言った。

「わかってますって」

鉄蔵は柳平を安心させるように笑ってくれた。その時、柳平が思ったことは、梅軒の申し出は断わらなければならないだろうというものだった。咎人《とがにん》を出した家に津軽様の家臣を呼ぶことはできない。だが、金吉の無事を考えたら、それは取るに足らないことだった。

五

「伯父さん、お茶が入りましたよ」

ほりが書物部屋の柳平に声を掛けた。

「ああ」

「こちらにお運び致しますか」

「いや、茶の間の方へ行く」

「干し餅も焼いておりますよ」

ほりは柳平の気を引くように言った。柳平の顔が自然にほころんだ。

茶の間へ行くと、ほりが網わたしの上の干し餅を箸で引っ繰り返していた。

「あたしもお相伴《しょうばん》していいでしょうか」

「もちろんだよ。ほりも干し餅が好きか」

「ええ、大好き。でも、あたしがたくさん食べるから、残りは少なくなっちゃった……」

「構わん。もうすぐ姉っちゃが江戸にやって来る。その時、土産に持って来るはずだ」

「早く伯母さんに会いたい。お父っつぁんの話だと、とっても優しい人だそうですね」

「ああ。観音様のような人だ。だが、それは心持ちの話で、見掛けは田舎の婆ァ様だよ」

「悪いですよ、そんなことをおっしゃるのは」

ほりは鈴のような声で笑った。十六になったほりは、ますます娘らしくなっていく。もうすぐ嫁に出さなければならないだろう。すべて兄んちゃに任せると金吉は言った。

金吉は奉行所から人足寄《にんそくよ》せ場《ば》送りの沙汰を受けた。三年間は寄せ場で暮らすことになったのだ。寄せ場は比較的罪の軽い者に処せられる刑罰である。

金吉が傷つけた男は、一命は取り留めたものの、半月後に、その傷がもとで死んだ。娘を思うあまりの狼藉《ろうぜき》だったとしても、お構いなしという訳にはゆかなかったのだ。

金吉の女房は男が倒れると、さっさと見切りをつけ、ほりを連れて品川へでも行き、飯盛り女をするつもりのようだった。一緒にほりが行ったのなら、ほりも泥水を啜《すす》る暮らしをしなければならないだろう。柳平はそんな境遇にほりを置きたくなかった。

ほりの母親は、実の娘をどうしようと、いらぬ指図は受けぬと突っ張った。誰が見ても母親の所にいるより、柳平の家がいいに決まっていた。ほりも強く母親を拒否したことで、ようやく柳平は手許に引き取ることができたのである。

ほりはそれでも、時々母親のことを思い出すのか涙ぐんでいることもあったが、一年も経つと相生町の暮らしにすっかりなじんだ様子である。

何より柳平も金吉のいない寂しさから逃れられたと思う。

最近、鉄蔵は何かと言うと柳平の家に顔を出す。ほりが目当てでもあるのだ。柳平はこそばゆい気持ちを抱えながら、これは自分の一存ではいかない、ひさの意見も聞いてからにしようと心積もりしていた。

ひさは津軽を発《た》ったようだが、さっぱり姿を見せる様子がない。年寄りだから道中に手間取っているのかも知れない。この二、三日、柳平は落ち着かない気持ちでいた。

「津軽ってどんな所ですか。雪は降るの？」

ほりは無邪気に訊く。

「ああ、たくさん降る。津軽の子供達はかまくらを拵えて、小正月には、その中に蠟燭《ろうそく》を立て、餅や汁粉を食べるのだ」

「ああ、楽しそう。あたしもかまくらに入ってみたい」

ほりは眼を輝かせた。

「普段は田圃ばかりで他に賑やかな所もない所だ。だが、誰しも、生まれた土地は恋しいものだ」

「だったら伯父さんも津軽が江戸よりお好きなの？」

「そうだのう。本当なら……」

柳平はそこで言葉を途切らせた。本当なら自分は横川の家を守り、田圃や畑を耕し、子や孫に囲まれて暮らしたかった。若い頃はそこから逃れることばかり考えていたが、こうして年を取ると、心底、それが倖《しあわ》せな生き方だと思えるのだ。

「そうね。津軽にいたなら青物もお米も自分の家で拵えるからお金は掛からない。江戸は早い話、土間口を一歩出た途端、お金の掛かることばかり」

ほりの言い方がおかしくて柳平は声を上げて笑った。

「伯父さんがいい人でよかった」

ほりは柳平の顔をしみじみ眺めながら言う。

「わしもほりが家に来て嬉しいよ」

「本当？　本当にそう思って下さるの？」

「ああ、本当だとも。姉っちゃもほりの顔を見たら涙をこぼして喜ぶことだろう。あの金吉に、こたらにめんこい娘がいだんだなあってな」

「めんこいって、可愛いってことでしょう？」

「ああそうだ。金吉が言っていただろう」

「めんこい、めんこいって、お父っつぁん、いつも言ってくれた」

「…………」

「伯父さん、干し餅、いいですよ。火傷《やけど》しないでね。それから歯が悪いから、ゆっくり食べて」

「ああ、わかっているよ。ほりは嫁に行ったら世話女房になるだろうな」

「そうかしら」

「鉄蔵も相当に気にしているらしい」

ほりは柳平の言葉に聞こえない振りをして、庭の松の樹のてっぺんに視線を向けた。先刻からかまびすしい鳥の鳴き声が聞こえていた。穏やかな秋の陽射しが庭に降り注いでいる。

「伯父さん、百舌《もず》よ」

「そうだのう」

「松に百舌がいるなんて変じゃない。百舌って畑のたくさんある所の枯れ木にいるものでしょう?」

「さあて、それは百舌に聞いてみなければわからん」

「梅に鶯《うぐいす》でしょう? 松には何んの鳥が合うのかしら」

「さあてな」

鳴き声は聞こえるが、柳平の目には、百舌の姿は見つけられない。獲物を小枝などに突き刺しておく習性のある鳥である。そんなところはひさのようだと、ふと思った。

「松竹梅はおめでたい取り合わせでも鳥は入っていないし、鶴亀は……鶴って大きな鳥ですよね」

「うむ」

「お庭の松に止まったら、枝がぽっきり折れそう」

ほりの言葉に柳平はぷッと噴《ふ》いた。

「あたし、おかしいことを言ったかしら」

「さあ、ほりも干し餅を食べなさい」

「ええ、あつッ、あっつう……」

ほりは干し餅を頰張る。その顔は若い頃のひさとよく似ていた。願わくは、ほりもひさのように優しく賢《かしこ》い女になってほしいと柳平は思う。

「ごめん下さいやし。旦那様、おられますか？　津軽の常盤村から参りやした彦次でござりやす」

裏口から訪《おとな》う声がした。柳平は干し餅を頰張ったままのほりと顔を見合わせた。

「ほり、姉っちゃが来た」

そう言った途端、ほりは台所に向かって飛び跳ねるように出て行った。

「いやあ、ほりが？　何んとまあ、おっきな娘になって……まあ、めんこいごと。柳平、どした？　いだが？」

ひさの甲高い声がした。柳平の胸は嬉しさに震えた。

「伯父さん、津軽の伯母さんがおいでになりましたよ。ねえ、早く、早くってば」

　ほりは客間に来て柳平を急《せ》かした。

「そうか。どれ、よっこいしょと」

　柳平は掛け声を入れて立ち上がった。膝に痛みが走った。そのために柳平は少しよろけた。

「伯父さん、大丈夫？」

　ほりは心配そうに腕を支えた。

「そうか、姉っちゃが来たか。ほり、濯《すす》ぎの水を用意してやれ」

「はい。今夜はご馳走を作りますね」

「ほう、張り切っとるな」

「もう……早く顔を見せて上げて。伯母さん、とってもめんこい人ですよ」

「そうか……」

　金吉のことはひさには知らせていなかった。

　それを伝えることが柳平にとって、唯一、心の重い仕事であった。柳平はゆっくりと台所へ向かった。

　ひさが座敷の縁に腰掛けて汚れた足を洗っていた。ひさの前にほりがしゃがみ、嬉しそうに世話を焼いている。彦次は荷を解いて、座敷に丁寧に並べていた。

「姉っちゃ！」

柳平は子供のようにひさに向かって叫んだ。あらゆる思いが、いっぺんに噴出していた。

ひさはゆっくりと振り向いた。嫗《おうな》のような笑みで。

「いやあ、とうとう来てしまったはんで」

照れたように言った。

「待ってだで。ずっと姉っちゃば待っていだはんで」

ついぞ遣《つか》うことのなかったお国訛りが柳平の口から洩れた。ほりがくすくす笑う。

「おがしいが？　伯父さんな、吾ァの顔見れば、わらしになるはんで。おがしいの。五十に手が届くのにの」

ひさはほりの顔を覗き込みながら言う。

庭で百舌の鳴き声がかまびすしい。彦次はその鳴き声に耳をそばだてている。その顔は、もう秋だなあと言っているようだった。

しかし、ひさは「何んと、この家には、小《こ》やかましい鳥がいるの」と、眉間に皺《しわ》を寄せ、困り顔して言うのだった。

愛想づかし

行徳河岸

一

微《かす》かに足音がしたかと思うと、すぐに油障子が、がたぴしといやな音をたてた。建て付けの悪いそれは、すんなりと開いたためしがない。お幾《いく》は油障子を一度、浮かせるように持ち上げてから開ける。その時「うんッ」と、やけに力んだ掛け声を入れるのがいつものことだった。

旬助《しゆんすけ》はお幾が帰ったことに気づいたが、寝返りを打っただけで声は掛けなかった。

朝の早い旬助は遅く帰るお幾にいちいちつき合っていられない。旬助は魚河岸で荷を運ぶ人足をしていた。お幾は近くの居酒屋に勤めている。正式の夫婦ではないが、半年前から二人は一緒に暮らしていた。いや、お幾の住まいに旬助が転がり込んだというのが正直なところである。

三十三のお幾は出戻りで、前の亭主の所に子供を置いて来ていた。勤めている末広屋《すえひろや》の亭主も女房も、お幾が旬助と暮らし始めたことには特に反対しなかった。お幾も旬助も分別のついたいい大人であるし、何より倖《しあわ》せ薄いお幾の生きる張りを奪うのが忍びなかったのだろう。旬助はお幾より五歳年下の二十八である。

だが、末広屋の亭主の亀吉《かめきち》は旬助に一つだけ釘《くぎ》を刺した。

「ヒモになるのは困りやす。お幾はあの通りのお人好しですから、若旦那の面倒ぐらいみるつもりでいるようですが、そいつァ、お幾のためにも若旦那のためにもなりやせん。若旦那は、ちゃんと手前《てめ》ェの喰《く》い扶持《ぶち》は稼《かせ》いで下せェ。それだけ約束して下さるんなら、あっし等《ら》も野暮なことは言いやせん」

魚河岸の仕事を世話してくれたのも亀吉だった。お幾は亀吉をお父《と》っつぁん、女房のおちずをおっ母《か》さんと呼んでいる。事情を知らない者はお幾を本当の娘かと思うほどだ。

お幾は亀吉の友人の娘だった。その友人が喰《く》い潰して娘を岡場所に売ろうとした時、亀吉が手許に引き取ったのだ。お幾の父親は酒毒でとっくに亡くなっている。母親はお幾が子供の頃に家を出たまま行方が知れなかった。

そういう事情があったから、なおさらお幾は末広屋の夫婦を慕う気持ちが強かったのだろう。

亀吉とおちずの間には、お幾と同い年の娘がいた。娘は年頃になると嫁に行き、お幾も同じ頃、末広屋の客で大工をしていた男と一緒になった。ちょっとした男前で、腕もよかったのだが、何しろ遊びが派手だった。亀吉とおちずは反対したが、のぼせていたお幾は二人の意見に聞く耳を持たなかった。案の定、その結婚はうまくいかなかった。亭主はお幾が腹に子を抱えた頃、よそに女を作った。同居していた姑《しゅうとめ》との折り合いも悪かった。姑は水商売をしていたお幾のいちいちが気に入らなかったらしい。

お幾は子供を産んで一年ほど経《た》った頃に末広屋へ戻って来た。子供を連れて帰りたかったが、それは許されなかったという。

「だからおれは言っただろうが。あの男とは、うまくいかねェってな。姑の小意地の悪さも近所じゃ有名だ。お前ェにゃ太刀打ちできる相手じゃねェのよ」

亀吉は溜め息をついて言ったそうだ。

「お父っつぁん、ごめんなさい。あたしが馬鹿だった……」

その時だけ、お幾は殊勝《しゅしょう》に涙をこぼして謝ったらしい。それから、以前にもまして店の商売に身を入れるようになったのだ。だから、おちずが病に倒れた時、がっくり力を落とした亀吉を励《はげ》まし、おちずの看病も店の切り守《も》りもお幾は抜かりなくやってのけた。幸い、おちずの病は大事には至らず、ほどなく回復した。亀吉はお幾がいなかったら末広屋は続かなかっただろうと旬助に言った。今では実の娘以上に夫婦はお幾を頼っている。店もいずれお幾に譲るつもりらしい。だが、お幾を正式の女房にしてくれとは、亀吉は言わなかった。

旬助はただの風来坊ではなかった。勘当扱いとはいえ、日本橋の廻船問屋「三枝屋《さえぐさや》」の息子であったからだ。

お幾は水瓶の蓋《ふた》を取って酔い醒《ざ》めの水を飲むと、少し長い吐息をついた。それから、旬助の傍に来て肩を揺すった。

「よう、起きている？」

今しも泣き出そうとする子供が必死で堪《こら》え、意地になっているような声だった。お幾は時々、そんな声になる。大抵、何か気掛かりができた時だ。

「何んだ、うっせェな。おれは眠いんだ」

旬助はいらいらした声で応《こた》えた。

「今日も三枝屋の人が旬さんのことを捜しに来ていたって……」

お幾が続けると、旬助は黙った。

「旬さんのことを覚えている人がいて、そっと三枝屋さんに知らせたそうなのよ。お店の人がこの近所を捜し回っているみたい。お父っつぁんが心配して、お幾、このままでいいのかって、あたしに何べんも訊《き》くのよ。何んでもね、上方の伯父さんって人が病で倒れたらしいのよ。それで、おるんさんって、旬さんのお姉さんでしょ？　お連れ合いと一緒に上方の本店《ほんだな》を継がなきゃならないんですって。そうなると江戸のお店の方に旦那がいなくなるんで、旬さんのことを必死で捜し始めたのよ。半年前に行徳《ぎょうとく》河岸で船を降りたはずだけど、お店に戻って来ないって。そりゃそうよね、旬さん、ここにいるんだもの」

お幾はそう言って、くすりと少し笑った。

上方の伯父と旬助の父親は大層仲のよい兄弟だった。二人とも商売に熱心で、店が大きくなるにつれ、伯父は弟である旬助の父親に江戸で店を開くことを勧めた。そうして江戸へ出て来た父親は同業の店の娘と所帯を持ち、おるんと旬助が生まれた。旬助が生まれた頃の三枝屋は、すでに江戸では指折りの廻船問屋として知られていた。総領息子の旬助は何不自由なく成長したのである。

しかし、苦労知らずの旬助は年頃になると遊びがおもしろくなり、家業をそっちのけで今日は吉原、明日は深川とばかり、遊び惚《ほう》けた。二十四歳の時、父親が心《しん》ノ臓《ぞう》でぽっくり亡くなると、旬助の遊びはさらに激しくなった。母親と姉が口酸っぱくなるほど諫《いさ》めても旬助には何んの効果もなかった。

上方の伯父には子供がいなかった。だから旬助とおるんを我が子のように思っている。年に一度は江戸に下《くだ》って来て、二人の成長を見守ってくれていたのだ。母親も姉も旬助の遊びのことを伯父には内緒にしていたらしい。それが知られたのは父親の一周忌の法要のために伯父が江戸へやって来た時だった。

旬助はあろうことか吉原の遊女屋で居続けて、法要をすっぽかしてしまったのだ。店の手代が迎えに来てようやく戻ったが、伯父は烈火のごとく旬助を怒鳴り、こんな者をここへ置く訳にはゆかない、下総《しもうさ》の親戚が商《あきな》っている蒲鉾《かまぼこ》屋で修業して来いと、船賃と僅《わず》かな小遣いだけで家から追い出したのだ。

末広屋は吉原の帰りなどに立ち寄っていた店だった。目当ての妓《おんな》に振られて自棄《やけ》になって訪れることが多かった。そんな時、お幾はいつも旬助の相手をしてくれた。

行徳河岸から船に乗る時も、旬助の足は自然に末広屋に向かった。小網町《こあみちょう》三丁目から箱崎町《はこざきちょう》へ渡る橋詰めの辺りを行徳河岸という。

下総の行徳行きの小型の船が出るところからその名がある。末広屋はその行徳河岸近くの小網町二丁目の表通りに面している居酒屋だった。末広屋の周りは小間物屋や古着屋が軒を並べて結構賑《にぎ》やかな界隈だった。

「それならそれで仕方がないじゃない。旬さん、ここは了簡《りょうけん》して伯父さんの言うことを聞いた方がいいよ。なあに、三年なんてあっという間さ」

簡単に言うお幾に旬助は腹が立った。

「所詮、お前ェにとっちゃ、他人事《ひとごと》だ。何があっという間だ。三年は長げェよ。生まれたての赤ん坊なら歩き出して、一丁前にぺらぺら喋《しゃべ》っているわな」

「そうね。でもあたし、二十歳までは年月《としつき》が長いと感じたけど、二十歳を過ぎて三十までの十年は短かった。ね、そう思わない？　旬さん、うちの店に初めて来た時、まだ十八だったじゃないの。あたしは五つ上だから二十三か……あの時から今までのことを考えたら、三年なんて大したことじゃないと思うのよ」

お幾はやけにあっさりと言った。そう言われるとそうだと思えてくるから不思議だった。

「ねえ、がんばってみてよ。あたし、旬さんの帰りを待っているから」

お幾は旬助を励《はげ》ますように続けた。

「こんな時、お愛想は言うない。おれが帰って来た頃、お前ェはどこぞの男とくっついて餓鬼《がき》の一人もひり出しているくせに」

「あらひどい。あたし、男はもうこりごりなの。この先は末広屋を潰さないように働くだけよ。だから、待っててあげる」

お幾は色黒の長い顔に微笑《ほほえみ》を浮かべてそう言った。夜通し飲んで、翌朝、行徳河岸で見送ってくれたのもお幾だった。朝から小雨が降って、ただでさえ鬱陶《うっとう》しくなるような日だった。

船に乗り込んだ旬助にお幾は手を振った。

岸から船が離れても、いつまでも手を振っていた。お幾に気を惹《ひ》かれていた訳ではないが、愚痴《ぐち》を聞いて見送ってくれたお幾の親切が胸に滲《し》みた。

待っている人間が一人でもいるということが旬助の励みになったのかも知れない。下総の蒲鉾屋で人足に混じって来る日も来る日も蒲鉾を作り、木箱に収めて運び出す作業を旬助は続けた。仕事を終えて一杯引っ掛け、煎餅蒲団《せんべいぶとん》に横になれば、すぐに朝が来た。お蔭で早起きが苦にならなくなったが、三年はやはり長かった。

年季を終えると、旬助は少しまとまった金を懐《ふところ》に江戸へ戻った。しかし、自分の家にまっすぐ戻る気にはなれなかった。伯父の言いなりになっている母親と姉、姉の連れ合いの顔を見たくなかった。もはや、自分は一人で生きてゆける。誰の世話にもならずに。

それが旬助のささやかな意地だった。

お幾は縄暖簾《なわのれん》を掻き分けて入って来た旬助に一瞬、言葉を失った。それから感極まった様子で旬助の胸に縋《すが》りついて咽《むせ》んだ。

旬助とお幾が理《わり》ない仲になったのはその夜のことだった。

二

旬助はいつものように魚河岸へ仕事に出た。

朝が早い代わり、昼過ぎで仕事も終わる。

魚河岸でいい出物があれば、それを携《たずさ》えて末広屋に持って行くことも多い。その日も走りの鮎《あゆ》が安く手に入った。

末広屋では亀吉が仕込みの最中だった。大した肴《さかな》は出していないが、それでも季節ごとに工夫はしている。酒は伊丹《いたみ》のものを使っているので客の評判は高かった。

「お、鮎か。よく手に入ったなあ」

亀吉は感歎の声を上げた。

「へい、武州の川で珍しく大漁だったそうです。漁師が笹の葉にくるんで夜っぴて歩き、江戸まで運んだんでさァ。おれが河岸に出た頃、ちょうど漁師が仲買いを待っている間、煙管《きせる》を吹かしていたんで、ひょいと籠《かご》の中を覗《のぞ》くと、これが鮎。さぞかし高けェんだろうと思っていたら、一匹、四文《しもん》でいいという。そいじゃと思って、仲買いが入る前に二十四も分けて貰《もら》ったんでさァ」

旬助は得意そうに亀吉に説明した。亀吉は鮎の代金の他に、いいと言うのに手間賃をつけてくれた。

旬助がぺこりと頭を下げて板場から出ようとすると「若旦那……」と、亀吉が呼び留めた。

「三枝屋さんのことはいいんですかい？」

振り向いた旬助を亀吉は上目遣いで見る。

「いいんですよ。向こうには腕のいい番頭や手代が揃っておりやすから」

「しかし、主《あるじ》がいねェとなると店の信用に関わりやす。お姉さん夫婦は上方へ行くことになるそうですから」

「もともと日本橋の店は上方の出店《でだな》ですから、手代や番頭だけでも商いに滞《とどこお》りはありやせん」

「そりゃそうでしょうが、若旦那はれっきとした三枝屋の跡取り息子だ。このままではちょいと世間体が悪《わ》りィですよ」

「…………」

「お幾のことは別に気にしなくていいですよ。所詮は居酒屋で働く出戻りの年増女だ。若旦那の足を引っ張ることはさせやせんから」

亀吉は旬助の気持ちを先回りしたように続けた。

お幾と一緒に暮らしているのは旬助の居心地がいいからだ。飲み過ぎて仕事を休んだ時だけは眼を吊り上げて怒るが、その他は、たまに岡場所で妓《おんな》を買っても、盆ござの前に座って有り金をはたいても、さほど目くじらは立てない。並の女房ならこうはいかないだろう。何んなら三枝屋の自分の人別《にんべつ》を抜いて貰い、お幾と正式な夫婦になってもいいと旬助は思っている。だが、それは旬助だけの思惑で、親代わりの亀吉でさえ、お幾と別れて三枝屋に戻る方がいいと考えているようだ。

「下総くんだりまでおれを追い出したのは向こうですぜ。いまさら、手前ェ達の都合でおれに戻って来いというのは、ちょいと虫のいい話でさァ」

旬助は皮肉な口調で吐き捨てた。

「大店なんざ、そんなもんですよ。意地を張ったところで三枝屋の暖簾には敵《かな》いやせんぜ」

亀吉は旬助をいなすように言った。

「おれがお幾を正式な女房に据えてェと言ったら親仁《おやじ》は許してくれるのかい？」

旬助は試すように訊いてみた。

「馬鹿言っちゃいけやせん。そんなことをした日にゃ、一生、三枝屋さんから恨まれまさァ」

「店の者がおれを捜しにここへ来たそうだってな」

旬助はお幾から聞いた話を持ち出した。

「さいです。おれは知らぬ顔の半兵衛をきめ込みやしたが、その内、事情は知れまさァ。悪いことは言いやせん。若旦那、お店に戻って下せェ」

亀吉は仕舞いには哀願の口調になった。旬助は吐息をついて亀吉に背を向けた。

「若旦那、もう充分に苦労したじゃねェですか。この先、若旦那は三枝屋さんを立派に続けていけますって」

亀吉は旬助の背中に覆《おお》い被《かぶ》せた。

もう、充分に苦労しただって？　塒《ねぐら》に戻る道々、旬助は亀吉の言葉を反芻《はんすう》した。何んの苦労だ。下総の蒲鉾屋で三年働き、魚河岸で半年働いた。都合三年半だ。それで充分だって？　そんなことがあるものか。伯父も姉夫婦も旬助に灸《きゆう》でもすえたつもりでいるようだ。さささ、これからは悪さをしないでおとなしくするんだよ、いいかえ？

五つ六つの餓鬼ならそれでいいかも知れない。だが、旬助は分別のついた大人の男だ。自分なりの言い分もある。何んでも彼《か》でも親兄弟の言いなりにはなりたくなかった。

三枝屋を追い出され、意気消沈していた自分を慰めてくれたのは母親でも姉でもなく、ましてや節季の工面をさせられた吉原の妓でもなかった。気まぐれに立ち寄る居酒屋のお幾だったのだ。そして、本当に自分を待っていたのもお幾だった。母親や姉夫婦は出迎えにも来ていなかった。店が忙しいなどという理屈は通用しない。敷居が高く感じている旬助に、その時だけでも気を遣って貰いたいものだ。上方の伯父が倒れる前だったから、旬助のことなど別に気にも留めていなかったのだ。

だが、伯父の異変で俄《にわ》かに事情が変わり、慌てふためいている様子が目に見える。今更何んだと怒りがつき上がる。その一方で、三枝屋のこれからも気になる。いったい自分はどうしたらいいのか、旬助は途方に暮れる思いだった。

裏店の油障子のがたつきは相変わらずだ。

いつも開け閉《た》てする度に近所の大工に口を利いて手直しして貰おうと思うのだが、すぐに忘れてしまう。いらいらしながらようやく開けて中へ入ると、

「お帰りなさい。遅かったのね」

お幾は晩飯の仕度をする手を止めて旬助に声を掛けた。夜の仕事があるので、お幾は早めに晩飯の仕度をする。飯が炊《た》ける湯気が釜から洩れ、台所の煤《すす》けた壁に這《は》い上がっていた。

「鮎が手に入ったんで、末広屋に持って行ってたんだ」

「へえ。お父っつぁん、喜んだでしょう」

「ああ」

「今夜、店に来た客はついてること」

「走りだから味はどうかわからねェが」

「大丈夫。鮎がまずいためしはないもの」

そう言いながら、お幾は俎板《まないた》の上で包丁を小刻みに動かした。

「旬さん、おみおつけの実《み》はお豆腐よ。好きでしょう？」

「ああ」

「葱《ねぎ》をいっぱい入れてあげる。そうそう、お君さんから沢庵《たくあん》をいただいたのよ。あの人

の沢庵、本当にいいお味。食べたらまたくれるって。嬉しいな」

お君は向かいに住む年寄りの女の名だった。

お幾は裏店の住人達からも可愛がられていた。それはお幾の人柄のせいだ。困った時には買い物や台所仕事も気軽に引き受けている。

その様子では、お君が倒れた時、お幾は看病も買って出る気だろう。世話好きは近所でも折り紙つきだった。

「お前ェよ、末広屋を継ぐのかい?」

旬助は狭い茶の間に腕枕をした恰好で横になると何気なく訊いた。

「何よ、やぶからぼうに」

振り向いてお幾は怪訝《けげん》な顔をした。

「親仁の娘はよそに嫁に行ってるし、息子もいねェとなれば、店を継ぐのはお前ェしかいねェじゃねェか」

「先のことなんてわかんない」

「親仁はもう還暦だぜ。かみさんだって五十を過ぎたし」

「二人ともまだまだ元気よ」

「年取るとな、一年とも言えねェんだぜ」

旬助は吐息交じりに言い添えた。

「何んだか変よ、今日の旬さん。いったいどうしたって言うのさ」

「ちょいとな、先のことを考えてみる気になったのよ」

そう言うと、お幾は慌てて旬助の傍《そば》に来た。

「三枝屋さんに戻るの？　よう、そうなの？」

お幾は葱臭い手で旬助の肩を揺すりながら鼻に掛かった、あの切ないような声を上げた。

「だったら、どうだって言うんでェ」

旬助はうるさそうにお幾の手を払った。

「もしも覚悟を決めちまったんなら、あたしは何も言わないけど……」

「何も言わない？」

旬助は起き上がってお幾の顔をまじまじと見た。

「おれが三枝屋に帰っても平気だと言うのか」

「平気じゃないけど、でも仕方がないから……」

お幾は畳のささくれを指でなぞりながら言う。何んだかお幾が哀れで旬助はその手を取った。

「もしも、おれが一緒に三枝屋に来てくれと言ったら、来てくれるかい？」

「旬さん、本気なの？」

お幾は眼をいっぱいに見開いて訊く。

「ああ。そうなりゃ、お前ェは三枝屋の若お内儀《かみ》だ。末広屋でも立派に店を切り守りして来たんだ。廻船問屋だってやれるさ」

「まるで夢を見ているみたい。ねえ、ちょいとほっぺたを抓《つね》ってみて」

甘えるように言ったお幾に、旬助は少し邪険にその頬を抓り上げた。痛《いた》ッ、お幾は大《おお》袈裟《げさ》な悲鳴を上げた。

「だがよ、末広屋の方はいいのかい?」

旬助は嬉しそうなお幾に別の心配をする。

お幾がいなくなったら、末広屋の商いに滞りが出るのは否《いな》めない。

「お律《りつ》ちゃんは一人娘だから、もちろん、お父っつぁんのことも、おっ母さんのことも案じているのよ。旦那さんは水菓子屋さんをしているけど、親は二人とも、とうに亡くなっているから、いずれ、こっちの二人の面倒は見るつもりでいるのよ。あたしがいたから仕方なく店を続けていたようなものなの。あたしのこと、放り出せないでしょう?」

「まあな」

旬助は低く相槌《あいづち》を打った。お律は亀吉夫婦の娘の名だった。おちずも年のせいで、やれ腰が痛いの肩が凝《こ》るのと、しょっちゅう言っているのは旬助も知っていた。

「だから、あたしの身の振り方が決まれば、二人は喜んでお律ちゃんの所へ行くでしょうよ」

「そいじゃ、これで決まりだな。おれァ、明日にでも三枝屋に行って、話をしてくらァ」

張り切って言った旬助に、お幾は「嬉しい」と、縋《すが》りついた。

「ほら、店に行く時刻だ。後のことはいいから、早く行きな」

旬助は照れてそう言った。

「ああ、あたし、三枝屋さんのお内儀になるのね。何んだか信じられない。本当に夢みたい。今まで、ちっともいいことはなかったけれど、これからは運が開けるかも知れない。皆んなを見返してやるんだ。さんざ、あたしを馬鹿にした人達に見せつけてやりたい。前の亭主や姑は、きっとびっくりする。ああ、いい気味」

お幾の顔は紅潮していた。三枝屋のお内儀になったらなったで、また別の気苦労もあるのに、お幾はそっちの方には微塵《みじん》も思いが及ばないようだ。

母親はともかく、父親が死んでから母親に代わり奉公人を仕切ってきた姉は、一筋縄《ひとすじなわ》にはいかない。姉に指図されて半べそをかいているお幾が容易に想像できた。

「小姑、鬼千匹って言ってな、姉ちゃんは手ごわいぜ。お前ェ、覚悟を決めて向こうに行くことだな」

旬助は半ばからかうように、半ば本気でそう言った。

三

北鞘町《きたざやちょう》の三枝屋は一石橋《いっこくばし》の傍に店を構えているが、船からは白い土蔵しか見えない。店の玄関は土蔵の反対側にある。近国の高瀬舟等が頻繁に出入りするので、荷を運ぶ便利を考え、日本橋川に面して土蔵が建てられていた。

店の前まで来て、やはり旬助は気後れを覚えた。自分の家なのに敷居が高く感じられてならなかった。

最初に旬助に気づいたのは小僧の今朝吉《けさきち》だった。今朝吉は店の周りをうろうろする旬助に不審の眼を向けていたが、やがて、はっと気づいたのか「お内儀《かみ》さん、若お内儀さん！」と、店の奥へ声を張り上げた。

ほどなく、姉のおるんと、すっかり頭が白くなった母親のおとせが表に出て来た。

「旬助！」

おるんと、おとせの声が重なった。旬助は照れを隠すように、ふっと唇の端を歪《ゆが》めた。

「いったい、今までどこにいたのよ」

おるんは旬助の着物の袖を引っ張って怒ったように訊いた。

「旬助、えらい苦労をさせてしまったねえ。堪忍しておくれよ」

おとせは早くも涙声になっている。

「またおっ母さん、すぐ泣く」

そう言いながら、おるんも眼を赤くしていた。

旬助は二人に引き摺《ず》られるようにして内所《ないしょ》へ入った。

おるんの連れ合いの佐兵衛《さへえ》は仕事に出ていなかったが、甥の常松《つねまつ》と姪のおちまが内所で遊んでいた。常松は旬助のことは覚えていて「おいちゃん」と、懐かしそうな声で縋りついてきた。おちまの方は旬助が家をでた頃、まだ赤ん坊だったので人見知りしたような顔になった。常松は七歳、おちまは四歳になるという。

「おちま、この人はね、おっ母さんの弟なの。あんたの叔父さんなのよ。そんな顔しないの。兄さんのように、おいちゃんって呼んでおあげ」

おるんは噛《か》んで含めるように言った。切り下げ髪で、頭のてっぺんを中剃《なかぞ》りしている愛らしいおちまは、母親に言われてようやく「おいちゃん」と、蚊の鳴くような声を洩らした。

「おうよ、おれはお前ェ達のおいちゃんだ。遠慮することァねェんだぜ」

旬助はおちまの細い腕を引っ張って、無理やり自分の膝に乗せた。おちまは半べそをかいた。

それがおかしいと、旬助は久しぶりに声を上げて笑った。

「それで、あんたは今までどこでどうしていたの？」

おるんは茶の用意をしながら訊いた。おとせは息子の顔を穴の空くほど眺めたままである。

「魚河岸の人足の仕事をしていたんだ。ドヤ（塒《ねぐら》）は小網町にあるが」

「目と鼻の先じゃないの。うちの人も番頭さんも、どこを捜していたんだか……」

湯呑を差し出しながら、おるんは溜め息をついた。それから「独りじゃないんでしょ？」と続けた。

「ああ」

旬助が肯《うなず》くと、おるんはそっと母親と顔を見合わせた。

「誰でもいいよ。早くその人とここへ戻っておいで」

おとせは早口に言った。

「いいのかい？」

旬助は母親と姉の顔を交互に見ながら念を押す。

「どんな人だえ」

おとせは笑顔になったが、おるんの方は不満そうだった。

「小網町の末広屋という居酒屋に勤めていてよ、そのう……ちょいと訳ありなんだ」

「訳ありって？」

おるんがすぐさま続きを急《せ》かす。

「一度所帯を持ったことのある女で、おれより五つ上なんだ」

二人はまた顔を見合わせた。おるんは少し腹を立てている。子供達に「ささ、お庭で遊んどいで」と、内所から追い払った。

「呆れた。あんた騙《だま》されてるのよ」

おるんは子供達がいなくなると旬助に向き直り、尖《とが》った声で言った。

「そんな女じゃねェよ」

「だって、その人、あんたが三枝屋の息子だって知っているんでしょ？」

「ああ」

「上方の伯父さんにね、あたし達、早く来いって急かされているのよ」

「それは聞いていたぜ。だからおれもこうしてやって来たんだ。伯父さん、だいぶ悪いのか？」

「中風《ちゆうぶう》なの。命に別状はないけれど、何しろ身体が不自由になっちまって……前のように商売ができないのよ。でも、あんたのことがあるから、向こうへ行くのを延ばして貰っていたのよ。だって、あんたがいなけりゃ、おっ母さんのことが心配だし……」

おるんはそう言って、また溜め息をついた。

「おっ母さんのことは心配いらねェ。おれがちゃんと面倒をみるって」

きっぱり言った旬助に、その時だけ二人は笑顔になった。

「本当はね、倉橋屋《くらはし》のお千代ちゃんを、あんたのお嫁さんにどうかと考えていたんだけど……」

おるんは俯《うつむ》きがちになって低く言い添えた。倉橋屋は三枝屋と同業の廻船問屋である。

旬助はお千代という娘の白い顔を思い出そうとしたが、記憶は曖昧《あいまい》だった。

「おるん、それはいいから」

おとせは、さり気なく、おるんを制した。

「わかったわ。あんまりこっちの都合ばかり押しつけても旬助が可哀想だしね。うちの人が帰ったら話をするから、あんたもなるべく早く身の周りの始末をつけて戻って来てね」

おるんはようやく諦《あきら》めた様子でそう言った。

晩飯を食べていけという勧めを振り切り、旬助は急いで小網町に戻った。早くこのことをお幾に知らせたかった。

張り切って「今、帰《け》ェったぜ」と、声を掛けたが返事はなかった。建て付けの悪い油障子を開けると、茶の間には覆いを被せた箱膳があるばかりだった。お幾はいつもより早めに店へ出たらしい。旬助は意気消沈した。

だが、帰って来たらゆっくり話をするつもりで、旬助は晩飯を食べる前に湯屋へ行った。

四

「夜遅くあいすみません。若旦那、いらっしゃいますか」

湯屋から戻り、一人で晩飯を食べていた時、土間口から声がした。その声には聞き覚えがあるような気がした。旬助は口をもぐもぐさせながら土間口へ下りて戸を開けた。おるんの連れ合いである佐兵衛が立っていた。

「若旦那、お久しぶりです」

佐兵衛が畏《かしこ》まって頭を下げた。小僧の時から三枝屋に奉公して、手代、番頭と手堅く出世した男である。おるんと一緒になり、三枝屋の主となった今でも旬助に対しては腰が低い。

「おう、こっちこそ、すっかり無沙汰をしちまったな」

旬助は照れ笑いをしながら佐兵衛を中へ促《うなが》した。

「一杯、やるかい？」

佐兵衛が腰を下ろすと、旬助は悪戯《いたずら》っぽい表情で訊いた。佐兵衛はいける口であるが、普段はあまり飲まない。せいぜい、寄合がある時ぐらいのものだろう。だが、その時は、旬助の勧めに悪く遠慮せず、「そいじゃ、一杯だけご馳走になります」と言った。

一升徳利から湯呑に注いでやると、佐兵衛はよく味わうように口に含んでから呑み込んだ。

「家じゃ相変わらず飲まねェのかい」

と、旬助は訊いた。

「そうですね、翌日の商いに障《さわ》りますから」

佐兵衛は当然という顔で応える。

「姉ちゃんに言われて慌ててやって来たという寸法けェ」

旬助は皮肉な顔になって続けた。

「まあ、そんなところですが、ここへ来る前に末広屋さんへも寄って参りました」

佐兵衛はそう言って湯呑の中身を飲み干した。旬助がお代わりを注ごうとすると、いや、もう結構ですと言った。

「もう少し飲まなきゃ、話ができねェんじゃねェのかい」

旬助は思わせぶりに言って佐兵衛の湯呑に酒を注いだ。

「いい酒ですね。銘柄は何んですか」

佐兵衛はわざと明るい声で訊いた。

「酒屋は剣菱《けんびし》と言っていたな」

「ほう、どうりで飲みやすいと思いました」

剣菱は昔から江戸の人々に愛されている酒だった。何んでも摂津国《せっつのくに》の産であるという。

「義兄《にい》さん、まわりくどいぜ。さっさと言ってくれ」

旬助は佐兵衛の話を急かした。

「初めて義兄さんと呼んでいただきました……」

佐兵衛は少し感動した顔になった。長く三枝屋で奉公していたので、姉の連れ合いになっても、旬助は呼び捨てにしていたのだ。

「下総での修業も無駄ではありませんでしたね」

そんなことも言う。

「おきゃあがれ！」

旬助が苦笑すると、佐兵衛も分別臭い顔をほころばせた。だが佐兵衛は、すぐに真顔になった。

「あの女はいけません。末広屋のご亭主とも話をして参りましたが、ご亭主もあの女と、すっぱり縁を切った方がよろしいとおっしゃっておりました」

あの女、あの女と言う佐兵衛の言葉が旬助の癇《かん》に障る。

「出戻りの年上だからか」

「いいえ、そうではありません。あの女が一緒に暮らす相手は、別に若旦那でなくとも構わないのですよ」

「何んだと！」

旬助は声を荒らげた。

「あいすみません。しかし、これは本当のことです。若旦那はあの女のことを知らな過ぎます」

旬助は応える代わりにぎらりと佐兵衛を睨《にら》んだ。佐兵衛の言うことが納得できない。

「年上の出戻りでも、お内儀に収まって立派に店を切り守りしている方は、世間には存外、多いものです。あの女にその才覚があるのなら、わたしも余計な差し出口は致しませんよ」

佐兵衛は旬助の視線に怯《ひる》むことなく続けた。

「お幾に三枝屋のお内儀を張る資格はないと、お前ェは言うんだな」

「さようです」

「だが、お幾は今まで、けちな居酒屋とはいえ、立派に店を切り守りして来たんだぜ」

旬助の声は尖ったままだった。

「実際は酌婦に過ぎません。店が終われば相当に怪しげなこともしていたようですから」

「…………」

「若旦那はあの女が三年の間、待っててくれたから情にほだされたんでしょうが、そうではないんですよ。あの女は若旦那が下総から戻るほんのひと月前まで、別の男とここで暮らしていたんですよ」

そんなことは知らなかった。

「傍に男がいないと駄目な質《たち》のようです」

佐兵衛は佐兵衛なりにお幾のことを調べたようだ。旬助は俯いて、はだけた胸の辺りを見つめた。

「おれにどうしろと言うんでェ」

旬助は低い声で言った。

「黙って三枝屋にお戻り下さい」

「お幾に何も言わずに？」

「後のことはわたしに任せて下さい。悪いようには致しません。何んなら、このままお戻りいただいても構いません。その方がおるんも安心するでしょう」

佐兵衛はそう言ったが、幾ら何んでもそれはあんまりだ。夜逃げする訳ではないのだから。

「もう一回、ちゃんと話をしてから店に戻る。悪いが二、三日待ってくれ」

旬助はようやく言った。佐兵衛はまだ心配そうで、しばらくの間黙っていたが、やがて「わかりました」と、応えた。腰を上げて土間口に向かったが、つと振り返った。

「わたしは若旦那のお気持ちがよくわかりますよ。うるさいことは言わず、男の好きにさせてくれる女は確かにいい。ですが、三枝屋の暖簾の内では、それは通用しません」

「くどい！」

旬助は吐き捨てた。

「あいすみません」

佐兵衛は慇懃《いんぎん》に頭を下げると外に出て行った。後に残された旬助は佐兵衛の使った湯呑をしばらく眺めていたが、いきなりそれを流しに向かって投げつけた。佐兵衛にお幾を否定されたことは、自分をも否定された気がした。

お幾はその夜、戻っては来なかった。

旬助は魚河岸の仕事にでた後で末広屋に向かった。魚河岸で仕事を回してくれる差配に家に戻ることになったので、辞めさせてくれと告げた。差配は旬助が三枝屋の息子だったことは知らなかったので、ひどく驚いていた。

途端に物言いが丁寧になったのには笑ってしまった。祝い事があった時は祝儀を届けるとまで言った。

祝い事？　歩きながら旬助は訝《いぶか》った。何んの祝い事だ。そいつは自分とお幾のためのものか。旬助はそう思いたかったが、二人は別れに向かって歩んでいるような気がしてならない。明日になるのがいやだと思う。明後日《あさって》はもっといやだ。人の意見に揺れる自分がひどく情けなかった。

お幾は飯台に突っ伏して眠っていた。どうやら夜通し飲んでいたらしい。頭の髷《まげ》はぐずぐずに崩れ、藤色のてがらもほどけていた。

「お幾！」

旬助はいら立った声でお幾の肩を揺すった。

顔を上げたお幾は目脂《めやに》のついた眼で旬助を見た。末広屋には亀吉もおちずもいなかった。

「旬さん……」

笑い掛けようとして、途端に表情が崩れた。昨夜のことを思い出したようだ。

「何よう、何んだって言うのよう」

「昨夜、帰ェって来ねェんで心配になってよ」

「はん、うるさいねえ。さっさと家にお帰りよ、三枝屋の若旦那」

お幾は若旦那のところを、一つ一つ区切りをつけて言った。

「佐兵衛のことは気にするな。ささ、帰《け》ェるんだ。夜まで少し寝ないと身体がもたねェ」

「ほっといてったら」

「お幾……」

「あたし、あんたに隠し事があったんだって。都合の悪いことは喋らなかったんだって」

お幾は他人事のように言った。

「人が何を言おうと、おれは気にしてねェから」

旬助はお幾をいなすように言った。だがお幾は納得する様子もなく、旬助が伸ばした手を邪険に払った。

「あたしが何をしたって言うのさ。あたし、悪いことなんて一つもしていない。いつだって一所懸命に働いてきたし、人にも親切にしてきたつもりよ。話を聞いてくれと言われたら黙って聞いてやったさ。傍にいてくれと縋られりゃ、そうしてやった。それのどこが悪いのよ」

「お前ェは悪くねェぜ」

「そうよ。あたしはちっとも悪くない。ねえ、だけど世間の人は、あたしのことをあばずれだの、男にだらしないだのって言うのよ。旬さん、あたし、どうしたらよかったの」

鼻に掛かった泣きそうな声が切なく旬助の胸を襲った。貰い泣きしそうになるのを堪え、旬助は「お幾」と、ようやく言った。

「何さ」

「一つだけ応えてくれねェか。お前ェよ、おれが下総へ行く時、待っててやると言ったよな？」

「ええそうよ」

お幾は後れ毛をせわしなく掻《か》き上げながら、怒ったように言った。

「あれはおれを慰めるために言った訳で、本気じゃなかったんだよな」

「…………」

「いや、今更それをどうこう言うつもりはねェが……」

「何よ、何が言いたいの？　あたし、待っていたじゃないの」

お幾は声を張り上げた。

「待っていたってのはつまり、おれ以外の男はいなかったってことなんだが、いなかったよな」

恐る恐る訊くと、お幾の顔がさっと紅潮した。

「当たり前じゃないの。あたしはあの時も今も旬さん一途よ」

「それを聞いて安心した。なに、おれが下総から戻るひと月前まで、お前ェに一緒に暮らしていた男がいたと言う者がいてよ、気になって仕方がなかったんだ。お前ェの口からはっきり聞いて胸のつかえが下りたぜ。そんな者はいやしねェ、何なら、近所の人に当たってみろと怒鳴ってやるわ」

「もういい。お前ェがそうじゃねェと言ったんだから、おれもそれ以上、四《し》の五《ご》の言うつもりはねェんだ」

「誰、その人。あたしのことを触れ廻っているのは誰?」

お幾は旬助の胸倉を揺すった。旬助は黙ったまま首を振った。

「他に何か言っていた? よう、他に何を言っていたのさ」

「うそ。きっと何か言ってるはずよ。教えて」

お幾は手に力を込める。

「そのう……店が終われば怪しげなこともしていたってな。お幾、人の口に戸は閉《た》てられねェと言うから気にするな。ささ、帰ェろう」

「ううん」

お幾はようやく手を放して弱々しく言った。

「旬さんは気にしてる。あたしを信じちゃいない……何よ、馬鹿にして。皆んなで寄ってたかって。そんなにあたしを苛《いじ》めておもしろいの」

お幾は自棄《やけ》になって声を荒らげた。お幾の怒りはもっともだから、旬助も必死で宥《なだ》めた。だが興奮したお幾は、なかなか収まらなかった。

外から足音が聞こえたかと思うと、亀吉が店に入ってきて、いきなりお幾の頰を打った。

お幾はしゃがみ込んで声を上げて泣いた。

「若旦那、もうわかりやしたでしょう。どうぞこのまま三枝屋さんにお帰り下せェやし」

亀吉は静かな声で言った。亀吉の眼は赤くなっていた。何が、もうわかったのか旬助には理解できなかった。しかし、亀吉が盛んに目配《めくば》せするので、仕方なく旬助は店を出た。

だが、末広屋を出て一町も歩いたろうか。

背中からお幾の声が聞こえた。

「旬さん、旬さん」

人目も憚《はばか》らず大声で自分を呼んでいた。通り過ぎる人々は何事かと立ち止まってこちらを見た。

「いやよ旬さん、別れるなんて。あたし、旬さんがいないと生きていけない」

旬助の顔は火が点《つ》いたように熱くなった。

「やめろ！」

しかし、お幾はやめるどころか、ますます声を張り上げる。

「別れるなんて言わないで。何んでも言うことを聞くから。後生だ旬さん……」

仕舞いには旬助の臑《すね》にしがみついて泣いた。

傍目《はため》には、旬助の姿は理不尽に女を捨てる身勝手な男に映っただろう。旬助は天を仰いで深い溜め息をついた。

「お幾、手ェ、放しな」

「いやッ」

「こんなことをしても始まらねェぜ」

「行かないって約束してくれる? いつまでもあたしの傍にいるって」

くすくすと忍び笑いが周りから聞こえた。

そりゃそうだ。こんな路上で真っ昼間から修羅場を見るのはぞっとしない。奥山の三文芝居より質《たち》が悪いと思う。

旬助はほとほと愛想が尽きていた。こんな醜態を平気で晒《さら》す女だとは思わなかったのだ。

ぷつんと旬助の何かが弾《はじ》けた。旬助は手を放さないお幾に業を煮やし、片方の足でお幾の頭を蹴《け》った。のけぞった拍子に垢《あか》じみた赤い湯文字が露《あらわ》になった。

そのまま旬助は後ろも見ずに走りだしていた。

五

旬助は小網町の裏店に戻らなかった。北鞘町の三枝屋の暖簾をくぐると、ちょうど客の相手をしていた佐兵衛が帳場にいた。

「若旦那」

佐兵衛は客に一礼してから旬助の傍に来た。

「どうしました。何かございましたか」

旬助の落ち着かない様子に佐兵衛は何かを感じたらしい。

「ちょいと最後にもたついてしまったぜ。悪いが、末広屋の方は、お前ェさんが始末をつけてくれ」

「というと？」

佐兵衛はまだ事情がよく呑み込めないような顔だった。

「察しが悪い。後腐れがねェように渡す物を渡してくれってことだ。ああ、それから末広屋の親仁にも世話ァ掛けたから、そっちにもちょいと何してくれ」

旬助はわざとさり気なく言った。佐兵衛は旬助の顔をじっと見ていたが、やがて「承知致しました」と、慇懃に応えた。

「おれは少し横になるぜ。何んだかくたくたで立っているのも容易じゃねェのよ。切れ話は疲れるもんだ」

旬助はそう言うと、怪訝な顔をしている客に「あいすみません。ちょいと野暮用がございまして。どうぞ、ごゆっくりなすって下さいやし」と、愛想をしてから内所に向かった。

旬助は、おるんに蒲団を敷いて貰い、それから夢も見ずに眠った。昨夜寝ていなかったのが幸いだった。そうでなかったら、眼がさえて、とても眠ることなどできなかったろう。

ひそめた話し声が聞こえた。夢うつつの旬助は自分の寝ている場所が三枝屋であるのを忘れていて、確認するまで少し時間が掛かった。

「わめいたって?」

おるんの声だ。

「ああ。ひどいもんだった。よくも若旦那があんな女と今まで一緒にいたもんだと思うよ」

佐兵衛の声もする。旬助の寝かせられている部屋は内所の隣りの六畳間で、箪笥《たんす》や小物入れが置かれている。衣桁《いこう》には佐兵衛の羽織が掛けられていた。その部屋は佐兵衛が外出する時、身仕度をするために使われている。

どういう訳か、傍に常松も一緒に寝ていた。

常松の頭は日向《ひなた》臭い。旬助は常松の額に唇を押し当ててから、はみ出ている腕を蒲団の中に入れてやった。

「それで、お前さんは幾ら持って行ったの？」

「五両じゃ少ないと思って、まあ、十両。末広屋の亭主には三両を包んだよ。たくさんだろ？」

「三両は余計じゃないの」

「わたしもそう思ったが、若旦那が形をつけてくれとおっしゃったんでそうしたよ。亭主は恐縮していたが、あの女が……」

「何んだって言うの」

「こんなはした金でけりをつけるのかと悪態をついたよ」

「呆れた。旬助の話しぶりじゃ、いい人のように聞こえたけど、こうなると本性を現すのかしら」

「まあ、若旦那に袖《そで》にされたんで、まだ頭に血が昇っていたせいもあるが」

「こういう時に刃傷《にんじよう》沙汰が起きるのよね。旬助もうかうかしていたら、危ない目に遭《あ》ったかも知れない。おおこわ」

「二、三日経てば落ち着くだろう。若旦那も今度こそは身に滲《し》みてわかっただろうよ」

「お店、任せても大丈夫かしら」

「魚河岸の方では結構、評判はよかったようだ」

「本当？」

「ああ」

旬助は一つ空咳《からせき》をすると、静かに襖《ふすま》を開けた。

「すっかり眠っちまって……」

旬助は照れたように言うと、二人の前に座った。

「ご飯、用意してあるわよ。あんた、疲れていたみたいだから、起こさなかったのよ」

「気を遣わせてすまなかったな」

旬助の口から殊勝な言葉が出ると、おるんは少し驚いたような顔をした。

「何んだか変よ。あんた、やけにお利口さんで気持ちが悪い」

「姉ちゃん、こんな時、冗談なんざ言うなよ。ほとぼりが冷めるまで、当分厄介になるぜ」

「他人行儀なことは言わないの。ここはあんたの家なんだから」

おるんはそう言って急須《きゅうす》に鉄瓶の湯を注いだ。

「倉橋屋のお千代ちゃんの話、進めるわよ。いいわね？」

おるんが早口で続けると、佐兵衛は「何もそんなに急ぐことはないよ」と、慌てて制した。

「旬助が遊び人なのは、向こうは承知なのよ。倉橋屋の大旦那も昔は相当に遊んだ人だから、旬助のことは鷹揚《おうよう》に考えているの。むしろ、さんざ遊んで固まった男の方が見どころがあるなんて言ってるのよ」

「何んとも妙な理屈だねぇ」

真面目な佐兵衛は苦笑した。

「おれはもう、どうでもいい。皆、姉ちゃんと義兄さんに任せる。どれ、飯を喰ってくるか」

旬助はそう言って腰を上げた。

「若旦那、後のことはご心配なく。小網町から持ってくる物がありますか」

内所から出て行こうとした旬助に佐兵衛が覆い被せた。旬助は振り返ってにやりと笑った。

「何もねェよ。ま、しいて言うなら、半年余りの思い出っていう奴かな」

「…………」

二人は旬助の脂下《やにさが》った言葉に呆気に取られたような顔をしたが、おるんはすぐさま、弾けるような笑い声を立てた。

「おっ母さん、うるさいよ」

隣りの部屋から常松の文句が聞こえた。

「ああ、勘弁してくんな。つねのおっ母さんは昔から声のでかい女だからな」

「おいちゃん、ずっと家にいる?」

「ああ、いるよ」

「じゃ、あやつり芝居に連れてって」

「ああ。どこだって連れて行かァ。ささ、早く寝な」

旬助は常松をあやすように言うと台所へ向かった。久々に食べる自分の家の飯なのに食欲はあまりなかった。

六

魚河岸の仕事は代わりの人間が見つかるまで続けたかったのだが、お幾が生酔いでやって来るので辞《や》めるしかなかった。お幾はすっかり自棄になって、辺り構わず旬助の悪口を並べ立てている様子だった。昼間はあちこち出歩いて無駄金を遣っているので、佐兵衛が渡した金も早晩、なくなってしまうだろうと思った。

三枝屋の近くに現れて、物陰から様子を窺《うかが》っていることもあった。

生木を裂くような別れ方をしてしまったので、お幾の未練な態度を旬助はあからさまに非難する気にはなれなかったが、それにしても済んだことをくよくよしても始まらないよ、と旬助に口酸っぱく言っていたお幾が自分のことになると、からきし意気地がなくなったのには驚く。お幾が旬助に見せていた明るさや、したたかさは、うわべだけのものだったのかとも思う。それが情けなく、哀れだった。

旬助は三枝屋の下働きの人足に混じって船が着くと荷を運ぶ手伝いをした。そんなことはしなくてもいい、という佐兵衛やおるんの言葉を振り切り、旬助は汗を流して働いた。身体を動かしていれば、余計なことを考えなくて済んだからだ。ぽっと時間が空けば、常松とおちまを伴って散歩に出た。最初は人見知りしていたおちまも、いつの間にか旬助の傍を片時も離れなくなった。

佐兵衛はつき合い以外、家で酒を口にしない男なので、旬助は店が終われば近くの縄暖簾の店に出かけた。昼間は一膳めし屋で、夜になると酒も出す所だった。そこでは幼なじみの顔を見掛けることもあり、旬助にとってはいい気晴らしになった。

大根河岸のやっちゃ場《ば》で働く清蔵《せいぞう》もその一人だった。清蔵はとっくに所帯を持ち、子供も三人いるという。暮らしはかつかつだが、問屋から祝儀が入った時には、その店「おさよ」に訪れる。懐に余裕がなさそうなので、旬助はおさよに向かう途中で清蔵を見掛ければ奢《おご》るつもりで気軽に誘った。

清蔵は一石橋の傍の裏店に住んでいる。その日も湯屋で一緒になった清蔵を誘った。

おさよは四十がらみの亭主と女房でやっている店だった。男盛り、仕事盛りの亭主が拵《こしら》える肴《さかな》はどれもいい味で、近所でも評判である。

「秋に祝言《しゅうげん》を挙げるんだろ？」

清蔵は訳知り顔で旬助に訊いた。

「ああ」

旬助はちろりの酒を清蔵の盃に注ぎながら応えた。

「さんざ遊んだ旬助も年貢《ねんぐ》の納めどきけェ」

清蔵は茶化すように言った。

「まあ、そんなところだな」

旬助が鷹揚な表情で笑うと、清蔵も眼をぱしぱしさせて笑い返した。

「おれァ、旬助のことだから、さしずめ吉原の振新《ふりしん》（振袖新造）でも身請《みう》けするのかと思っていたよ」

「まさか。そんなことをした日にゃ、うちの店が傾くぜ」

「何を言いやがる。あんな大店が傾く訳がねェ」

「そうでもねェんだぜ。米でも積んだ船が途中で引っ繰り返ってみろ、いっぺんでお陀《だ》仏《ぶつ》だ」

旬助は廻船問屋の内情をさり気なく清蔵に教えた。

「旬助は店の人足と一緒に稼いでいるんだろ？」

「ああ」

「うちの親方、感心していたぜ。なかなか、あすこまでできるもんじゃねェってな。朝だってとびきり早ェだろうし」

「なあに。朝が早ェのは慣れたもんだ」

「へえ、そいつァ、てェしたもんだ。下総ゆきのお蔭か？」

「おうよ。朝はこっ早く起こされていたわな。浜から飛び魚を運んで来るとよ、庖丁《ほうちょう》で叩いてすり身にして、それから蒸《ふ》かして蒲鉾にするんだ」

「そいじゃ、家でも蒲鉾を拵えることができるじゃねェか」

「ああ。だが、蒲鉾なんざ、金輪際《こんりんざい》見たくもねェし、喰いたくもねェ」

そう言うと、板場にいた亭主が笑った。

「あっしも、きんぴらや卯《う》の花は見たくもねェですよ」

「だから、嫁も味付けしていねェ素人にしたってか？」

清蔵は品のない冗談を言った。旬助は喉の奥からこもった笑い声を洩らした。

「行徳河岸の飲み屋の女はどうしたよ」

清蔵は上目遣いで旬助を見ながら恐る恐る続けた。

「可哀想だが別れた」

「そりゃ、よかった」

清蔵は安心した顔になった。

「あの女、お面は大したことはねェけど、何しろ面倒見がいいから、大抵の男はそれに参ってしまうのよ。だけど、ただそれだけ。その先のことなんてこれっぽっちも考えねェ。飲み屋を辞めて一緒になるかと言えば二の足を踏むのよ。男は埒《らち》が明かねェからと切れ話を持ち出せば、おんおん泣いてわめく。全く手のつけられねェ女だ」

清蔵の言ったことは、そのまま旬助の場合にも当てはまった。旬助は黙って盃を口に運んだ。

「結句《けっく》、手前ェじゃ何一つ決められねェ女なんでしょう。まあ、生い立ちがそんなふうにさせちまったんでしょうが」

おさよの亭主がさり気なく口を挟んだ。亭主は小太りの体型だが、笑う顔に愛嬌がある。

「おれァ、つくづく世間知らずだったと、今度という今度は思い知ったぜ」

旬助は溜め息交じりに呟《つぶや》いた。

「まあそれでも、後ろに妙なのがついていなくて幸いだった。旬助、済んだことは忘れるんだ。ささ、飲も飲も」

清蔵は景気をつけて旬助の盃に酒を注いだ。

おさよを出た時、そろそろ町木戸が閉じる時刻になっていた。旬助は少し酔っていた。清蔵と肩を組んで歩きながら旬助は戯《ざ》れ唄をがなり立てた。吉原通いで覚えた「やだちう節」である。

「おいらが狐をはらませて、御亭《ごてい》になれとは、わしゃやです……」

「あ、それっ」

清蔵が合いの手を入れる。

「やです、やです、やでもです」

「あ、どっこい」

「しんじつ、やあではなけれども、人目恥ずかしけりゃ……」

旬助の声が唐突に止まった。三枝屋の勝手口に通じる小路から人の影がすっと伸びて、旬助の足許を覆った。その夜はやけに月の明るい晩で、提灯《ちょうちん》もいらないほどだった。だから、なおさら影は色濃く感じられたのだ。清蔵はまだそれに気づかなかった。

「わしゃ、やです」

呑気に後を続ける。つんと不安な気持ちが旬助の胸にせり上がった。

「清蔵、危ねェ！」

旬助は咄嗟《とっさ》に清蔵に叫んだ。

「へ？」

清蔵が間抜けな顔で旬助を見たのと、お幾が自分にぶつかって来たのは同時だった。

左の脇腹に焼けるような痛みが走った。

「このあま、何さらす！」

清蔵も酔っていたが、すばやくお幾に平手打ちを喰《く》らわせ、手にしていた匕首《あいくち》を叩き落とすことはできた。

「誰か、番屋に行ってくれ。いや、医者が先だ」

同じような酔っぱらいが通りを歩いていた。

清蔵の言葉に酔いも醒めた様子で、慌てて何人かが近くの自身番へ走った。

「旬さん、大丈夫？　よう、死んじゃいやだよ」

お幾は地面に倒れた旬助に縋った。

「手前ェが刺したくせに、何んだ！」

清蔵はお幾の髪を鷲摑《わしづか》みして揺すった。

「よせ、清蔵」

「だって旬助、あんまりじゃねェか」

「いいんだ。これでお幾の気が済んだんなら」

旬助は不思議に腹が立たなかった。むしろ、胸にわだかまっていたものが、きれいさっぱり晴れた気がする。

「ごめんね、旬さん。ごめんね……」

お幾は旬助の横で咽び泣いた。

旬助は月明かりと商家の軒行灯《のきあんどん》にぼんやりと照らされたお幾の顔を見上げた。すっかり痩《や》せて、長い顔は余計に長く見えた。

旬助への未練に苦しめられた顔だった。

「お幾、こんな思い切ったことをするぐれェなら、黙って三枝屋に来てくれたらよかったのによ。おれァ、そのつもりでいたんだぜ。それなのに、お前ェが勝手に愛想づかしをしちまってよう」

「旬助、喋るんじゃねェ」

清蔵が止めた。

「だってそんなこと、できない相談だもの」

お幾は俯いたまま低い声で言った。

「手前ェで貧乏くじを引くことはなかったんだぜ。まあ、後の祭りというものだが……」

お幾が何か言い掛けた時、自身番の岡っ引きと、戸板を持った男達がやって来た。お幾は岡っ引きに縄を掛けられ、引き立てられた。

お幾は岡っ引きに乱暴に引き立てられながら、旬さん、旬さんと、あの切ない声で叫んでいた。

夜分にもかかわらず、一石橋の辺りは野次馬が繰り出し、結構な賑わいだった。戸板で運ばれながら旬助は頭上の月を見ていたが、耳はお幾の声に、そばだっていた。

七

旬助はそれからお幾の姿を、この江戸で見ることはなかった。佐兵衛の話では、お幾は所払《ところばら》いを喰らったという。

奉行所は旬助にまとわりつくお幾にそのような沙汰を下して一件落着としたのだ。

旬助の傷は幸い急所を外れていたので、さほど寝つくこともなく回復した。

秋になって、旬助は倉橋屋のお千代と祝言を挙げた。姉夫婦と子供達は翌年の春に船で上方の本店へ旅立った。といっても、佐兵衛はちょいちょい江戸に戻って来て店の様子を見るようだ。

旬助は商売が忙しくなり、去って行ったお幾のことを考える暇もなかったし、また、末広屋に足を向ける気にもならなかった。

旬助が久しぶりに末広屋の噂を聞いたのは、清蔵の口からであった。

おさよでなかよく酒を酌《く》み交わしていた時、清蔵は、そういや、末広屋は店を畳んだらしいと旬助に教えたのだ。

「親仁は年だったからな」

旬助はさほど驚きもせずに応えた。

「娘の所に身を寄せるようだ」

清蔵は訳知り顔で続けた。

「まあ、お幾がいねェんだから、そうするしかねェだろうな」

「ですが、本当のところは地主があすこら辺の土地を売ったからじゃねェんですかい？」

おさよの亭主が口を挟《はさ》んだ。旬助は「え？」と怪訝な顔で亭主を見た。

「人通りも多い所なんで、新しい地主は、ぱりっとした料理茶屋でもおっ建てるようです。そうそう、末広屋の裏の長屋も取り壊わすみてェですよ。あの長屋も相当古い建物で、手直しするにゃ、かなりの銭が要《い》る。それなら、いっそ新しく建てた方が店賃も値上げできるってもんでしょう」

旬助が半年ばかり、お幾と暮らしていた裏店のことだった。それが取り壊されるのだ。

「そうけェ……」

旬助は沈んだ声になった。立ち腐れたようなあばら家でも、なくなるとなれば寂しい気がする。

「何、がっくり来てんだよう。旬助、まだあの女に未練があるのか」

清蔵は茶化すように訊く。

「馬鹿言ってんじゃねェ」

吐き捨てた拍子に脇腹の辺りがつんと疼《うず》いた。お幾が匕首で刺したところだ。

裏店の話はそれで仕舞いになったが、半年余りのお幾との暮らしが旬助の頭をよぎっていた。

半刻《はんとき》（一時間）後、旬助は野暮用を思い出したと言って清蔵を残して店を出た。清蔵はまだ飲み足りないような顔をしていたので、勘定にちょいと色をつけ、「もう一杯飲ましてやってくれ」と、おさよの亭主に小声で言うのを忘れなかった。

おさよを出ると、旬助の足は自然に行徳河岸に向かっていた。

末広屋は雨戸を閉てていたが、周りの店は灯りをともしている所が多く、相変わらず繁華な雰囲気が漂っている。対岸の八丁堀に通じる堀は家々の灯りを映して水面を魚の鱗《うろこ》のように光らせていた。

旬助は久しぶりに慣れ親しんだ小路を通って裏店の門口の前に出た。溝《どぶ》と厠《かわや》の臭いが鼻を衝く。

住人達は立退《たちの》きを喰らって、おおかたはよそに行ってしまったようだが、お幾の向かいに住んでいたお君という年寄りの家だけは灯りがともっていた。その灯りで、かろうじてお幾と自分が暮らしていた油障子の在《あ》り処がわかった。

もちろん、そこは灯りが消えている。家の中も家財道具が運び出され、がらんどうのはずだ。だが、旬助は暮らしていた当時の様子を鮮明に思い出すことができた。

狭い土間口、瑕《きず》だらけで黒ずんだ上がり框《かまち》、赤茶けた畳、しみのある壁、麻型模様の煎餅蒲団、それを畳んだ時に人の目から隠す小屛風。台所の壁に貼ってある火の用心の守り札、荒神箒《こうじんぼうき》。小簞笥の上の招き猫、黒八《くろはち》を掛けたお幾の縞《しま》の半纏《はんてん》……何んの感情もなく目にしていたものが、どうしてそれほど懐かしいのだろうか。旬助の胸は次第に熱くなった。

旬助はためしに油障子を開けてみようという気持ちになった。

建て付けが悪く、がたぴしと音がするだけで開かなかった。旬助はお君に気づかれないかと、内心、ひやひやした。

(うんッ!)

突然、旬助はお幾の声を思い出した。

そうだった。その油障子は一度上に持ち上げて、それから開けるのだった。

果たしてそれが開いた時、中から微かな風を感じた。それには白粉《おしろい》混じりのお幾の肌の匂いがこもっていた。

（よう、何んだって言うのよう。あたしが何をしたって言うのよう）

口を尖《とが》らせ、今しも泣き出しそうなお幾の声も甦《よみがえ》る。泣いてしまえば楽なのに、踏んばって堪えていたから、あんな声になったのだ。

両親に見放され、亭主に背《そむ》かれ、子供とも離れ離れになったお幾は独りにされるのが怖くて、始終、人の温もりを求めていた。

そのくせ、自分が倖せになることには及び腰になる。お幾を女房にすると言った時、夢みたいと喜んだけれど、果たして本気にしていたかどうか。

旬助の臑にしがみついて、行かないでくれと叫んだお幾。哀れで、やり切れない光景が今でも旬助を責め立てる。せめて、油障子ぐらい直してやればよかった。そうしたら、お幾は次の人生に向けて、すんなりと歩みを進められたかも知れない。建て付けの悪い油障子に往生して、お幾は佇《たたず》んだままどこへも行けなかったのだ。

愛想づかしをしたはずのお幾が無性に恋しかった。旬助はお幾の面影を求めて暗い土間口に長いこと立っていた。気がつけば頰が濡れていた。

裏店が取り壊されたのは、その十日後のことだった。

神田堀八つ下がり

浜町河岸

一

霜月《しもつき》の江戸は、めっきり冷え込み、通り過ぎる人々も寒そうな恰好《かっこう》で歩いている。米沢町の薬種屋「丁子屋《ちょうじや》」の主《あるじ》、菊次郎《きくじろう》は、時々、外に視線を向けながら、町医者の佐竹《さたけ》桂順《けいじゅん》と世間話をしていた。桂順も同じ町内に住んでいるので、患者に処方する薬の材料を丁子屋から仕入れることが多い。

その日も仕入れがてら、やって来ていた。

もっとも、桂順はあまり薬を出さない医者だった。人間が本来持っている自然治癒力を頼みにして手当する。菊次郎の店から持って行く品物は胃腸の薬か腹下しの薬がもっぱらだった。

桂順自身も、多少、具合が悪くても滅多に薬は飲まない男である。菊次郎が、なぜ薬を飲まないのかと訊ねると、「苦いですから」と、涼しい顔で答える。

——医者の不養生。

菊次郎は頭の中でぼんやり思ったものだ。と言っても、桂順はまだ三十四歳の壮年の男。特に養生を心掛けなければならない年ではない。菊次郎はさらに若い二十五歳だった。薬種屋組合では最年少の主である。

二人は年も違えば性格も違うのに、妙に馬が合って、この五年、親しくつき合ってきた。

菊次郎は内心で桂順の医者としての腕を怪しむようなところがあったが、世間的には結構、その名は知れ渡っているようだ。時々、旗本屋敷からもお呼びが掛かる。その時はたっぷりと薬を置き、高い薬料をいただいてくるらしい。要するに、金のある者からは薬料を貰い、そうでない者からは貰わないという、まことに人道的と言おうか、いい加減と言おうか、そんな医者なのである。

二年前に菊次郎の父親が亡くなった時、最期を看取《みと》ってくれたのも桂順だった。父親の菊蔵《きくぞう》は、いわゆる中風《ちゅうぶう》の「当たり返し」という二度目の発作でいけなくなってしまったのだ。桂順は、ずい分、手を尽くしてくれたと思う。それでも延命が適《かな》わなかったのは菊蔵の体力がなかったせいだ。最期は苦しまず、眠るように逝《い》ったのが菊次郎にとっては救いだった。桂順は今でもそのことで己れを責める。

「先生のせいじゃありませんよ」

その度に菊次郎は桂順を慰める。

名実ともに丁子屋の主となった菊次郎は、若い頃、三日に上げず吉原通いしたことなど、全く忘れたかのように商いに励むようになった。遊んで固まった男はみどころがある、などと近所は噂した。

だが、菊次郎は、遊びに興味がなくなった訳では、もちろんない。余裕があれば、いつだって遊びたい。それが許されない状況だから、日がな一日、帳場格子の中につくねんと座っているだけなのだ。

女房のおかねは所帯を持って一年後に長女のお春を生んだ。それを潮に、次女のお夏、三女のお秋と、次々と年子で娘を生んだ。それでも足りずに、またもぷっくりと膨《ふく》れた腹をしている。この分では四女のお冬が加わるのも、時間の問題だろう。春、夏、秋ときたら、後は冬だと、他人が勝手に言うので、娘が生まれたら、お冬にしなければ仕方がないと、菊次郎も思うようになった。うそでも、今度こそ坊ちゃんでしょうと言う者が一人ぐらい、いてもいいのに、と菊次郎は思う。

だが、世間は四人の娘に囲まれて四苦八苦する菊次郎の姿ばかりを求めているようだ。

娘は男の子より着る物や頭の飾り物に金が掛かる。六つになったら琴だ、三味線だ、手習い、裁縫、茶の湯と、習い事にも金が掛かる。

子供が増えて喜んでいるのは菊次郎の母親のお梅《うめ》ばかりである。菊蔵が亡くなった寂しさを孫の世話をすることで紛《まぎ》らわせていた。もっと産めと勝手なことを言っている。

娘達は三人とも、優男《やさおとこ》で鳴らした菊次郎とは似ていない。皆、おかねと瓜二つである。平家蟹《へいけがに》のようなのが三匹、愛嬌もない顔で、朝から晩までぴいぴい泣いている。一人が泣くと、つられて後の二人が泣くので手に負えない。子供達が寝ると、おかねは頭がすっとすると言う。子供なんて、もうたくさんだった。

だが、桂順は賑やかで羨《うらや》ましいと言った。桂順にはお春より一つ年上の男の子がいるだけだった。

「これから金の掛かる一方ですな」

桂順は腹の大きなおかねが茶を運んで来て奥に引っ込むと、菊次郎に言った。

「そうなんですよ。いやになりますよ。お蔭でわたしは、ろくに外へも出かけられないんですよ」

「結構じゃありませんか。菊次郎さんは客あしらいがお上手ですから、お店にいらっしゃれば売り上げが伸びますよ」

「何が売り上げが伸びるものですか。わたしがいてもいなくても、やって来る客の数は知れていますよ。それに、この節、薬草を作らせている農家は値段をつり上げる一方だし、暮らしの掛かりも増える一方。奉公人は、ろくに稼ぎもしないくせに一丁前の給金を取る。全く、わたしの小遣いも出ませんって」

菊次郎がそう言うと、横で薬研《やげん》をがらがら挽《ひ》いていた手代は居心地悪そうに首を竦《すく》めた。

薬草の匂いが店全体を覆《おお》い、少々、すかしっ屁《ぺ》をひったところで気づかれない。桂順は商売柄、薬の匂いには意に介するふうもない。それどころか、ひょいと手を伸ばして、手代が薬研で挽いた薬を味見までする。

「おや、山帰来《さんきらい》ですかな」

桂順がそう言うと、手代の鶴吉《つるきち》は「へい、お察しの通りでございます。先生、さすがですね」と、応えた。山帰来は別名さるとりいばら。土茯苓《どぶくりよう》とも言って、解熱、解毒に効果がある。江戸の人々で山帰来を求めるのは、主に瘡毒《そうどく》（梅毒）に罹《かか》った者達である。

桂順は少し暗い声で「山帰来を求める客は多いのですかな」と、訊《き》いた。

「うちへいらっしゃるのは、もう相当に瘡《かさ》が進んだ方で、ふがふがと、ろくにものも言えなくなっておりますから、薬を飲んでも治るかどうかはわかりませんよ。大抵、手遅れというものですよ」

菊次郎は溜め息交じりに応えた。

「そうですな。あれは本当は怖い病なのですが、江戸の人達は鷹揚《おうよう》なもので、特に気にするふうもありません。それだけ世の中に蔓延《まんえん》しているからでしょう。まず、清潔を心掛け、夜鷹《よたか》や舟饅頭《ふなまんじゆう》など、得体の知れない女には近づかないことです」

「鶴吉、聞いたかい？　お前もよくよく気をおつけ。薬屋の手代が瘡持ちになったら洒落《しやれ》にもならない」

店が終わると、こっそり外へ出かける鶴吉に菊次郎はちくりと皮肉を浴びせた。鶴吉はまた、首を竦めた。

外が急に暗みを増したと思ったら、ぱらぱらと雨の音がした。

「さあさ、失敗した。さっさと戻るんだった」

桂順は長居したことを悔やむ言葉になった。

「これから、患者さんが待ち構えているんですか」

菊次郎も心配顔になる。

「なあに。佐吉《さきち》がいるから、面倒な患者でない限り大丈夫だと思うが」

佐吉というのは桂順の弟子のことだった。

「それなら、雨が上がるまでいらっしゃいまし。わたしも退屈しておりますので」

菊次郎は安心したように言った。

「そいじゃ、ま、お言葉に甘えて」

桂順も諦めて応える。店の前を通り過ぎる人々は自然に小走りになった。その中で、やけに悠長に歩いている武家ふうの若い男が目についた。

緞子《どんす》の袴《はかま》の股立《ももだ》ちを取り、羅紗《らしゃ》の雨合羽《あまがっぱ》、数寄屋足袋《すきやたび》に高木履《たかあしだ》を履《は》いて、伴《とも》の者に傘を差させて歩いている。

「何んともご大層な出で立ちですな。たかが俄《にわ》か雨に」

桂順は苦笑交じりに言った。

「あのお方は浅草御門近くのお旗本の坊ちゃんですよ。五千石取りともなると、あのぐらいの恰好をしなければお金の遣いようがないんでしょうよ」

「五千石か……」

桂順は感心した声になった。だから、その後で青沼伝四郎《あおぬまでんしろう》が手傘で四人の伴の者と駆けて来た時、一団が真っ黒に見えたのも無理はない。伝四郎は菊次郎と顔が合えば、親しく言葉を掛ける男だった。菊次郎と同い年と聞いているが、まだ独り者だった。

伝四郎も旗本というものの、家はたかだか五百石。しかも次男坊の冷《ひ》や飯喰《めしぐ》いの立場となれば、さっき通り過ぎた息子とは、とても比べものにならない。

伝四郎は丁子屋の前を通り過ぎると思いきや、帳場格子の菊次郎にふと気づいた様子で足を留めた。

「おお、主。俄かの村雨《むらさめ》に遭《お》うた。邪魔してよいか」

伝四郎は耳がきんきんするような大音声《だいおんじょう》で店前に立つと言い放った。

なければ五人の男達の居場所がない。

「どうぞ、どうぞ。むさ苦しい所でございますが」

菊次郎は如才なく勧めた。桂順も慌てて席を譲り、帳場格子近くに移動した。そうしなければ五人の男達の居場所がない。

「いや、お客人。お気遣いなく。なに、ほんの雨宿りゆえ」

伝四郎は鷹揚に言ったが、背中から雷の音がした。伴の一人が「ひえッ」と、大袈裟《おおげさ》な悲鳴を上げた。

「臆病者めが。雷が怖くて侍《さむらい》が務まるか」

伝四郎は伴の者を窘《たしな》めたが、眼は笑っていた。

桂順は彼等に好まし気な視線を送っている。

先刻の五千石の旗本の息子とは対照的に、着物も袴も木綿で、足許は裸足の者もいた。

ひと目みただけでは、誰が主で誰が伴なのか見当もつかない。伝四郎も恰好は木綿仕立てである。

菊次郎は、おかねに茶菓《さか》の用意を言いつけた。床几《しょうぎ》には伝四郎と二人の若者が座ったが、残りの二人は戸口の前に遠慮がちに立った。

菊次郎が店座敷の方へ座れと勧めても、ここで結構でござると辞退した。皆、青沼家に奉公している若党である。彼等は剣術の稽古も学問も伝四郎と一緒にしている。

伝四郎の父親の青沼伝左衛門《でんざえもん》は息子の教育に熱心だった。みどころのある若者を身分に関係なく集め、息子と切磋琢磨《せっさたくま》させて教育の効果を上げている。

残念ながら、伝左衛門の志の高さに家禄がついていかず、若党も他の奉公人も貧苦に喘《あえ》いでいた。伝四郎は時々、水茶屋代わりに丁子屋に顔を出す。菊次郎も青沼家の勝手が苦しいのは承知しているので、いつも快く招《しょう》じ入れた。店の売り上げは芳《かんば》しくなくとも、茶を振る舞うぐらいの器量はあるのだ。

伝四郎は床几に座ると腰に挟んでいた手拭いを取り上げ、額の汗を拭《ぬぐ》った。桂順は青沼家のことを知っていたが、こうして、間近《まぢか》に伝四郎と接するのは初めてだった。伝四郎が軽口を叩き、伴の者がどっと笑う様子を興味深い眼で眺めていた。

おかねはしばらくすると盆に大福を山盛りにし、それに熱いほうじ茶を添えて運んで来た。若者達のために、急いで隣りの菓子屋で用意したらしい。お面はまずいが、こういう時のおかねは機転が働いて頼もしい。

「や、これはお内儀《かみ》、かたじけない」

伝四郎がそう言うと、伴の者も一斉に頭を下げて礼を言った。

「いえいえ、下々《しもじも》の食べ物ですから、お口に合うかどうかわかりませんが」

おかねは遠慮がちに応える。

「何をおっしゃられる。大福など、滅多に口には入りませぬ。今日はよい日でござる」

「こんな物でよろしければ、いつでもお越し下さいませ。ねえ、おまいさん」

「あ、ああ」

菊次郎は慌てて相槌《あいづち》を打つ。

「ねえ、おまいさんか……いいものだのう、町家のお内儀の物言いは」

伝四郎が言うと、伴の者はまた、一斉に笑った。おかねは若者達の熱気に圧倒されて
「ごゆっくり」と言い添え、そそくさと奥に引っ込んだ。連中は大福に手を伸ばし、気持ちのよい食べっぷりを桂順と菊次郎に見せた。

「失礼ながら、ご一同は今までどちらにおいでになっていたのですかな。皆さん、大層汗をかいておられるが」

桂順は笑顔で訊いた。俄か雨の中を走ったぐらいで汗となる季節ではなかった。

「拙者は、うちの連中と若松町の道場に稽古をしてきた帰りでござる。本日は紅白試合でしたので、普段より熱が入りました」

「青沼様、成果のほどは」

菊次郎が悪戯《いたずら》っぽい表情で訊くと、伝四郎は大福についている白い粉を唇にくっつけながら「首尾は上々」と、満足そうに応える。

「ほう、若松町というと鴨居《かもい》道場でござるか」

桂順が訳知り顔で言うと、「お手前はご存じであったか」と、伝四郎はざっくり揃っ

た白い歯を見せて笑った。

「さよう。鴨居郡内《ぐんない》の息子の平之助《へいのすけ》は、それがしの幼なじみでござる」

――若先生の幼なじみだそうな。これは奇遇。

一人がそう言うと、他の者も「おお」と、感歎の声を上げた。

「卒爾《そつじ》ながら、お手前は？」

伝四郎はつかの間、怪訝《けげん》な顔になった。

「これはこれはご挨拶が遅れました。それがしは米沢町で町医者をしております佐竹桂順と申す者。以後、お見知り置きを」

桂順はそう言って頭を下げた。真っ黒い一同も慌てて頭を下げた。

「青沼様、佐竹先生はお若い頃に長崎に遊学なさって、それはそれは腕のよいお医者様なのですよ」

菊次郎が桂順のことを紹介すると、伝四郎は、ほう、と感心した顔になった。

「藤原《ふじわら》。おぬし、佐竹先生とお近づきになって、色々ご指南いただくのがよかろう」

伝四郎は伴の一人に声を掛けた。痩せて利発そうな青年は、はにかんだような顔になった。

「佐竹先生、こやつは柳原《やなぎはら》の医学館で医学を学んでおるのです。いずれは医者になろうとしております」

伝四郎はそう言った。旗本屋敷に奉公する傍《かたわ》ら、医学館に通っているというのも、なかなかできることではない。

「それは感心。どうぞ精進なさって、立派な医者になっていただきたい」

桂順は改まった顔で言った。

「この次の稽古の折には佐竹先生のことを若先生に申し上げる。きっと、大層驚かれることでござろう」

伝四郎は愉快そうに言った。小半刻《こはんとき》（三十分）後、雨が上がると、伝四郎と若者達は何度も礼を言って帰って行った。

後に残された桂順は熱に浮かされたような顔になっていた。

「どうしました、先生」

「いや、近頃、珍しいほどの実直な若者達だなと思いまして」

「そうそう、あれで金でもあれば文句のつけようがありませんよ」

「世の中、金ではない！」

桂順は激昂《げっこう》した声になった。

「先生、何、怒ってるんですか。わたしは世間並のことを言っただけですよ」

「………………」

「わたしだって、あの人達を買っているから、悪い顔もせずにお相手してるんじゃないですか」

「す、すまん」

桂順は途端に声を荒らげたことを詫びた。

「先生のお気持ちはよくわかりますよ。ねえ、大の男が剣術の試合でよい成績を上げたというのに、薬種屋で大福を頬張って喜んでいるんですから、無邪気と言うより哀れになりますよ。本当なら、料理茶屋に繰り出して酒盛りしたいところでしょうに」

「よし。わしが薬料を稼いで、あいつ等に馳走してやる」

「あらら」

菊次郎は呆気に取られたような顔になった。

「何んだ？」

「先生、すっかり贔屓《ひいき》になっちまいましたか」

「ああ。花は桜木《さくらぎ》、人は武士よ」

桂順は感激した顔でそう言った。

店前の道は俄か雨で、しっとりと湿っていた。眩《まぶ》しい夕陽が射し込み、西の空を茜に染めている。この分では、明日は晴れることだろう。鶴吉はいつの間にかいなくなっていた。

菊次郎は舌打ちして、湯呑と菓子鉢の後片付けのために、おかねを呼んだ。

二

桂順が再び丁子屋を訪れたのは、それから三日後のことだった。

伝四郎が桂順のことを鴨居道場の師範代、鴨居平之助に伝えると、平之助はすぐさま桂順の家にやって来たという。しばらく会っていなかったので、二人は酒を酌み交わし、積もる話をしたらしい。

それにしては、桂順は浮かない表情だった。

「何かいやなことでもありました？」

菊次郎は心配顔で訊いた。桂順は低く唸って、しばらく返事をしなかった。桂順は鉄紺色の着物に対《つい》の羽織を重ね、下は焦げ茶色の袴を着けている。季節柄、風よけのために黒い襟巻きをしていた。菊次郎は浅黄《あさぎ》の袷《あわせ》に黒い前垂れ姿である。外出する時は、その上に黒い無紋の長羽織を引っ掛ける。この頃は呉服屋で、ろくに着物も誂《あつら》えていない。それもこれも、平家蟹のような娘達のせいだった。

「わしの家も、さほど金はなかったものだが、まさか、旗本の息子が、あれほど困窮しているとは思わなんだ」

桂順はそう言って、長い吐息を洩らした。

旗本屋敷の息子とは伝四郎のことを言っているのだと、菊次郎はピンときた。

「青沼様のことで、道場の先生とお話し合いされたんですね」

「うむ……」

「それで？」

菊次郎は続きを急《せ》かした。

「青沼伝四郎殿をみどころのある若者と思うのは、わしばかりではなかった。鴨居も同様に考えておった。次男坊なれば、いずれ他家に養子に行くのが世の倣《なら》い。あの男を婿に迎えたお家は必ずや繁栄するものと誰しも疑いませぬ」

桂順は言葉に力を込めた。

「おっしゃる通りですよ、先生」

菊次郎も大きく肯いた。

「昨年、さる藩の家老を務める家から、娘の婿にと縁談が持ち込まれた由」

「へえ、そんなことがあったんですか。わたしはちっとも知りませんでしたよ」

菊次郎は驚いて眉を上げた。

「まあ、青沼殿が打ち明けねば、菊次郎さんがご存じないのも無理はありません」

「そういうことなら、他ならぬ青沼様のこと、祝儀を弾ませていただきますよ」

ところが桂順は、また押し黙った。

「縁談がうまく行かなかったんですか」

「さよう……」

桂順は苦汁を飲んだような顔でようやく応えた。

「まあ、男の目から見ていい男でも、お相手のお嬢様がお気に召さないということは、よくあることです。まだ、お若いのですから、断られても気にすることはありませんよ」

菊次郎がそう言うと、桂順は静かに首を振った。

「菊次郎さん、青沼殿は断られたのではなく、ご自分から断りを入れたのです」

「何んでまた……他に言い交した娘でもいたってことですか」

「青沼殿はそのようなふしだらな男ではない」

「ちょいと、先生。ふしだらって何んですか。青沼様だっていい大人ですから、好いた女の一人や二人いたって、別にふしだらってことにはなりませんよ」

「そういう問題ではござらん」

「それじゃ、どういう問題なんですか」

「金だ」

「え?」

菊次郎はポカンと口を開けた。それから、

「だって、婿入りするのに何もいらないじゃないですか。それとも持参金でも持ってこいという家だったんですか？　それなら話はわかりますが」

と、早口で続けた。

「持参金は無用、特別の支度も無用。祝言の時の衣装と、普段、お務めする時の紋付、夏場の縮帷子《ちぢみかたびら》、普段着、浴衣、下着。それぐらいでござろうの」

桂順は重々しい口調で言う。

「男の仕度なんて簡単なもんですね」

「しかし、青沼殿は病を理由に断られた……」

その辺りから、桂順は涙声になった。菊次郎は訳がわからなかった。

「どうしてです、先生」

訊くと、桂順はたまらず、袖で眼を拭った。

「麻裃も、夏場の縮帷子もお持ちじゃなかったので、とても祝言はできないと……」

「冗談じゃありませんよ。仮にも旗本の息子が」

親は何をしているのかと菊次郎は思った。

「わしだって心底、呆れた。だが、これは事実なのだ。鴨居の所の稽古料も何ヶ月も滞納しているらしい。鴨居は鷹揚な男だから何も言わんが」

「だったら、この先、どんないいお話が来ても青沼様はご養子に行けないってことじゃないですか。そんな、みどころも、へったくれもあるもんじゃないですよ」

仕舞いには菊次郎まで腹が立ってきた。

「ものは相談だが、菊次郎さん。青沼殿の衣装を拵《こしら》えるために、少々、何して貰えますまいか」

桂順は上目遣いで訊いた。

「いいですよ、そういうことなら。幾らです、その、お衣装一式」

「五十両」

「ええッ！」

菊次郎は思わず眼を剝《む》いた。幾ら何んでも、そんな金は出せない。

「無理ですか」

「当たり前です」

「やっぱり」

「わたし一人じゃ無理ですよ。ここは奉加帳でも廻して、ご近所の皆さんに協力していただかないことには、とてもとても間に合いませんって」

「そうですなあ。今夜、鴨居とまた会う約束をしておりますが、菊次郎さん、ご迷惑でなければご一緒してくれませんか」

桂順は心細い声で言った。ご迷惑かと言われたら大いに迷惑である。しかし、金勘定に疎い桂順のこと、どんな名案も浮かびそうにない。菊次郎は渋々、同行することを承知した。

桂順が鴨居平之助と待ち合わせした所は、神田堀に面する浜町河岸の一郭にある小料理屋だった。

狭くて、お世辞にもきれいと言えない見世である。柿色の短い暖簾《のれん》に「おそめ」と見世の名が読めた。菊次郎は、たまの外出なのだから、もう少し、ましな所にして貰いたかった。

中へ入って行くと、案の定、壁もしみが目立ち、小上がりの畳は赤茶け、座蒲団は綿がはみ出ているのもあった。

鴨居平之助は、その小上がりに座っていた。

桂順に気づいて、「よう」と、気軽な声を掛けた。

「平之助、こちらは近所の薬種屋のご主人の菊次郎さんだ。青沼殿も時々、お寄りになられる。この際、よいお知恵を拝借しようと同行して貰ったのだ」

「それはそれは。三人よれば文殊の知恵ということですな」

肩幅が広く、首もやけに太い平之助は、いかにも剣術家という体格である。菊次郎は遠慮がちに頭を下げた。平之助の艶のよい額が見世の灯りに反射して、てらてら光って見える。一見しておおらかな性格であるのがわかった。

「料理はおまかせでいいな？」

平之助は菊次郎に構わず、勝手に桂順に言う。

「それでいい。酒はちろり一本ずつだぞ。それ以上になると話が滅茶苦茶になる」

桂順は釘を刺す。勝手に料理を決められ、おまけに酒も制限され、これで割り勘とは情けない。菊次郎は胸に早くも不満が芽生えていた。

使われている小女もすこぶる不細工。こんな見世に客が来るのが不思議だと思ったが、小上がりにも、腰掛けて座る飯台の前にも客がびっしりと並んでいる。客同士が話し合う声が快いざわめきとなって菊次郎の耳に響く。

「ここは結構、繁昌しているお見世なんですね」

菊次郎は扇子でぱたぱた扇《あお》ぎながら意外そうに言った。中は人の温気《うんき》で汗ばむほどだった。

「菊次郎さん、まあ、出て来る物を召し上がって下さい。驚きますよ」

桂順は謎を掛けるように言った。

ちろりの酒と一緒に出された突き出しは卵豆腐に湯振《ゆぶ》りの鮑《あわび》と、雲丹《うに》の山葵《わさび》醤油添えだった。菊次郎は驚いて眼をしばたたいた。

「何んだって、こんな見世にこんな上等の肴《さかな》が出て来るんです？」

菊次郎は桂順にとも、平之助にともつかずに訊いた。

「以前はまあ、それなりの肴しか出さなかったんですよ。半年前にここの亭主が板前を拾って来ましてな、何んでもそいつは堀を見つめて今しも身投げする様子だったんで、亭主は同情して見世に置いたんですよ。ところが、料理を作らせたら、これが大変なものでね、亭主はびっくりしてしまったという訳ですよ。板前は自分の素性を、これっぽっちも喋らない。それで、当分、居候をさせるついでに見世の板場を任せているということです」

平之助は滔々《とうとう》とおそめの事情を語った。次に平目のお造り。褄《つま》には岩海苔と、ぴんと張った大根の細切りが使われていた。菊次郎はすっかり嬉しくなった。焼き物は鮭の西京漬けが出た。

菊次郎は途中、ひょいと席を立って板場を覗いた。そこには小太りの三十がらみの男が包丁を振るっていた。並の板前なら、せいぜい、着流しに襷掛《たすきが》け、前垂《まえだ》れというところだが、何んと、その男は、襷はしていたが、着物は黒紋付、下は縞の袴を着けていた。

菊次郎は慌てて小上がりに戻ると、「あの板前、ただ者じゃありませんよ。紋付、袴まで着けているということは、八百善《やおぜん》か平清《ひらせい》の板前って感じですよ」と言った。

八百善も平清も高級料理茶屋である。

「板前でも紋付、袴を所持しているというのに、なぜに青沼は……」

平之助は嘆息して、盃の酒をひと息で喉に流し入れた。

「で、先生。青沼様のお仕度はどうなさいます？」

菊次郎は単刀直入に訊いた。桂順は平之助に顎をしゃくった。

「おれの所に、盆暮は弟子達からいささか届け物がある。その中には反物も含まれるゆえ、家内に言いつけて、その中から差し上げられる物は差し上げるつもりだが、しかし……」

平之助の歯切れは悪かった。

「どうかなさいましたか」

「あれは家来思いの男で、自分は何もいらぬ、気持ちがあるなら誰それに与えてくれと言って、その申し出を蹴る恐れがある」

「困りましたねえ、武士は喰わねど高楊枝ですか。ああ、いらいらする」

菊次郎は自棄《やけ》のように扇子を扇いだ。

「用意をしておいて、いざという時にご祝儀だと申し上げてお届けすればよい」

桂順はふと思いついたように言った。

「お祝い事はどうしたら知れますか？　若党の一人を抱き込んで逐一報告して貰わなければなりませんよ」

菊次郎は自然に小意地の悪い物言いになった。

「おお、ほれ、菊次郎さん。医者志望の者がおりましたな。あれを一つ、味方につけますか」

「でも、その見返りに先生はあの方の面倒を見なくちゃなりませんよ。そのお覚悟はあるんですか」

「仕方がない。青沼殿のためとあらば」

桂順は観念したように言った。

「ねえ、わたし等がこんなに心配していることを青沼様は知っているんでしょうかねえ。わたし等は、とんでもないお人好しだこと」

酒を飲んでも、さっぱり酔わなかった。やはり、ちろり一本では不足で、三人はもう一本ずつ追加した。ひとまず、伝四郎のことはそれで仕舞いになったが、菊次郎はおそめの板前のことが、今度は気になってしまった。料理の最後の水菓子に至るまで、少しの抜かりもなかったからだ。板前はいつまでもおそめにいる男ではないと思う。思うが、その時の菊次郎にはどうすることもできなかった。

世の中はうまく行かないものだと、菊次郎はつくづく思った。

三

月の半ばの十五日は薬種屋組合の寄合が開かれる日だった。江戸の薬種屋が集まり、親睦を深めるとともに、商いに関する情報を交換する場になっていた。

会場となるのは料理茶屋で、その場所は毎月変わる。薬種屋は江戸の様々な所に店を張っているので、道中の公平を保つためそのように決められていた。

深川の「平清」、山谷の「八百善」、浮世小路の「百川《ももかわ》」という有名どころの見世も使われることが少なくない。

今月は世話役が日本橋の鰯《いわし》屋だった。鰯屋の息子の与四兵衛《よしべえ》は菊次郎の遊び仲間である。

この頃は父親の代わりに寄合に顔を出すことが多くなった。菊次郎がいるせいだ。菊次郎も与四兵衛のお蔭で退屈な寄合が苦にならないので助かっている。武士は相身互《あいみたが》い、いや、薬種屋も相身互いである。

寄合の後は決まって、元柳橋《もとやなぎばし》の「甚兵衛《じんべえ》」という馴染みの一膳めし屋で飲み直すことにしていた。甚兵衛は夜になると酒を出す居酒屋に変わるのだ。

ついつい飲み過ぎてしまうと、与四兵衛は丁子屋に泊まることになる。

与四兵衛は子供好きで、菊次郎の娘達をあやすのがうまい。与四兵衛が帰る時、下の娘のお秋は泣きべそをかくほどだ。お前にくれるよ、と言うと、与四兵衛は頰の肉をぶるっと震わせて「あちき、自分で餓鬼を拵えるから、大丈夫」と、真顔で言う。

与四兵衛は昨年嫁を迎えたばかりで、まだ子供はいなかった。

与四兵衛が世話役の時、会場にするのは檜物《ひもの》町の「嶋村《しまむら》」という見世で、こちらも江戸では知られた料理茶屋だった。

ところが、今回、どうしたことか宴会は引き受けられないと断って来たそうだ。急遽《きゅうきょ》、日本橋の西河岸にある「桶庄《おけしょう》」に変更になった。

桶庄は、もともと桶職人だった食通の主が、好きが高じて見世を開いたという。有名どころから比べたら、見世の構えも板前の数も不足が目立つが、それでも季節の肴をたっぷりと出して、出席者を喜ばせた。

与四兵衛は粗相があってはならじと、酒宴になるまで、忙しく座敷と板場を行き来して気を遣っていた。

寄合の長《おさ》である浅草の「大黒屋」の主は、近頃、偽《にせ》人参が出回っているので、くれぐれも気をつけるよう注意を促していた。本物の薬草人参なら、大層高直《こうじき》で庶民にはなかなか手が出ない。それを見込んで安く売り込んでくる輩《やから》がいるらしい。

もっとも、商売柄、薬種屋に持ち込めばすぐにわかる。何も知らない素人《しろうと》が引っ掛かるのだ。たちの悪い薬種屋なら、それを承知で仕入れることもある。大黒屋はそれとなく、仲間に釘を刺していたのだろう。何か事が起きて組合に訴えられたら組合の面目がないからだ。

難しい話がようやく終わって酒宴になると、与四兵衛もほっとした顔で菊次郎の傍《そば》に来た。

「ご苦労さん」

菊次郎は与四兵衛の労をねぎらい、銚子を差し出した。与四兵衛はそれを盃に受けると、ひと息で飲み干した。

「どう、ここの肴は？」

与四兵衛は菊次郎に訊く。

「いいんじゃない、それなりで」

菊次郎はおざなりに応える。嶋村と比べるのは、どだい無理な話である。器も、嶋村なら料理に合わせて様々な物を使うが、桶庄は有田焼き一辺倒で工夫がない。座敷も狭くて、小用に立つ時、座っている者の身体を少し前屈《かが》みにさせなければ通られない。それでも酒は、伊丹の高級酒を使っているので悪くはなかった。

「それなりねえ……」

与四兵衛は菊次郎の言葉に不満そうだ。昼から店をそっちのけで寄合の準備に奔走していたのに、菊次郎があまり感心したふうがなかったからだ。

「でもまあ、ここは一度だけなんだろ？　だったら気にしなくていいよ。この次にお前に世話役が回って来た時は、また嶋村にすればいいんだから」

「この次もどうかなあ」

与四兵衛は心許ない表情で首を傾げた。ちゃかちゃかと落ち着きのない男だが、この頃はそれでも少しましになったと思う。

鰯屋は丁子屋から品物を仕入れていた店だった。今では丁子屋より、ひと回りも店が大きくなった。店を構えた場所が日本橋の目抜き通り、通《とおり》一丁目で、時代の流れに乗って商売がうまく行ったのだ。鰯屋の金看板は通りでも目立つ。向かいは呉服の白木《しらき》屋で、買い物帰りの客がそのまま鰯屋に立ち寄ることが多い。

丁子屋も両国広小路を控えた繁華な場所にあると言うものの、客層は違った。さしずめ、鰯屋が嶋村なら、丁子屋は桶庄のようなものだろう。最近の丁子屋は薬よりも砂糖と子供相手の肉桂《につけい》の売り上げで持っているところがある。

「嶋村で何んかあった？」

菊次郎は菊膾《きくなます》をおちょぼ口に運びながら訊いた。

「嶋村はさあ、追い回しや煮方、焼き方と料理人が十五、六人もいたけど、板場の親方が目を掛けていたのは源次《げんじ》って三十になる男だったの。ちょいととろいけど、仕事は丁寧だし、今まで客の苦情は、いっぺんだって来たことはないのよ」

「女房持ちだった？」

三十と聞いて、菊次郎は源次が身を固め、そろそろ独立を考える年なのではないかと思った。腕のよい板前が抜けて見世が傾いた料理茶屋は多い。

だが与四兵衛は首を振った。

「源次に、そんな洒落たものはいないよ」

「……………」

女房は洒落たものに入るのだろうか。すると、鮪《まぐろ》のような腹をしたおかねが、ぽっと頭に浮かんだ。あれが洒落たものなら、道端の石っころはすべて洒落たものになりそうだ。

「源次は十歳の時から嶋村に入って、さんざ、苦労して一人前になった男なのよ。まあ、性格が素直だから今までやって来られたんだけど」

「その源次はどうしたのよ」

菊次郎は続きを急かした。

「謀叛《むほん》起こして見世を飛び出したの。どこにいるのかわからないって。親もとうに死んで行き場所もないのにさ。大川に身投げでもしているんじゃないかと、親方は心配しているのよ」

「そうかい……何んでまた、謀叛を起こしたんだい？」

「嶋村は一人娘しきゃいないから、婿を取らなきゃならなかったのよ。娘は新太《しんた》という二十三の板前にほの字でさあ、嶋村の亭主は娘可愛さに新太をくどき落としたのよ」

「ふうん」

新太はその話には、あまり乗り気ではなかったらしい。まだ二十三の若僧にとって、嶋村の跡取りという話も、さほど魅力的なことではなかったようだ。鷹揚と言うより、まだ世の中がわかっていないのだ。遠い将来のことより、目先のことしか考えられない。その気持ちは菊次郎にもよくわかる。菊次郎はおかねの実家の援助で、傾き掛かった丁子屋を持ち直したのだ。もしも、おかねとの縁談を断っていたら、丁子屋はとっくに潰れていただろう。それを考えると、今でも胸がひやりとすることがある。少々、お面はまずくても、菊次郎にとっておかねは命の恩人なのだ。

嶋村は、こぞって新太の機嫌を取るようになった。新太が婿に納まれば見世は安泰だからである。板場の親方まで、右倣《なら》えになった。

挙句、腕も年季も上の源次を差し置いて、新太を花板に据《す》えてしまった。源次の落胆は言われなくても察せられた。源次は何も言わず、ある日、ふっと風のように姿を消してしまったのだ。

ところが、源次の穴は容易に埋められなかった。客は正直なもので、料理の味に不足を覚えると、足が遠のくようになった。舌の肥えた連中の多い薬種屋組合の宴会など、とても引き受けられるものではない。暖簾は出しているが、客は予約なしの振りの者が多いという。

「このままじゃ、嶋村もどうなるもんだか」

与四兵衛は吐息交じりに呟いた。

「後は新太に頑張ってもらうしかないじゃない」

菊次郎はつまらなそうに言う。

「それがねえ、新太も自信がなくなったみたいで、女を拵えてとんずらしたのよ。あそこの娘、半病人みたいになっちまってる」

「佐竹先生に診て貰ったらいいよ。そんな患者はお手のものだから」

菊次郎はふと思いついてそう言った。

「言っとく。嶋村の亭主もね、源次が戻って来たら娘と一緒にさせるって言ってるんだけど、もう後の祭りね」

与四兵衛はくさくさした顔で言った。

「あ！」

菊次郎は突然、おそめの板前のことを思い出した。あれは、もしかしたら源次ではないのだろうか。そんな気がしきりにした。

「なに、菊ちゃん」

与四兵衛は怪訝な眼で菊次郎を見た。

「源次って板前らしいのに、ちょいと心当たりがあるんだけど……そいつ、太《ふと》っちょ？」

「うん。菊ちゃん、どうして知ってるの」

「うちの近所のこぎたない見世にね、やけに気張った板前がいるのよ。突き出しに卵豆腐と鮑なんて出てきたから、びっくりしたのよ。そいつ、素性を明かさないで働いてるの。客は大喜びよ。そりゃそうでしょう。豪華な肴を出しても、勘定はさほど高くないんだもの」

「源次のお得意は卵豆腐なのよ」

「…………」

「あちき、嶋村に知らせてくる」

「お前は相変わらず、せっかちだねえ。源次は逃げて行かないよ。板場の親方に明日でも知らせておやり。わたしが、その見世にご案内しますってね。浜町河岸は不案内だろうから」

「う、うん。頼むよ、菊ちゃん。その時はあちきも一緒に行くから」

与四兵衛は張り切った声で言った。嶋村の将来を身内のように心配している。与四兵衛には、そういういいところがあるから、菊次郎も今までつき合って来られたのだ。

「お節介だねえ、お前も」

菊次郎は苦笑しながら言った。膳には卵豆腐もついていた。菊次郎は、ひょいと箸に乗せた。舌の上のそれは、おそめで食べた時と比べて味気なかった。それでも、隣りに座っていた本所の年寄りの主は歯がないので喜んで食べていた。

四

寄合の夜、与四兵衛は菊次郎にはつき合わず、そのまま源次のことを知らせに嶋村に向かった。翌日、与四兵衛は朝っぱらからやって来て、二、三日中に板場の親方を連れてくると菊次郎に告げた。

「あい、合点《がってん》、承知之助《しょうちのすけ》」

菊次郎も気軽に請け合った。

源次の方はそれで収まりそうだったが、青沼伝四郎の方は、さほどの進展が見られなかった。というより、伝四郎は、またも持ち上がった縁談を反故《ほご》にする様子らしい。どうやら、伝四郎は一生を冷や飯喰いの立場で終える覚悟のようだ。佐竹桂順は欲のない伝四郎に、仕舞いに怒りすら覚えるようになったらしい。

丁子屋にやって来た桂順は、ひどく機嫌が悪かった。

「いったい、あれは何を考えているものやら。欲がないにもほどがある。家来が出世しても、自分は冷や飯喰いではどうにもならぬ。その家来があれのために、今度はひと肌脱ぐか？　とてもとても……」

桂順は伝四郎のことをあれ呼ばわりするほど、いらいらしていた。

「そうですねえ。期待はできませんねえ。結局、自分が一番ですもの。ご家来さんが出世したあかつきには、青沼様のことなんて、きれいさっぱり忘れていますって」

菊次郎も暗い表情で相槌を打った。

噂をすれば影で、二人の前に青沼伝四郎がふらりと現れた。

「おや、お一人ですか」

菊次郎は如才なく声を掛けた。いつもの取り巻きの家来がいなかった。

「本日は若松町の若先生に呼び出しを受けましてな、折り入って話があるということでござったので、拙者、一人で伺った次第」

伝四郎がそう言うと、桂順と菊次郎はそっと顔を見合わせた。

「それはそれはお疲れ様でございます。今、お茶を……」

菊次郎が奥に声を掛けようとすると、伝四郎は慌てて「いや、茶は結構でござる」と、制した。

「道場でいやというほど飲んできた」

「あら、そうですか」

菊次郎は鼻白んで莨盆《たばこぼん》を勧めたが、伝四郎は、莨はやらない男だった。伝四郎は所在なげに表通りに眼を投げた。鴨居平之助の言葉を思い出しているような感じに見えた。

間が持てないのか、桂順は莨盆に添えられていた銀煙管を手に取った。襦袢の袖で吸い口を拭うと、莨の刻みを捜す表情になった。

「ちょいと先生、大丈夫ですか?」

菊次郎は呆れた顔になった。桂順も常は莨はやらないのだ。

「ふむ。たまに一服するのも乙だ」

「そうですか……」

菊次郎は刻みの入った容れ物を差し出した。

「莨の栽培は出羽国《でわのくに》が北限だそうですな。何んでも霧の多い土地柄にいい莨の葉ができるそうで、そういう土地柄は藍や紅などの染料も採れるそうです」

桂順は刻みを詰めながら、そんな話をする。

「ほう、なるほど。言われてみれば出羽国は紅花の栽培が盛んであり、南の阿波国は莨とともに藍の栽培も盛んですな」

伝四郎は興味深い顔で言った。桂順はふっと笑ったが、吸いつけた煙管に咽《むせ》んだ。

伝四郎は桂順の背中を優しく撫でた。

「大丈夫ですか、先生」

伝四郎は眉間に皺《しわ》を寄せて心配する。

「ご無礼致した。お武家様の前で」

桂順はすぐに莨を仕舞いにして、ぬるくなった茶を飲み干した。

「時に、平之助は伝四郎殿に何用があったのですかな。ちと、気になります」

桂順は探るような目付きになった。

「はあ……」

伝四郎は居心地の悪い顔で言葉を濁した。

「もう、そんなこと、どうでもいいじゃありませんか」

菊次郎はさり気なく桂順をいなした。どうせ、平之助の好意を伝四郎は断ったに違いないのだ。そんな話を聞いても仕方がない。

「いや、若先生は、ご親切に拙者の着る物の仕度をして下さるということで、ありがたくご好意に甘えることに致しました」

伝四郎は桂順の気分を損《そこ》ねないようにあっさりと事情を伝えてくれた。

「それはようございましたねえ」

菊次郎は思わず張り切った声になった。

上目遣いで桂順を見ると、こちらも嬉しそうに微笑んでいる。

「しかし、拙者、少々、青臭いことを申し上げるが、人間は恰好ではなく中身が肝腎だと思うのでござる」

「もちろん、それはそうです」

桂順はやけに力んで言う。

「ですが、公の席に出る時はそれなりに恰好を調えなければなりませぬ。それは周りの人に対する礼儀です」

桂順は伝四郎へ噛んで含めるように続けた。

「礼儀ですか。その礼儀とやらは無理をしてでもしなければならないものでしょうか。そこが納得できませぬ。拙者は、起きて半畳、寝て一畳。人に必要な物はさほどいらぬと考えておりますゆえ。現に拙者の考えをわかって下さる人もおりますぞ。この度の縁談につきましては、舅《しゅうと》になるお方は拙者の考えに賛成していただきました」

「え？　青沼様、それじゃ、ようやくご養子先が決まったんですか」

意気込んで訊いた菊次郎に、伝四郎はあっさりと「ええ」と応えた。

「おめでとうございます。で、どちらに？」

「ご公儀の目付役を務められておられる木島輿五衛門《よごえもん》殿のお宅でござる」

「五千石！」

桂順は木島家の家禄に驚きの声を上げた。

伝四郎は一瞬、不愉快そうな表情を走らせた。

「たれもが目先のことしか考えませぬ。拙者、それに忸怩《じくじ》たる思いを禁じ得ませぬ」

「青沼様は真面目でございますからねえ。佐竹先生は何も目先のことばかり考えているお医者様じゃありませんよ。ちゃんとね、薬料の払えない患者さんには鷹揚に接していらっしゃいますよ。青沼様のことを心配するあまり、ついおっしゃっただけで」

菊次郎は桂順を庇《かば》う言葉になった。

木島輿五衛門は縁談が持ち上がると、たまたま近くまで来たと言って青沼家に立ち寄った。ちょうど昼の時分だったので、伝四郎は下女に言いつけて昼飯の用意をさせた。下女は急なことなので、満足な仕度ができないとこぼした。伝四郎はできる物だけでよい、と下女を諭した。その時のお菜は座禅《ざぜん》豆（黒豆）に香の物だけだった。輿五衛門は、うまそうに二膳の飯を平らげたという。その夜の内に縁談を進めたいという返事が来たらしい。

「いやはや、伝四郎殿もあっぱれなら、舅殿もあっぱれ。まことに麗しい。伝四郎殿、よい話を聞かせていただきました。ありがとうございます」

桂順は改まった顔で頭を下げた。

「先生、やはり、木島家に入ってからは、このような恰好ではいけませんかな」

伝四郎は確かめるように桂順に再び訊いた。

「町医者風情が生意気を申しますが普段は今まで通りでよろしいでしょう。しかし、お務めや、人の集まる場所においでになる時は少しだけお気遣い下さいませ」

「世の中とはそういうものでござるか。それなら、まあ、拙者も少しだけ考えを改めることに致します」

伝四郎に柔軟な様子が見えたので、桂順も菊次郎もほっと安心した。三人は自然に笑顔になった。よかった、本当によかった。菊次郎は心底、思った。

「菊ちゃん！」

与四兵衛が額に汗を浮かべてやって来た。

「おや、早いね」

感動的な場に水を差され、菊次郎のもの言いはそっ気なかった。

「何言ってる。ちょうど昼飯刻《どき》だからいいと思ってさ。嶋村の板場の親方も一緒よ」

顔を上げると、嶋村の板長が遠慮がちに外に立って、こくりと頭を下げた。菊次郎も慌てて返礼した。

「先生、昼飯まだでしょ？　おそめに行きましょうよ。あ、それから、そこのお武家さん、よかったらご一緒に。なあに、勘定は嶋村持ちなんで、大威張りでごちになって下さい」

与四兵衛は伝四郎に向かって礼儀知らずにも気軽な口を利いた。案の定、伝四郎は「いや、拙者は遠慮致す」と断った。しかし、間の悪いことに伝四郎の腹の虫が、その時、ぐうと鳴った。伝四郎は真っ赤になって腹を押さえた。

「青沼様、お急ぎですか」

菊次郎はその場を取り繕うように口を挟んだ。

「い、いや。特に急ぎの用事は……」

「それじゃ、ご一緒していただけませんか。なに、ただの食事じゃないんですよ。ちょいと訳ありな事があるんですよ。人数の多い方が助かるんですが」

伝四郎は菊次郎達の事情が喧嘩か何かだと思ったらしい。それなら、仲裁が必要かと、

「ご同行致しまする」と、素直に応えた。

五

おそめの前には客が長蛇の列を作っていた。

嶋村の板長、忠吉《ちゅうきち》はその光景に驚きを隠せない様子だった。板場では、きりっとした紋付、袴姿で弟子にあれこれ指図する。忠吉が自ら包丁を持つのは、身分の高い客が訪れた時だけだという。

与四兵衛が見世に便宜を計らって貰おうとすると、忠吉が止めた。

「鰯屋さん、ここはそんな見世じゃねェですよ。順番が来るまで待ちやしょう」

「だけど、親方。じっと待っていたら八つ（午後二時頃）にもなっちまう。あちき、腹の皮が背中にくっつきそう」

与四兵衛は不平を洩らした。

「あいつが一人で板場を仕切っているんなら、八つ刻には疲れも出ようというもんだ。そん時、おれァ、言ってやるよ。ほれ、見ろ。一人で何も彼《か》もやるのは無理だ。黙って嶋村に帰れってね」

忠吉は訳知り顔で言う。伝四郎は怪訝な眼で「菊次郎さん、いったい、これは」と、小声で訊いた。菊次郎は他の客に聞こえないように源次の事情を手短《てみじか》に説明した。

「嶋村の！」

素頓狂《すっとんきょう》な声を上げた伝四郎の袖を菊次郎は慌てて引いた。袖口には継《つ》ぎが当たっている。贅沢をしない伝四郎でも嶋村の名は知っていたようだ。

「ねえ、客は正直なものですよ。宣伝しなくてもこうして、わんさかやって来るんですから」

菊次郎は客の列に感心したような、うんざりしたような顔で言った。

「拙者、いつまでも待ちます」

伝四郎は何事かを感じた様子できっぱりと応えた。

忠吉は、勘定を終えて出て行く客の表情を注意深く見つめていた。皆、満足気な顔で楊枝で歯をせせっていた。

「腕は落ちていないようだ」

忠吉は独り言のように呟いた。

「何言ってるんですか、親方。源次は本物の板前ですって」

菊次郎は忠吉の背中を一つ、どんと突いた。

「丁子屋さん、お言葉ですがね、場末の見世に行くと、どうしても腕が落ちるんですよ。それが一年も続いてごらんなさい。もうもう、どうしようもなくなるんですよ」

忠吉は源次の親方らしく心配していた。

かなり待たされてから、五人はようやく中に促された。

小上がりは五人が座ると、膝を組み換えるのも窮屈だった。与四兵衛が茶を運んで来た小女に品書きを頼むと、小女は気の毒そうな顔で「すみません。お昼の物は決まっておりますので」と、言った。

「いいよ、いいよ、それで。五人前ね」

菊次郎は不満そうな与四兵衛に代わって応えた。

「はい。お座敷、五人様！」

小女は板場に声を張り上げた。

「ふェい」と、しゃがれた返答があった。

「ここ、お座敷だったの？」

与四兵衛は、まだ、ぶつぶつ言っている。

菊次郎達が料理を待っている間に、混雑は次第に収まり、狭い見世の中にも空席が目立つようになった。

小女が角盆に一人分ずつの昼飯を運んで来た時は、客は菊次郎の一行と、飯台に行商でもしているらしい中年の男がいるだけだった。

「ささ、いただきましょう」

菊次郎が促すと、忠吉以外は一斉に箸《はし》を取った。忠吉は盆を見下ろして身じろぎもしない。

「親方、どうしたの?」

与四兵衛は無邪気に訊いた。

「よくも、これほど工夫して……」

忠吉の声がくぐもった。肴は鰯の甘露煮、青菜のお浸し、小さめの卵豆腐に板蒲鉾の薄切り二枚、茸《きのこ》と若芽の赤だし、紫蘇風味の大根の浅漬、それにどんぶり飯。これで三十二文ということは、かけ蕎麦二杯分の値でしかない。

「これは本当に鰯でござるか? とても信じられませぬ」

伝四郎は感歎の声を上げた。

「臭い鰯も七回洗えば鯛の味って言いますからね」

与四兵衛は訳知り顔で言う。

「おっしゃる通りですよ、鰯屋さん。この甘露煮は、それはそれは手間が掛かっているんです」

ぐすっと水洟《みずばな》を啜った忠吉は箸を取った。

甘露煮を口に入れて満足そうに肯いた。伝四郎はものも言わず、源次の昼飯を貪《むさぼ》っている。よほど空腹だったらしい。

身体を動かすことの少ない菊次郎は飯の量が多過ぎた。目顔で伝四郎に助《す》けて貰えないかと合図すると、伝四郎は嬉しそうにどんぶりを差し出した。

武士、町人、医者が入り交じった昼食は和気あいあいの雰囲気だった。皆、長く待たされた不満はどこかへ消えていた。

食事を終え、小女が茶を入れ替えに来た頃、忠吉はそっと板場を覗きに行った。

忠吉は見世の柱に片腕を絡《から》ませ、腰を低くして源次に気づかれないように様子を窺った。

その恰好が滑稽だったので、菊次郎は思わず噴き出した。だが、忠吉は小女が「お客さん、どうしました?」と怪訝な表情で訊いても取り繕うような言葉さえ喋らなかった。喋られないはずだった。忠吉は必死で嗚咽《おえつ》を堪えていたのだ。

「親方」

与四兵衛はたまらず、忠吉の袖を引いて席に戻るよう促した。忠吉は幼い子供が駄々をこねるように、柱に摑まったまま抵抗した。

「菊ちゃん、何んとかして」

与四兵衛は菊次郎に助けを求めた。

茶を飲んでいた菊次郎は短い舌打ちをして腰を上げ、二人の傍に行った。

そこから見えた源次は、まな板を前にして正座していた。煙抜きの窓から午後の陽射しが源次の横顔を照らしていた。紋付、袴に白い襷が眩しい。皺もしみもない清潔な白い襷だ。その時の源次は威厳にあふれて感じられた。

菊次郎も思わず言葉を失った。

「この見世じゃ、着流しに前垂れ姿でも構わねェのに……いや、いっそ、その方がぴったと嵌《は》まるというのに、源次の奴、律儀に嶋村の流儀を守ってよう、全くどうするんだ、こんな見世で。参ったよ、畏れ入谷《いりや》の鬼子母神《きしもじん》様でェ」

忠吉は笑いながら泣き、泣きながら笑う。

ふと気がつくと、伝四郎も傍に来て、源次の姿にじっと見入っていた。

「あの恰好は嶋村の板前としての矜持《きょうじ》なのでござろう」

伝四郎は独り言のように呟いた。

「行司？　源次は素人相撲の行司もしていたの？」

与四兵衛がとんちんかんなことを言う。

「おだまり、もの知らず。源次が相撲の行司なんざ、するものか。源次は料理人しかできない男だよ」

菊次郎はいらいらして与四兵衛に悪態をついた。見世の騒がしさに源次は、つと振り返った。忠吉の姿を認めると、さすがにはっとした表情になった。だが、ゆっくりと身体をこちらに向け、丁寧に頭を下げた。

「親方、ご心配をお掛けして申し訳ありません。この通り、お詫び致します」

「源次よう、辛《つれ》ェ思いをさせちまったなあ。皆、おれが悪いんだ。勘弁してくんな」

「もったいないお言葉、痛み入ります。本日のお料理はいかがでございましたでしょうか」

源次は忠吉の詫びの言葉よりも料理の味の方を気にしていた。

「卯豆腐は天下一品だ。あれは誰も真似できねェ。腕は落ちていねェな」

「畏れ入ります。毎日、生み立ての卵を届けて貰っております。青物は葛西《かさい》村から、魚は新場《しんば》から仕入れます。魚河岸より幾らか安く入るものですから。しかし、鰯は何んと言っても九十九里浜の物が最高ですね」

源次はきちんと膝を揃えたまま語る。微笑まで浮かべて。忠吉は源次の言葉に肯きながら、盛んに眼を拭う。源次は忠吉の涙に訝しそうな顔をしながら、料理話を滔々《とうとう》と続けるのだった。

菊次郎達は忠吉をおそめに残して外へ出た。

何んだか胸がいっぱいだった。おそめの亭主をまじえて、これから源次の身の振り方を相談するのだ。

「源次が嶋村に戻ったら、おそめはどうなるの?」

与四兵衛は途端におそめの今後が心配になったようだ。

「前のおそめに戻るだけだよ。源次がやって来たのは、そもそも奇跡みたいなものだからさ」

菊次郎は当然という顔で応えた。

「おそめの常連、きっとがっかりするね」

「仕方ないじゃないか。源次をいつまでもおそめに置いとけないし、ここらが潮時だったのよ。おそめの亭主は源次のお蔭でずい分、儲けさせて貰ったじゃないの」

「そりゃそうだけど……」

与四兵衛は不満そうだ。

「そいじゃ、何かい? お前は嶋村が潰れてもいいのかい」

「そういう訳じゃないけど、あちら立てれば、こちらが立たずで、うまくいかないなって思ってるだけだよ」

「そうそう。それが世の中よ。だから浮き世って言うんじゃないか」

「なある……」

「あの板前は大した男でござった。拙者も見習うべき点が多々ござった」

伝四郎は感心した声で言った。

「ほう、たとえば、伝四郎殿は源次の何を見習うのですかな」

桂順が悪戯っぽい顔で訊いた。

「恰好でござる」

「恰好？」

「はい。拙者、恰好を調えるということを勘違いしておりました。人によい印象を与えるためにだけそうするものと思っておりました。言わば、見栄《みえ》であると。しかし、源次という板前は自分のためにそうしていた。乱れた恰好をすれば料理も乱れると、己れを戒《いまし》めておったのです。拙者、そこに感動致しました」

「おっしゃる通り！」

桂順はわが意を得たり、という顔で大きく相槌を打った。

そうだろうか、と菊次郎は内心で思った。

子供の頃から嶋村に奉公していた源次にとって、嶋村の流儀しか他に知らなかったのだ。

場末の一膳めし屋の流儀が身体に滲《し》み込んでいれば、おそめでの働き方もまた違ったものになっただろう。人には何が幸いして、何が災いになるのかわからない。そう菊次郎は思う。

神田堀沿いにゆっくりと歩く四人に、傾き掛けた陽射しが柔らかく降り注いでいた。

その辺りは浜町河岸と言って、武家屋敷が多い界隈であるが、隣接する町家には芸妓屋、料理茶屋、出会茶屋など、粋筋の見世が軒を連ねる。芸者の下地っ子らしいのが、菊次郎達の横を笑いながら通り抜けて行った。

堀の水は落ち葉を浮かべている。もうすぐ冬だ。朝方の板の間の冷たさに身震いすることを思うと菊次郎は気が滅入る。我ながら軟弱だとは思うが、いまさら流儀は変えられない。恐らく、一生このまま、江戸の風に気儘《きまま》に吹かれながら日を送ることだろう。

それでもいいさ、と菊次郎はまた思う。どうせ、一回こっきりの浮き世暮らし。家族に迷惑を掛けなければ、多少浮かれたところで罰は当たるまい。

行く末を、ほんの少し考えてみる気にさせたのは、堀のせせらぎの音が聞こえたせいだろうか。時刻はそろそろ八つ下がり（午後二時過ぎ）に掛かろうとしていた。

青沼伝四郎はその後、養子縁組がめでたく調い、木島伝四郎となり、幕府の目付役を務めることとなった。

伝四郎は貧しさゆえに出世が適わぬ貧乏旗本や御家人の息子達に衣服を与え、役付きになれるよう運動しているという。

目付は反物などの到来物が割合多く届けられる役職だった。それを私物化せず、将来の若者達のために使うというのが、いかにも伝四郎らしかった。しかし、伝四郎からの恩を忘れ、城中で無礼のあった者には容赦しなかった。伝四郎は、やかましき目付で有名だと、桂順は苦笑交じりに菊次郎に語ったものである。

新装版文庫のためのあとがき

宇江佐　真理

この度『神田堀八つ下がり』を文春文庫に入れていただく運びとなりました。まことにありがたいと心底思っております。この作品集は『おちゃっぴい』の続編として書いたもので、薬種問屋「丁子屋」の若旦那の菊次郎や、神田の岡っ引きの伊勢蔵が再度登場します。

今回は特に河岸をテーマにしており、自分でも好きな作品集ですが、新たに文庫のゲラを読みながら、これを書いた当時のことがまざまざと甦《よみがえ》ったものです。

「どやの嬶」は高校の同級生の母親がモデルです。夏休みに泊りがけで遊びに行った時、彼女の母親がひどく酔って帰宅したのです。料理屋の仲居をしていたその母親は夫が亡くなってから女手ひとつで三人の子供を育て、姑《しゅうとめ》とも同居しておりました。仕事柄、いやなこともたくさんあったはずです。たまたま、その時に私が居合わせてしまったのです。酒で身体がほてったのか、その母親は私がいるにもかかわらず、諸肌脱《もろはだぬ》ぎになりました。豊かな胸と桜色の乳首が今も眼に残っています。同級生の二人の兄は、友達が来ているのだから、母さん、おとなしくしてくれというようなことを言ったと思いますが、母親は聞く耳を持ちませんでした。どんな理由があったのかわかりませんが、私はその母親を不思議に軽蔑する気持ちになりませんでした。普段はいつも私を温かく迎えてくれたせいもあります。きっと、私なら酔ったところを見せても構わないと思ったのでしょうか。そうだとしたら、とても嬉しいのですが。今はその同級生とも滅多に会うことがありません。小母さん、お元気にしておりますか、そんな気持ちでこの作品を書いたと思います。

　私は、邦楽は不案内です。それでも「浮かれ節」が書けたのは、短大時代の友人が琴を習っていたせいもありましょう。おさらい会にも呼ばれ、彼女の演奏を何度か聞きました。「黒髪」はおさらい会の演目にあったものです。しっとりとした節が耳に残りました。彼女とは旅行もよく一緒に行きました。バスルームでシャワーを浴びながら、彼女は鼻歌をうたっていました。彼女の鼻歌も長唄の類《たぐい》でした。おや、雷さんかえ、などと。それを聞くのはいいものでした。

　その後、何年も経ってから柳家三亀松《やなぎやみきまつ》師匠の都々逸《どどいつ》を聞く機会があり（もちろんＣＤで）、妙に色気のある声にうっとりとなり、都々逸をテーマにしたお話を書きたくなったのです。様々な出会いときっかけが幸運にも作品に繋がった訳です。今後、このような幸運が私に訪れるかどうかは、はなはだ疑問です。ただ、その時に書けたことを、今は喜んでおります。

「身は姫じゃ」は明治維新の混乱の時、両親が亡くなり、奉公人も去って、一人ぼっちになった少女が、身は姫じゃ、と声を掛ける者に応えていたという話をどこかで読んでヒントになりました。

「百舌」は父のいとこ達がモデルです。父方の祖母の実家は弘前に近い常盤村《ときわむら》という所にありました。小学生の頃、私は祖母に連れられてよく遊びに行きました。緑の田圃と、そのずっと向こうにりんご畑がある典型的な青森の農家でした。農家と言えば、常盤村の景色がまっさきに眼に浮かびます。父のいとこ達は皆、優しくしてくれました。耳に快く響いた津軽弁を思い出して小説に仕立てました。

「愛想づかし」は飲み屋さんのママに身の上話をしていたホステスの表情を見て、ふと思いついた作品です。

表題作の「神田堀八つ下がり」については少し苦い思い出があります。その中に物議を醸した一文があるからです。旗本千五百石の息子である青沼伝四郎という青年が貧しい暮らしをしていると書いたためです。千五百石は本当に貧しいのかと。普通は大層なお家柄でしょう。ただ、武士の禄は表向き千五百石と言っても、千五百石のすべてが入る訳ではありません。知行地から届くものは、その三割程度で四百五十石ぐらいです。一石は現代の米価に換算して、だいたい五万円ぐらいになります。計算すると二千二百五十万円で青沼家は一年間の生計を立てていた訳です。家族だけで暮らすのでしたら十分過ぎる金額です。しかし、青沼家はたくさんの奉公人を抱え、旗本としての体面を保つための出費も余儀なくされるとしたら、この金額が決して高いものでないことが想像できるかと思います。しかし、私の考えは否定的に取られたようです。

もう少し低い石高にすれば問題は起こらなかったのかも知れません。それもこれも私の不徳の致すところで言い訳のしようもありません。新装版での青沼家は低い石高に変わりました。してやったりと、ほくそ笑《え》む御仁《ごじん》もあろうかと存じます。作者としては伝四郎がさらに貧しい情況となったことを憂《うれ》うばかりです。

ついでに神田堀は亀井町から南へ折れた時点で浜町堀になるそうです。ですから、厳密な意味では「浜町堀八つ下がり」にしなければならないのです。こう考えると、幾つも幾つも不備な箇所が出て来て、私はいっそ、この作品集を抹殺したい気持ちにもなります。しかし、書いてしまったものは取り返しがつきません。これも試練と思い、敢えて読者の前に晒《さら》す愚を私は選択した次第です。

この次はちゃんとしたものを書きます。今はそれしか言えません。よろしければご笑読を。

平成二十三年四月。東日本大震災の余震を感じつつ。

解説

吉田伸子

読み終えた時、ぽっ、と胸の奥が温もって、何だか優しい心持ちになる。親しい人がちょっと落ち込んでいる時、そっと薦めたくなる。本書はそんな一冊だ。

御厩《おうまや》河岸、竈《へっつい》河岸、佐久間河岸……、と河岸を舞台にした六つの短編からなる本書は、『おちゃっぴい　江戸前浮世気質』の続編として書かれたものだ。前作では「れていても」「あんちゃん」に登場した薬種問屋「丁子屋」の若旦那・菊次郎も、「驚きの、また喜びの」に登場した神田の岡っ引き・伊勢蔵親分も再び活躍するので、『おちゃっぴい』を未読の方は、ぜひそちらからどうぞ。味わいがぐんと増すと思う。

さてさて、本書の話に入る前に、ちょっと寄り道を。かのリーマンショック以来、世の中は不景気が常態となってしまった感がある。出版界もその例に漏れず、本が売れないという嘆きは、作る側からも売る側からも聞こえてくる。けれど、そんななかでも、時代小説、歴史小説には、しっかりと読者がついているらしいのだ。実際、書店の文庫売り場を覗いてみると、時代小説の充実ぶりは吃驚するほどだ。文庫書き下ろし作品も多数刊行されていて、読者層の厚さがうかがえる。

今、何故、時代小説なのか？　その答えは、専門家でない私には正確なことはいえない。ただ、私が個人的に思っていることは、優れた時代小説というのは、現代小説に置き換えても読むことが出来る、現代小説に通じるものがある、ということが一つ。もう一つは、どんな時代でも、人の心の有り様は変わらない、ということだ。

現代小説に置き換え可能、現代小説に通じるものがあるなら、じゃぁ、現代小説そのものを読めばいいのでは？　敢えて時代小説なのは何故？　そういうふうに思う人には、私はこう答える。現代小説だと、読んでいて辛くなる物語があるのだ、と。例えば、親が子を、子が親を虐待したりするような物語は、そういう現実がニュースで報道されてもいるから、そのうえ活字でまで読むのはしんどいのだ。綺麗ごとだけ読んでいたいわけでは決してないのだけれど、虐待の連鎖とか、そういう物語を読むのは息苦しいのだ。

その点、時代小説は、子は親を敬い、親は子を愛おしむという、その前提が揺るがずにある。現代小説では疑われてしまっていることが、当たり前のこととして、ある。それが何よりもほっとする。インターネットどころか、電話もテレビも何もない、今よりもずっとずっと不便だった頃。今よりも、ずっとずっと貧しかった頃。それでも、そこに生きていた人々の心は、大らかで豊かだったのだ。士農工商という身分制度は、生きて行くうえで、大きな枷になっていただろうが、その制度の中で、分をわきまえ、日々の暮らしのなかで、身の丈にあった幸せを見出していく彼らの姿がいい。ともすれば、もっともっとと、分不相応に何かを求めてしまいがちな現代人にとって、そんな彼らの姿そのものが、静かな警鐘となっているような気がしてならない。

人の心の有り様もしかり。誰かに心を寄せたり、叶わぬ想いに身を焦がしたり、辛い別れがあれば、嬉しい出会いもあり、と、その心の揺れは、現代に生きる私たちと同じである。ただ、その心の持って行く場所が違うのだ。限られた場所で、限られた暮らしを送る彼らは、何と言うか、了見の仕方が潔い気がする。不運を、不遇を、いたずらに嘆くだけではなく、ぐっと堪えて、ふんばって、時には強がってみせさえして、折り合いをつけて生きて行く。それが、時代小説に出てくる人々の、了見の仕方なのだ。

そういう意味で、私はとりわけ市井小説が好きだ。武家社会の物語も面白いけれど、やれお家騒動がどうした、やれ権力闘争がどうした、という物語も面白いけれど、それよりも、長屋に住まう人々や、お店の商売の話のほうが、より身近で、より共感できるからだ。本書はまさに、そんな私好みの一冊で、河岸を共通背景にした、六話の物語は、どれもしみじみといい。六話それぞれについては、宇江佐さんご自身が、新装版文庫のあとがきとして書かれているので、そちらを読んでもらえれば、と思うのだが、私からも少しだけ。

一話めの「どやの嬶」は、私が一番好きな物語だ。神田一帯を襲った火事で焼け出された挙げ句、叔父に銭箱を持ち逃げまでされた、大店「和泉屋」の娘、おちえ。母親と弟と番頭の四人、身一つで御厩河岸に越してきたのはいいが、かつての何不自由ない暮らしぶりからは思いもしなかった境遇は、おちえの心を、ついついささくれ立たせてしまう。そんな時、おちえは「どやの嬶」とあだ名される、舟宿「川籐」の名物お内儀《かみ》で女丈夫のお富士を知る。やがて、おちえを見初めた男が現れるのだが、その男、勘次はお富士の息子だった。

勘次の求愛に戸惑いつつも、次第に魅かれていくおちえ。けれど、今のおちえには、嫁入り支度を整える余裕などありはしない。勘次の家に着ていく着物の一枚でさえ、番頭の卯之助が古着屋から探して誂えてくれたものなのだ。さらには、勘次の家の事情もある。子沢山なお富士だったが、血のつながった息子は勘次だけ、他は貰い子や捨て子もいるのだ。勘次の兄弟は所帯を持っているものもいるので、小姑もいる。そんな大家族の中に、果たして嫁として入っていけるのか、おちえの心は揺れる。

そんなおちえの心は、勘次の家に遊びに行ったその日、所用で外出し酔っぱらって帰って来たお富士の飾らない態度と、母親としての本音に、ほんの少し動く。この場面が、すごくいいのだ。家を出て行った息子を案じ、やけ酒をあおるお富士は、酔いがすすむうち、肌脱ぎになるのだが、いきなり他人の乳房を目の当たりにさせられたおちえは、けれど、こう思う。「乳首が桜色してきれいだった」と。おちえに、お富士の半裸を嫌悪させなかったところに、宇江佐さんの物語巧者ぶりが表れている。口調は荒いが裏表のないお富士の美質を、おちえが無意識のうちに認めたことが、そのエピソードから読者に伝わるからだ。

宇江佐さんのあとがきを読んで、はっとしたのだが、このエピソードは、宇江佐さんご自身の体験で、モデルは高校の同級生のお母さんとのこと。料理屋の仲居をしながら、女手一つで三人の子どもを育てていた、その母親のもろ肌脱ぎを目にした高校生の宇江佐さんは、「不思議に軽蔑する気持ちになりませんでした」と書いている。それればかりか、もしそれが自分に気を許してのことだとしたら、「とても嬉しい」ことだった、と。

友人の母親のしどけない姿に、軽蔑するどころか、むしろ、それが親しさの表れだとしたら嬉しいと、そう思う宇江佐さんが、何とも素敵だな、と思う。高校生といえば、思春期の真っ盛り。自分のことは棚に上げ、過剰に潔癖だったりする年頃なのに、友人の母親に対する宇江佐さんの、優しくて温かいまなざし。宇江佐さんの作品を貫いているのは、この、ニュートラルで温もりのある視線なのだ。私はこのあとがきのエピソードで、宇江佐さんのことが、ますます好きになった。

と、「どやの嬶」だけに行数を割いてしまったが、その他の物語も、どれもくすりとおかしく、それでいてどこか鼻の奥がつんとしたり、とたっぷりと読ませる。冒頭にも書いたけれど、『おちゃっぴい』を読まれている読者なら、「身は姫じゃ」に出てくる伊勢蔵親分が、晴れて一人娘の婿となった龍吉とともにお公家言葉を話す〝迷子の姫〟に振り回される件では、今ではすっかり息のあった婿どのとのコンビぶりが、微笑ましくうつるだろう。

同様に、前作では、相手のあまりのご面相に、いくら傾いた家業を立て直すためとはいえ、夫婦になることを渋っていた「丁子屋」の若旦那・菊次郎が、表題作の「神田堀八つ下がり」では、三人の娘の父親になっているばかりか、妻のおかねともいい感じに年月を重ねていることが分かり、読んでいるこちらまで、何だか嬉しくなってしまう。

二〇一一年、三月一一日、午後二時四六分。東日本を襲った未曾有の大地震とその後の津波は、それまでの日々を、全てさらって行ってしまった。被災された方たちは、今はまだ、物語を読むような気持ちの余裕はないことだろう。けれど、いつか、物語を読もうと思える日は必ず来る、来て欲しいと思う。その時、宇江佐さんのこの一冊も一緒に手にしてもらえれば、嬉しい。そして、ほんの少しでも、気持ちを和らげてもらえることができたら、と願っている。

（書評家）

単行本　二〇〇三年二月徳間書店刊

本書は「河岸の夕映え　神田堀八つ下がり」
（二〇〇五年六月刊、徳間文庫）の二次文庫です。

文春文庫

河岸《かし》の夕映《ゆうば》え

神田堀《かんだぼり》八《や》つ下《さ》がり

定価はカバーに
表示してあります

2011年7月10日　第1刷
2018年2月5日　第6刷

著　者　宇江佐真理《うえざまり》
発行者　飯窪成幸
発行所　株式会社 文藝春秋

東京都千代田区紀尾井町 3-23　〒102-8008
TEL 03・3265・1211(代)
文藝春秋ホームページ　http://www.bunshun.co.jp

落丁、乱丁本は、お手数ですが小社製作部宛お送り下さい。送料小社負担でお取替致します。

印刷・凸版印刷　製本・加藤製本
Printed in Japan
ISBN978-4-16-764015-6

（　）内は解説者。品切の節はご容赦下さい。

宇江佐真理
幻の声
髪結い伊三次捕物余話
町方同心の下で働く伊三次は、事件を追って今日も東奔西走。江戸庶民のきめ細かな人間関係を描き、現代を感じさせる珠玉の五話。選考委員絶賛のオール讀物新人賞受賞作。（常盤新平）
う-11-1

宇江佐真理
紫紺のつばめ
髪結い伊三次捕物余話
伊勢屋忠兵衛からの申し出に揺れるお文。伊三次との心の隙間は広がるばかり。そんな時、伊三次に殺しの嫌疑が。法では裁けぬ人の心を描く人気捕物帖、波瀾の第二弾。（中村橋之助）
う-11-2

宇江佐真理
さらば深川
髪結い伊三次捕物余話
伊三次と縒りを戻したお文に執着する伊勢屋忠兵衛。袖にされた意趣返しが事件を招き、お文の家は炎上した——。断ち切れぬしがらみ、名のりあえない母娘の切なさ……急展開の第三弾。
う-11-3

宇江佐真理
さんだらぼっち
髪結い伊三次捕物余話
芸者をやめ、茅場町の裏店で伊三次と暮らし始めたお文。念願の女房暮らしだったが、子供を折檻する近所の女房と諍いになり、長屋を出る。人気の捕物帖シリーズ第四弾。（梓澤　要）
う-11-5

宇江佐真理
黒く塗れ
髪結い伊三次捕物余話
お文は身重を隠し、お座敷を続けていた。伊三次は懐に余裕がなく、お文の子が逆子と分かり心配事が増えた。伊三次を巡る人々に幸あれと願わずにいられないシリーズ第五弾。（竹添敦子）
う-11-6

宇江佐真理
君を乗せる舟
髪結い伊三次捕物余話
不破友之進の息子が元服して見習い同心・龍之進に。朋輩とともに「八丁堀純情派」を結成した龍之進に「本所無頼派」の影が立ちはだかる。髪結い伊三次捕物余話第六弾。（諸田玲子）
う-11-8

宇江佐真理
雨を見たか
髪結い伊三次捕物余話
伊三次とお文の気がかりは、少々気弱なひとり息子、伊与太の成長。一方、不破友之進の長男・龍之進は、町方同心見習いとして「本所無頼派」の探索に奔走する。シリーズ第七弾。（末國善己）
う-11-10

（　）内は解説者。品切の節はご容赦下さい。

宇江佐真理
我、言挙げす
髪結い伊三次捕物余話

市中を騒がす奇矯な侍集団。不正を噂される隠密同心。某大名の姫君失踪事件……。番方若同心となった不破龍之進は、伊三次や朋輩とともに奔走する。人気シリーズ第八弾。（島内景二）

う-11-14

宇江佐真理
今日を刻む時計
髪結い伊三次捕物余話

江戸の大火ですべてを失ってから十年。伊三次とお文はあらたに女の子を授かっていた。若き同心不破龍之進も、そろそろ身を固めるべき年頃だが……。円熟の新章、いよいよスタート。

う-11-16

宇江佐真理
心に吹く風
髪結い伊三次捕物余話

絵師の修業に出ている一人息子の伊与太が、突然、家に戻ってきた。心配する伊三次とお文をよそに、伊与太は奉行所で人相書きの仕事を始めるが……。大人気シリーズもついに十巻に到達。

う-11-17

宇江佐真理
月は誰のもの
髪結い伊三次捕物余話

大人気の人情捕物シリーズが、文庫書き下ろしに！　江戸の大火で別れて暮らす、髪結いの伊三次と芸者のお文。どんな仲のよい夫婦にも、秘められた色恋や家族の物語があるのです……。

う-11-18

宇江佐真理
明日のことは知らず
髪結い伊三次捕物余話

伊与太が秘かに憧れて、絵にも描いていた女が死んだ。しかし葬式の直後、彼女の夫は別の女と遊んでいた……。江戸の人情を円熟の筆致で伝えてくれる大人気シリーズ第十二弾！

う-11-19

宇江佐真理
名もなき日々を
髪結い伊三次捕物余話

伊三次の息子・伊与太が想いを寄せる幼馴染の不破茜は、奉公先の松前藩の若君から好意を持たれたことで藩の権力争いに巻き込まれていく。若者たちが転機を迎えるシリーズ第十三弾。

う-11-21

宇江佐真理
昨日のまこと、今日のうそ
髪結い伊三次捕物余話

病弱な松前藩のお世継に見初められ、側室になる決心をする茜。一方、伊与太は才気溢れる絵を描く弟弟子から批判されて己の才能に悩み、葛飾北斎のもとを訪ねる。（大矢博子）

う-11-22